ANNIE CLAYDON

Conquis par une patiente

W0347428

Traduction française de
MARIEKE MERAND-SURTEL

BLANCHE

HARLEQUIN

Collection : Blanche

Ce roman a déjà été publié en 2021

Titre original :
FALLING FOR THE BROODING DOC

© 2021, Annie Claydon.
© 2021, 2025, HarperCollins France pour la traduction française.

Ce livre est publié avec l'autorisation de HARLEQUIN BOOKS S.A.

Tous droits réservés, y compris le droit de reproduction de tout ou partie de l'ouvrage, sous quelque forme que ce soit.
Toute représentation ou reproduction, par quelque procédé que ce soit, constituerait une contrefaçon sanctionnée par les articles 425 et suivants du Code pénal.

Si vous achetez ce livre privé de tout ou partie de sa couverture, nous vous signalons qu'il est en vente irrégulière. Il est considéré comme « invendu » et l'éditeur comme l'auteur n'ont reçu aucun paiement pour ce livre « détérioré ».

Cette œuvre est une œuvre de fiction. Les noms propres, les personnages, les lieux, les intrigues sont soit le fruit de l'imagination de l'auteur, soit utilisés dans le cadre d'une œuvre de fiction. Toute ressemblance avec des personnes réelles, vivantes ou décédées, des entreprises, des événements ou des lieux serait une pure coïncidence.

HARPERCOLLINS FRANCE
83-85, boulevard Vincent-Auriol, 75646 PARIS CEDEX 13
Service Clients — https://www.harlequin.fr/contenu/contactez-nous
ISBN 978-2-2805-2100-0 — ISSN 0223-5056

Édité par HarperCollins France.
Composition et mise en pages Nord Compo.
Imprimé en juin 2025 par CPI Black Print (Barcelone)
en utilisant 100% d'électricité renouvelable.
Dépôt légal : juillet 2025.

MIXTE
Papier
FSC
FSC® C159065

Pour limiter l'empreinte environnementale de ses livres, HarperCollins France s'engage à n'utiliser que du papier fabriqué à partir de bois provenant de forêts gérées durablement et de manière responsable.

Conquis par une patiente

*

Scandale en pédiatrie

1

Debout à la fenêtre de son bureau, le Dr Ross Summerby contemplait sa vue préférée sur le parc de Lake District, qui en comptait de fort belles. Il ne se lassait jamais du lac s'étirant au loin à la rencontre des montagnes voilées de brume matinale. Mais il fronça les sourcils devant l'unique détail qui entachait le paysage, une minuscule silhouette fendant les eaux calmes dans un petit bateau à rames.

Derrière lui, on frappa à la porte, qui s'ouvrit dans la foulée. Sam Kovak était manifestement trop contrariée pour attendre qu'il l'invite à entrer.

— Tu l'as vue ?

— Oui, répondit Ross. Assieds-toi, Sam.

La position assise n'améliora pas l'humeur de Sam. Ni celle de Ross, mais, en tant que médecin chef de la clinique Lakeside Sports Injury, spécialisée en blessures sportives, une partie de son travail consistait à écouter ce que chacun avait à dire, et à fournir si nécessaire des réponses apaisantes. Sam semblait avoir besoin de réponses apaisantes, et il ne lui en tenait pas rigueur.

— Je le lui ai dit spécifiquement. Pas d'aviron. Je lui ai donné des exercices à faire pour maintenir sa forme physique sans trop forcer sur sa hanche. Ce n'est pas clair ? Elle est médecin, bon sang !

— Les toubibs font souvent les pires patients. Contrairement aux kinés, bien sûr, dit Ross en souriant.

— Cela va sans dire. Bon, en tant que médecin, qu'est-ce que *tu* prescrirais à un autre médecin qui n'écoute pas sa kiné ?

— Il ne s'agit pas de toi, Sam. Elle n'écoute pas, point final. C'est pour ça que je l'ai confiée à tes soins, parce que si ta perpétuelle bonne humeur ne vient pas à bout de ses résistances, je doute que quoi que ce soit d'autre le fera.

La remarque amadoua un peu Sam.

— Qu'est-ce que je dois faire, alors ? J'ai essayé la compréhension compatissante...

— Et ça a marché ? demanda Ross avec un petit rire.

— Non. Ça lui a fait lever les yeux au ciel, rien de plus. J'ai donc tenté de lui rappeler – car je ne devrais pas avoir à le lui expliquer – qu'une bursite de la hanche ne peut qu'empirer sans efforts à long terme pour diminuer l'inflammation et rétablir l'équilibre musculaire. Non seulement cela mettra fin à sa carrière sportive, mais sa hanche se détériorera peu à peu..., conclut Sam avec un soupir exaspéré.

— Qu'est-ce qu'elle a dit à ça ?

— Rien ! Elle a hoché la tête, et j'ai cru avoir fait passer le message. Puis j'arrive ici ce matin et qu'est-ce que je vois ? Elle, là-dehors, en train de ramer ! C'est presque comme si elle avait décidé de s'autodétruire.

— Oui. Ça m'a traversé l'esprit aussi. Je m'en occupe.

— Tu vas faire quoi ?

— La laisser tomber.

Sam fronça les sourcils.

— Je croyais qu'on ne baissait jamais les bras avec personne. C'est un des aspects de mon travail ici que j'aime ; ne me dis pas que tu changes d'un coup de politique.

— Rien n'a changé, je fais juste une exception. Peut-être que personne ne l'a jamais laissée tomber avant, et que c'est ce qu'il lui faut pour regarder la réalité en face, hein ?

Ross sortit dans le parc. Son humeur ne valait pas mieux que celle de Sam. Laurie Sullivan commençait aussi à lui taper sur les nerfs. Une patiente ayant toutes les chances de se rétablir mais qui semblait vouloir à tout prix les détruire, c'était se moquer de tous ceux qui s'étaient battus contre vents et marées ici, à la clinique Lakeside.

Tandis qu'il traversait la pelouse en direction de la rive du lac, il se répéta que chacun était différent. Que personne ne devait être rejeté parce que ses actes semblaient inconséquents ou incompréhensibles. Mais le Dr Sullivan était une têtue, et il allait devoir lui montrer que lui aussi pouvait être inflexible, lorsqu'il le voulait.

Il s'assit sur un des bancs orientés vers la vue. Laurie ramait avec un style impeccable, comme on pouvait l'attendre d'un membre de l'équipe britannique d'aviron. Tous ses gestes étaient emprunts de grâce, Ross l'avait remarqué. Il avait dû falloir énormément de travail et de détermination à Laurie pour combiner ses impressionnants exploits sportifs et une formation de médecin, mais elle y était parvenue.

Or elle semblait à présent avoir pour seul objectif de gâcher tout cela. La question, c'était *pourquoi ?* Soit elle était d'un orgueil inqualifiable, soit il se passait quelque chose qu'il n'avait pas encore cerné. Au moins la conversation à venir résoudrait-elle cette énigme.

Laurie, qui avait manifestement assez fanfaronné pour la journée, s'approchait du petit ponton où étaient amarrés les bateaux de plaisance destinés aux patients *autorisés* à aller sur l'eau. Où s'était-elle procuré l'élégant canot sportif qu'elle utilisait ? Soudain, le logo d'une société de location apparut sur la proue. Voilà qui avait dû demander un peu d'organisation, étant donné que le parc à bateaux se trouvait de l'autre côté du lac, à trente kilomètres de route.

Alors qu'elle sortait du skiff, Ross nota qu'elle utilisait de préférence sa jambe gauche. La raideur dans sa hanche droite n'était pas visible lorsqu'elle ramait, mais ce n'était guère surprenant. D'après son expérience, nombre de sportifs apprenaient à surmonter la douleur pour atteindre l'excellence. Laurie l'aperçut et le salua en enlevant sa casquette de laine bleue, ce qui révéla sa courte chevelure rousse.

Elle eut l'audace de sourire. Avec une trace d'espièglerie, elle réussit d'une certaine manière à lui signifier qu'elle avait peut-être un peu enfreint les règles, mais qu'elle n'avait rien fait de mal. Tout en venant vers lui, elle s'efforçait clairement de masquer la raideur de sa jambe droite.

Elle était parfaite. Charmante. Et tout cela allait cesser.

— Quelle délicieuse matinée.

Ross lutta contre l'envie de lui donner raison et de la laisser poursuivre sans remise en cause sa journée à la clinique.

— En effet.

Il indiqua d'un geste la partie libre du banc. Sa grâce et l'économie de ses mouvements lui permirent de dissimuler la douleur de se pencher pour s'asseoir.

— Vous êtes venu ici pour me voir ?

Elle se gratta légèrement le nez. Ravissant, le nez. Les taches de rousseur lui conféraient un charme fou. Malgré tout, il passa aux choses sérieuses.

— Oui. Je vous rends votre liberté.

Voilà qui suscita une réaction. Une réaction qui n'était pas soigneusement contrôlée pour masquer ce qu'elle pensait réellement. Son visage se décomposa, et une lueur de panique traversa ses yeux dorés.

— Vous ne pouvez pas. Je suis censée rester sept semaines, et je ne suis là que depuis une semaine.

— Je crois que nous avons fait tout ce que nous pouvions pour vous.

— Mais… d'après le spécialiste que j'ai consulté, je dois être ici, c'est le mieux pour moi. J'ai déjà réglé pour sept semaines…

C'était le point crucial de l'affaire. Le praticien qui avait adressé Laurie à Ross n'avait pas pu la déclarer apte à une sélection dans l'équipe d'Angleterre pour l'année, et son refus obstiné de laisser quiconque lui dire quoi faire au sujet de sa blessure avait froissé nombre de gens. Elle serait exclue de l'équipe pour de bon si elle ne prouvait pas sa volonté de soigner la blessure qui la tracassait depuis des mois.

— On vous remboursera, bien entendu.

Il réprima un sourire en la regardant tenter de garder son

sang-froid. Elle s'en sortait plutôt bien, vu les conséquences de ce qu'il était en train de suggérer.

Elle déglutit, comme sur le point d'avouer un crime.

— Ma hanche n'est pas… à sa puissance maximale.

Elle n'allait pas mieux. Malgré les nombreuses réussites de la clinique sur des blessures bien plus complexes que celle de Laurie, ils étaient en train d'échouer avec elle. Ross ne voyait qu'un seul moyen pour avancer.

— *Liberté* n'est peut-être pas le bon mot. Je vous mets à la porte.

Laurie prit une profonde inspiration. La discussion était perturbante ; que Ross fût bel homme n'aidait pas. Elle avait toujours craqué pour les cheveux bruns et des yeux marron et doux, et il avait un corps clairement à l'aise avec le mouvement et l'action. En outre, le fait que ce soit *lui* qui délivre le message plutôt que Sam sous-entendait, et c'était inquiétant, qu'il était sérieux.

Il devait savoir ce qu'il était en train de lui faire, que cet endroit était son dernier recours pour sauver sa carrière sportive. Elle avait été tellement idiote d'ignorer les conseils bien intentionnés et de laisser la situation s'envenimer ainsi. Mais elle avait toujours eu un problème avec l'autorité…

La faute à ses longues années d'entraînement sous l'œil intransigeant de son père. Elle avait supporté ses insultes en silence, et refusé qu'il la voie pleurer quand il la traitait de ratée. Continuer d'avancer était tout ce qu'elle savait faire, et maintenant on lui avait posé un ultimatum. Si Ross Summerby n'autorisait pas son séjour ici, elle pouvait dire adieu à tout espoir de revenir sur la liste de sélection pour représenter son pays.

Pourquoi ? Pourquoi était-elle sortie ramer, en violation directe des conseils de Sam ? Laurie ne se rappelait même plus pourquoi cela lui avait semblé être une bonne idée.

— Vous ne pouvez pas, dit-elle de nouveau.

L'affolement la submergeait, elle avait un mal fou à trouver un argument plus convaincant.

— Vous allez voir que je le peux.

Il l'observait attentivement, et un frisson la parcourut.

— Mon problème, dit-il, c'est que nous avons une longue liste d'attente de patients, tous engagés dans leur guérison. Je peux vous laisser rester six semaines de plus, et nous pouvons faire semblant de vous soigner pour vous faire plaisir, ou je donne votre place à quelqu'un pour qui nous pouvons faire la différence. Que feriez-vous ?

Ce n'était pas juste. La réponse était évidente. Elle baissa la tête et regarda ses pieds, comme elle le faisait autrefois quand elle voulait cacher ses émotions à son père.

— Je suis désolée. Cela ne se reproduira plus. Je ferai tout ce que Sam me dira...

— Vous le ferez peut-être, pendant quelque temps. Je dirais une semaine. Grand max.

S'ils pariaient là-dessus, il gagnerait sans doute. Elle leva les yeux vers lui alors qu'une ombre de tristesse traversait son visage. Il y avait de la gentillesse aussi, dans ses yeux sombres. Il n'aimait pas cette situation plus qu'elle, ce qui lui laissait une ultime chance.

— D'accord. Vous avez probablement raison. Est-ce que je peux faire quelque chose... *n'importe quoi*... pour vous faire changer d'avis et me laisser rester ? Si vous me renvoyez maintenant, ça ruine effectivement mes chances de revenir dans l'équipe d'Angleterre.

L'honnêteté était son dernier recours. Cela sembla fonctionner, car il sourit.

— Il y a une chose, oui. Vous risquez de ne pas beaucoup l'aimer.

Elle avait déjà tablé là-dessus.

— Ce n'est pas grave. Je l'assumerai.

Il désigna de la main la vaste résidence qui se trouvait un peu à l'écart du bâtiment moderne de la clinique

— Nous avons un petit appartement qui nous sert pour les collègues de passage. Dans l'ancien bâtiment. Vous pouvez y loger et utiliser toutes les installations de la clinique que vous voulez, la salle de gym et la piscine. Vous pouvez même réserver une séance avec Sam, tant que vous ne lui faites pas perdre son temps en ignorant ce qu'elle vous dit.

Ça n'avait pas l'air si mal. C'était le genre de liberté qu'elle souhaitait depuis le début.

— Mais il y a quelque chose dont j'ai besoin en retour.

Avait-elle baissé sa garde, son sourire l'avait-il trahie ? Elle fit une petite moue.

— D'après mon expérience, il y a toujours un piège...

— Personne ici n'a rien sans rien, je veux que vous travailliez à la clinique, à temps partiel, rassurez-vous, quatre après-midi par semaine. Vous pouvez choisir ce que vous voulez faire. Il y a une pile de dossiers au sous-sol qui ont besoin d'être classés. Ou vous pourriez utiliser votre formation de médecin. J'ai quelques patients qui, je pense, pourraient bénéficier de votre expérience personnelle.

Sérieusement ? Elle avait bien imaginé qu'il avait réfléchi avant de venir la rejoindre, mais ça, c'était la chose la plus bizarre qu'elle ait jamais entendue. Le classement ne lui disait rien et travailler ici en tant que médecin était une folie.

— Vous voulez que moi... une parfaite inconnue... je travaille avec vos patients ? Vous en êtes sûr, n'est-ce pas ?

Les yeux sombres de Ross s'adoucirent soudain. C'était sa meilleure arme, celle qui faisait battre le cœur de Laurie à toute allure et la faisait d'instinct se fier à lui. Son cerveau peinait à garder le contrôle de tout cela.

— D'après Sam et certains de ses patients, vous les avez encouragés dans leurs exercices physiques et aidés à réguler leur rythme. Tout le monde est partie prenante à la clinique ; si vous n'êtes plus une patiente, la seule autre option est d'être employée.

Il laissa l'idée flotter entre eux. Il éprouvait visiblement peu de scrupules à avouer ses motivations, mais n'avait en même temps rien à perdre.

— Et ainsi vous pouvez garder un œil sur moi.

— Cette pensée m'a traversé l'esprit. J'ai aussi pris la précaution d'appeler la directrice de la chaîne de consultations d'urgence en médecine générale pour laquelle vous travaillez, qui m'a fourni une recommandation.

— Vous avez fait *quoi ?* Ah, eh bien merci. Maintenant ils

doivent penser que je suis sur le point de partir. Ce n'est pas facile de trouver un emploi en médecine qui me donne le temps libre dont j'ai besoin pour m'entraîner et concourir…

— J'imagine. C'est la raison pour laquelle je lui ai dit que j'envisageais de vous demander de l'aide pendant les six prochaines semaines, dans le cadre de votre thérapie, et que vous reviendriez chez eux après. Adele a trouvé que c'était une très bonne idée et que ça vous donnerait l'occasion d'étendre un peu votre expérience. Elle m'a passé votre supérieur direct, et vous serez sûrement ravie d'apprendre qu'il fait de vous un portrait élogieux.

Elle fronça les sourcils.

— Adele. Vous la connaissez, n'est-ce pas ?

— Je connais beaucoup de gens. Une clinique dans un endroit aussi isolé que celui-ci se fait adresser des patients en se faisant connaître à l'extérieur. Et en étant la meilleure, bien entendu.

— Vous en êtes sûr ? Que vous êtes la meilleure ?

Elle savait que la clinique Lakeside était la meilleure dans son genre, mais elle ne put résister à la pique.

— Certain. Vous savez très bien ce qu'il faut faire pour être le meilleur. Une fois que vous y êtes, c'est évident.

Observant pensivement le lac vide, il s'adossa au banc.

Il y avait un caractère bien trempé sous son sourire facile. Il lui avait donné exactement ce qu'elle voulait, pourtant elle avait le sentiment que lui aussi avait obtenu exactement ce qu'il voulait dans l'affaire.

— Très bien. Le classement ne me tente pas trop, mais j'ai une bonne compréhension des blessures sportives et je pense pouvoir apporter quelque chose en rejoignant l'équipe médicale. Vous allez me payer ?

Peut-être que si les heures qu'elle effectuait avaient un prix, il n'exigerait pas trop d'elle.

— Bien sûr. Je vais aussi vous observer, parce que les patients passent en premier ici. Toujours.

Voilà qui la remettait fermement à sa place. Mais elle pouvait s'en accommoder. La possibilité d'aider et la liberté de décider de sa manière de fonctionner étaient ce qu'elle avait toujours voulu. Ce pour quoi elle s'était battue avec son père. En faisant fi des yeux attentifs de Ross, elle aurait pu se persuader que cela allait être un jeu d'enfant.

— Vous pensez que j'accepterais de travailler pour vous si vous disiez autre chose ?

— Je ne vous autoriserais pas à travailler ici en tant que médecin si *vous* disiez autre chose. Alors, affaire conclue ? demanda-t-il en lui adressant un sourire innocent.

— Vous dites ça comme si j'avais le choix. Mais, oui, c'est une offre généreuse et ça me convient.

— On a toujours le choix. J'aimerais savoir pourquoi vous avez choisi de ramer devant ma fenêtre ce matin alors que vous auriez très facilement pu aller dans l'autre direction.

Il pensait apparemment que leur arrangement l'autorisait à poser des questions gênantes dont elle ne connaissait pas les réponses.

— Aucune idée.

— On pourrait peut-être en parler un de ces jours...

Le sourire de Ross était trop entendu, et bien trop charmant au goût de Laurie. Elle se leva, essayant d'ignorer la raideur de sa hanche.

— Vous pouvez en parler si vous voulez. Je passerai mon tour.

Elle jeta les mots par-dessus son épaule et s'éloigna.

2

Ça avait... marché ? Ross ne savait pas très bien s'il avait fait exactement ce que Laurie espérait qu'il fasse, ou si elle avait fait exactement ce qu'il avait espéré. Quoi qu'il en fût, quand il informa Sam de leur arrangement, elle approuva.

— Tu ne lui as pas laissé le choix, en somme.

— C'est ce qui me gêne, j'avoue. Ça ressemble un peu trop à du chantage, non ?

— Ce n'est pas un hôtel ici, répondit Sam, c'est une clinique. Tu as toujours demandé à tout le monde de se considérer comme faisant partie d'une communauté. Si on en est là, c'est parce que Laurie a rejeté toutes les autres options. Si celle-ci ne fonctionne pas, je ne vois pas ce qui le pourra.

— Auquel cas je suis à court d'idée. Je devrai *vraiment* envisager de la mettre à la porte.

— Tu ne le feras évidemment pas, railla gentiment Sam. Tu ne baisses pas si facilement les bras, Ross.

C'était gentil, même s'il suspectait Sam de sous-estimer l'ampleur du problème. Laurie était coriace, déterminée, presque impossible à cerner. Clairement, quelque chose se passait derrière cette façade de placidité, mais il ne voyait absolument pas quoi. Le découvrir serait probablement le seul moyen de l'aider à guérir.

Ce qui faisait de l'honnêteté son principe directeur. Laurie était médecin et apparemment un médecin exceptionnel. Il déduisait de leur discussion qu'ils joueraient franc-jeu, et qu'il ne lui cacherait pas ses pensées, même si elle n'était pas disposée à les entendre. C'était bien, mais sa fascination croissante pour elle rendait tout difficile.

Elle n'était pas moins fascinante quand il la rejoignit dans sa chambre pour voir si elle était prête à déménager. Laurie était remarquablement jolie, mais sans le genre de douceur qui plaisait à certains. Il y avait un peu trop de détermination dans sa mâchoire et de provocation dans son regard. Ross aurait pu se perdre dans la contemplation de ce genre de femmes.

Elle était aussi très organisée. Ses bagages étaient faits et elle, prête à partir. Quand il tendit la main vers un des sacs, elle le foudroya du regard. Puis le suivit en traînant elle-même ses deux valises sur tout le chemin de gravier qui menait à la maison. Lorsque Ross ouvrit la porte, elle entra dans le hall, considéra l'ancien escalier majestueux et les murs lambrissés de chêne couleur miel. Le contraste était flagrant avec l'espace lumineux et la structure nette du bâtiment plus récent qui abritait aujourd'hui la clinique.

— C'est un décor plutôt différent ! dit-elle.

— Oui. C'est ici qu'a démarré la clinique.

Elle observait le moindre détail, des vitraux sur les portes aux fleurs que la mère de Ross disposait dans le hall.

— Hum. C'était quand ?

— Il y a trente-deux ans. J'en avais quatre, et ma mère est venue ici installer son cabinet, qui est devenu une petite clinique. Nous vivions dans un appartement d'un côté de la maison, la clinique se trouvait dans l'autre.

— Trente-six, donc ? fit-elle, avec un demi-sourire.

— J'aurai trente-six ans dans deux mois. Le 5 septembre.

Il précisa cela pour lui faire comprendre qu'elle pouvait lui demander n'importe quoi à propos de sa vie. Son existence était un livre ouvert. Hormis quelques pages collées ensemble, mais cela remontait désormais à longtemps…

— Et vous avez toujours été destiné à devenir médecin ? Et à travailler ici ?

— Non. Je suis passé par l'habituel foisonnement des ambitions de carrière, pour finalement décider que ce que je voyais tous les jours, le genre de bien que ma mère faisait, était ce que je souhaitais vraiment. Il n'était pas dans nos intentions que je rejoigne le cabinet, mais elle a été malade pendant un certain temps et je suis revenu l'aider. J'ai découvert que c'était là que je voulais être, finalement.

— Après tout ce temps passé à vouloir partir ?

Il y avait soudain une pointe de dureté dans son ton.

— Ce n'est pas ainsi que je le dirais. Parfois, on a besoin de s'éloigner de quelque chose pour se rendre compte que c'est ce qu'on veut, au fond. Le sentiment qu'on a le choix.

Il surprit le regard de Laurie, crut discerner une réaction dans les profondeurs captivantes de ses yeux.

— Les choix sont ce que nous faisons pour nous-mêmes, répondit-elle en haussant les épaules. Donc, vous vivez ici ?

— J'occupe un appartement à l'étage, ma mère celui du bas, l'appartement des invités se trouve à l'arrière.

Il se dirigea vers les doubles portes qui menaient à l'extension de plain-pied, tenant un battant ouvert pour que Laurie puisse y faire passer ses valises.

— Vous vivez seul ?

— Oui. Et vous ?

— J'aime voyager léger, éluda-t-elle.

Elle pénétra après lui dans l'appartement. Il était petit mais assez confortable pour un séjour de six semaines. Elle s'approcha des fenêtres, tira les rideaux pour laisser entrer la lumière, et se retourna en souriant.

— Ravissant. Vous êtes sûr que je peux rester ici ?

— Absolument. Tenez, voici la clé. Vous êtes chez vous. Il y a une kitchenette, mais vous pouvez prendre vos repas au restaurant de la clinique. La femme de ménage vient deux fois par semaine, le mardi et le vendredi.

— Elle ne sera pas surchargée de travail. Je fais peu de désordre.

Il l'avait remarqué. Sa chambre à la clinique était impeccablement rangée, sans les bricoles habituelles que les gens apportaient pour un long séjour.

— Je fais peu de bruit, aussi. Je ne vous dérangerai pas, votre mère et vous.

— Ma mère est partie quinze jours en vacances, et mon appartement est en haut du bâtiment principal. À moins que vous prévoyiez une rave-party, vous ne me gênerez pas.

— Je n'ai pas assez d'amis pour une rave-party. Ceux que j'ai ont tendance à se coucher tôt pour s'entraîner dès l'aube.

Elle ouvrit la porte-fenêtre et sortit sur la petite terrasse dallée.

— Jolie vue. Vous n'avez pas peur que je sois tentée ?

— Non. Comme je vous l'ai dit, vous êtes entièrement libre de décider de votre traitement.

Elle indiqua l'escalier en colimaçon qui menait au balcon situé devant les fenêtres de son appartement.

— Dois-je fermer les yeux si je vois quelqu'un se faufiler chez vous ?

Il feignit de ne pas comprendre l'allusion.

— Comme par exemple... ?

— Vous pourriez avoir une histoire avec quelqu'un, ou quelqu'une, de la clinique, et préférer garder le secret.

Il sourit. Quand elle asticotait, elle ne faisait pas semblant. Il commençait à aimer lui rendre la pareille.

— Tous mes invités utilisent la porte d'entrée. Et non, je n'ai d'*histoire* avec personne parmi mon personnel, homme ou femme. Je ne suis pas gay. Et vous ?

— Moi non plus, je n'ai d'histoire avec personne parmi votre personnel, et je ne suis pas gay. J'appellerai donc la police si je vois quelqu'un monter là-haut en pleine nuit.

— Merci d'avance. C'est toujours bon d'avoir quelqu'un qui garde un œil sur vous.

Aurait-elle voulu une visite de son chez-lui ? Si son emploi du temps avait été moins chargé, il aurait été tenté de l'inviter. Mais déjà elle rentrait à l'intérieur.

— Si vous êtes libre demain, j'aimerais qu'on prenne une heure ou deux pour discuter des patients à vous confier.

— Parfait, dit-elle. Mais je vais devoir faire un aller-retour chez moi avant de me mettre à travailler avec eux.

Ross tiqua. D'ordinaire, les patients étaient encouragés à rester sur place afin de favoriser un protocole régulier de repos et d'exercices. Mais il venait de souligner que Laurie n'était *plus* une patiente, pour quelle raison l'aurait-il empêchée d'aller et venir ? Hormis sa propre curiosité croissante, laquelle ne regardait que lui.

— J'ai besoin de vêtements, fit-elle en jetant un coup d'œil à ses deux grosses valises. Des vêtements de travail.

Ah. Elle avait pourtant bien dû remarquer que le personnel portait souvent le type de tenues sportives qu'elle avait portées toute la semaine. Lui-même était habillé de manière décontractée. Peut-être avait-elle un autre motif pour cet aller-retour, mais il ne se figurait pas lequel.

— Vous serez parfaite telle que vous êtes, objecta-t-il.

— Non. J'ai des tenues de travail et des tenues de sport. Les deux ne se croisent pas.

— D'accord. Je dois aller après-demain à Londres voir des patients qu'on nous a adressés. Vous voulez venir ?

Elle le fixa, un sourire amusé sur les lèvres.

— Pour vous assurer que je ne m'échappe pas ?

— Vous pouvez partir quand ça vous chante, inutile de vous échapper. Je prends un billet de train supplémentaire ?

— Oui, merci.

Soit il l'avait prise à son propre piège, soit l'accompagner à Londres s'inscrivait dans ses plans. Ross acquiesça et quitta l'appartement. Il n'avait aucune idée de ce que Laurie allait lui faire subir ensuite, mais les prochaines semaines allaient être tout sauf ennuyeuses.

Laurie n'en revenait pas. Quelle mouche l'avait piquée ? *Vous couchez avec quelqu'un de la clinique ?* Cela ne la regardait vraiment pas. Il pouvait se transformer en vampire la nuit s'il le voulait, cela ne changeait rien à son rôle de médecin le jour. Ou de patron. Car Ross était désormais son patron.

Un patron qui s'intéressait visiblement à ce qui la motivait, un point que Laurie préférait évacuer de son esprit. Elle avait commencé à l'interroger par une sorte de mécanisme de défense, une façon de lui montrer à quel point il était gênant qu'autrui décortique votre vie, mais il avait refusé de paraître ne fût-ce que légèrement mal à l'aise.

Ensuite sa curiosité pour lui avait pris le dessus. Pourquoi quelqu'un comme Ross n'avait pas de partenaires potentiels à la queue leu leu sur les marches de l'escalier de secours ? Il avait tout. Beau physique, bon travail, une personnalité agréable quand il n'était pas trop insistant. Et même quand il l'était, il débordait de sex-appeal. Elle secoua la tête. Ce n'était pas son cœur qui parlait ainsi, c'était un simple fait.

Elle se pencha pour ouvrir l'une des valises, et sentit la raideur s'installer dans sa hanche. C'était l'autre point. Elle s'était tellement acharnée ces derniers mois à nier la gravité de sa blessure, à la fois à elle et aux autres. Mais Ross lui avait enlevé tout cela. Il avait prétendu ne pas se soucier de savoir si elle allait mieux ou pas, alors qu'il s'en préoccupait clairement. Puis il avait carrément fait porter sur elle toute la responsabilité de son traitement.

Il s'agissait de faire très attention à ce que l'on souhaitait. Pour elle qui avait passé tant d'années de son adolescence à se battre pour sa liberté, c'était une habitude difficile à perdre. Elle avait voulu s'affranchir des injonctions sur la manière de soigner sa blessure, et elle y était parvenue. Mais c'était une victoire amère car elle se sentait soudain très seule.

C'était absurde. Absurde. Elle se sentirait mieux quand elle aurait du travail à abattre. En attendant, elle devait établir un protocole thérapeutique pour elle-même...

Le lendemain matin à 8 heures, Ross était déjà au travail dans son bureau et Laurie s'interrogea. N'aurait-elle pas dû venir plus tôt, histoire de prouver lequel d'entre eux était capable de se lever le premier ?

Mais c'était puéril. Elle toqua à l'encadrement de la porte et, levant les yeux, il lui fit signe d'entrer. Des yeux qui rendaient l'idée de compétition encore plus tentante.

— Vous avez réfléchi à quels patients vous pourriez prendre en charge ? demanda Ross d'emblée.

— J'aimerais d'abord en savoir un peu plus sur ce que vous attendez de moi.

Il recula dans son siège. L'incarnation même du patron, détendu et sûr de lui, avec un air insaisissable de responsable. Il avait beau prétendre que d'autres options existaient, en réalité sa parole faisait la loi ici. Laurie pouvait partir, mais alors elle n'aurait pas ce qu'elle voulait.

— À votre avis ?

Il lui retournait la question. Elle inspira à fond.

— Je pourrais contribuer d'un point de vue médical, et contribuer à l'établissement des protocoles d'exercices, mais votre équipe compte déjà de bons médecins et kinésithérapeutes, je ne serais qu'une paire de bras en plus. Ce que vous n'avez pas en revanche, ce sont des sportifs professionnels.

— Continuez, l'encouragea-t-il en hochant la tête.

— C'est une expérience supplémentaire que je peux apporter. Je comprends la pression de ce milieu et en quoi une blessure peut représenter un défi.

— Je suis tout à fait d'accord, dit-il avec un grand sourire. Jusqu'ici, nous partageons le même point de vue.

Croiser son regard devenait le plus grand défi, dans cette affaire. Elle aurait voulu savourer le frisson d'excitation qu'il suscitait en elle et lui retourner son sourire, mais Ross avait son avenir entre ses mains, elle devait s'en souvenir. Une des leçons d'une enfance dont elle se réjouissait de s'être libérée était que montrer ses sentiments à une figure d'autorité était une mauvaise idée.

— En ce cas... cela simplifie le choix des patients avec lesquels je peux travailler le plus efficacement.

Mieux valait ne nommer personne. Mieux valait ne pas tendre à Ross le bâton pour la battre, comme son père faisait.

— Oui et non, répondit-il. Pete Evans et Usha Khan sont tous deux athlètes professionnels, mais...

Heureusement qu'elle ne les avait pas mentionnés comme

premier choix. À l'entendre, il s'apprêtait à les écarter. Il poussa deux dossiers vers elle.

— J'aimerais discuter de deux autres patients avec vous, fit-il. Adam Hollier et Tamara Jones nous rejoindront la semaine prochaine, ce qui vous permettra de les prendre en charge dès le début de leur séjour ici.

Elle s'empara des dossiers. Elle n'avait jamais entendu parler d'eux, étaient-ce de nouveaux venus dans leurs domaines sportifs respectifs ? Elle ouvrit le premier dossier et parcourut la fiche de renseignements de Tamara.

— Elle a quinze ans.

Cela allait être une difficulté. Dans sa propre expérience, cet âge signifiait choix traumatisants et beaucoup de chagrin.

— Oui. Tamara est une jeune coureuse très prometteuse qui a perdu la partie inférieure d'une jambe dans un accident de voiture. Des problèmes d'ajustement avec sa prothèse ont retardé sa récupération, et on est en train d'organiser l'adaptation. Mais elle est frustrée par la lenteur des progrès, et confrontée à un tournant de sa vie en ce moment.

— Je peux m'identifier à cela, lâcha Laurie sans réfléchir.

Ross bondit évidemment sur l'occasion pour l'interroger.

— Comment ça ?

— On parle de Tamara. Elle fait face à d'énormes obstacles, je la comprends. Que dit-elle de la voie à suivre ?

— Les aspects médicaux de sa rééducation ne sont qu'une partie du défi. Tamara sait qu'elle veut continuer ses activités sportives, mais les problèmes qu'elle rencontre avec sa prothèse ont érodé sa confiance en elle.

— Quand vous aurez réussi, elle devrait se rendre compte qu'elle a beaucoup d'options. Certains coureurs qui utilisent des lames sont plus rapides que ceux qui n'en utilisent pas.

— En plus de ce que nous pouvons faire pour elle sur le plan médical, nous aimerions l'aider à explorer toutes les options. Et à retrouver sa pleine forme.

Laurie, mal à l'aise, referma le dossier. Cette jeune fille qui essayait de faire les bons choix la touchait de bien trop près. Elle ouvrit l'autre dossier et parcourut la première page.

— Adam Hollier. Un an de plus que Tamara.

— Adam a subi une facture de stress au pied...

Ross s'interrompit soudain, la fixant tandis qu'elle se sentait rougir. Était-il au courant de la manière dont son père l'avait poussée au-delà de ses limites ? S'activait-il à la faire craquer ?

— Surentraînement ? demanda-t-elle d'une voix blanche.

— Rien ne l'indique. Comme pour Tamara, on doit s'occuper du problème médical, mais aussi déterminer l'origine de sa blessure. C'est un garçon brillant, il sait qu'une vulnérabilité de ce type pourrait entraver son avenir. Mais il est tellement focalisé sur l'objectif de devenir sportif professionnel qu'il ne voit pas d'autre alternative.

Avec une lenteur délibérée, Laurie reposa pensivement les deux dossiers sur le bureau de Ross.

— On peut faire une pause ?

— Bien sûr. Vous voulez un café ?

— Non. Pourquoi vous avez choisi ces deux patients ? Vous vous êtes dit qu'ils représenteraient un plus gros défi pour moi ? Auquel cas vous devriez clarifier vos motivations. Vous êtes ici pour eux, pas pour moi. On a déjà convenu que je devais prendre mon propre traitement en charge.

Il se tut un moment, réfléchissant manifestement à ses propos.

— Honnêtement..., fit-il d'un ton songeur.

Elle sentit la moutarde lui monter nez.

— Je trouve qu'il est toujours bon d'être honnête, surtout lorsqu'il s'agit d'une relation médecin-patient, et de décider si le médecin en question a les ressources nécessaires pour aider un patient.

— Vous pensez que tout ceci n'est qu'une expérience ? Que je vous ai choisi des patients difficiles et que je resterai à l'écart pour voir ce qui se passe ? C'est loin de la vérité. Si un problème vous rend incapable d'aider ces jeunes gens, je compte sur vous pour me le dire.

Son expression s'était durcie. Il l'avait mise dos au mur. Ou peut-être s'y était-elle acculée elle-même ; quoi qu'il en fût, elle devait bouger. Elle se leva, et une douleur fulgurante de sa hanche dans toute la jambe manqua de la faire trébucher. Ross fit mine de vouloir l'aider, elle l'arrêta d'un regard noir. Marcher un peu lui fit du bien.

— Vous saviez que mon père m'a surentraînée ? Parfois jusqu'à l'épuisement. Que j'ai dû aller en justice pour partir vivre chez une tante à quinze ans ?

Ce n'était pas réellement un secret, les faits étaient connus et la presse l'avait souvent interrogée à ce sujet.

— Non, je l'ignorais.

Quelque chose qui ressemblait à de la tendresse fusa dans ses yeux, ce dont elle se garda de tenir compte.

— Eh bien, ça m'a posé un tas de problèmes. Les ados sont en général dotés de familles, et je n'ai pas très envie de me pencher sur ce genre de relations. Ce n'est pas mon truc.

— Très bien. Je ne vous demande pas d'être conseiller familial, nous collaborons déjà avec un très bon thérapeute.

Il marqua une pause, comme pour voir si elle serait elle-même intéressée par ce type de thérapie, et elle se retint de l'envoyer se jeter dans le lac.

— Alors, qu'est-ce qui fait de moi le choix évident pour ces deux patients ? demanda-t-elle plutôt.

— D'après mon expérience, les adolescents sont équipés d'un radar très précis. Ils savent qui comprend vraiment ce qu'ils vivent, et ils savent aussi qui se battra pour eux.

— Vous n'essayez pas de me faciliter la vie, hein ?

Il eut la témérité de sourire.

— Pourquoi le ferais-je ? Et si vous pensez ne pas pouvoir aider ces jeunes gens, pour une raison ou une autre, on étudiera à nouveau la liste...

Il attira la pile de dossiers à lui. Un élan protecteur flamba alors dans la poitrine de Laurie. Adam et Tamara étaient tous les deux confrontés à un avenir difficile et incertain, et elle savait combien cela faisait mal. Elle voulait vraiment les aider, et si Ross pensait qu'elle le pouvait...

Elle revint jusqu'au bureau, saisit les dossiers. Elle dut tirer un peu pour qu'il les lâche.

— Je n'ai pas dit ça. Je vais les prendre.

— Retour à la réunion ? C'est votre réponse officielle ?

Une lueur malicieuse dansait dans les yeux de Ross.

— Oui, c'est officiel. Je vais étudier les dossiers, et je reviendrai vers vous avec quelques propositions. Et officieusement...

Elle posa sa main sur le bureau et se pencha en avant.

— Vous avez beaucoup de bonnes idées, Ross. Mais vous pourriez essayer de ne pas être si suffisant à leur propos.

Elle n'attendit pas qu'il réponde. Elle quitta la pièce, laissant la porte claquer derrière elle.

3

On toqua à la porte et Ross s'interrogea brièvement. Laurie revenait-elle faire la paix ? Mais il avait la certitude que lorsqu'elle claquait quoi que ce fût derrière elle, cela restait fermé. Puis Sam passa la tête et il lui fit signe d'entrer.

— Je viens de voir Laurie sortir comme une furie de ton bureau, en plaquant sur sa poitrine des dossiers de patients comme si elle allait frapper celui qui tenterait de les lui arracher. C'est normal ?

C'était bien, en tout cas. La façon dont Laurie lui avait pris les dossiers des mains avait conforté Ross dans sa décision. Laurie avait quelque chose à apporter à ces jeunes, et elle le savait.

— On a eu une discussion très franche. Hum... Est-ce que je donne l'impression d'être quelqu'un de suffisant ?

Sam eut l'élégance d'éclater de rire. Mais il était vrai qu'elle pensait le meilleur de tous les gens qu'elle croisait.

— C'est Laurie qui t'a dit ça ?

— Elle l'a évoqué, oui.

Et plus il y pensait, plus cela le dérangeait. Il pouvait encaisser une insulte, mais Laurie l'obsédait, et son opinion sur lui comptait plus que de raison.

— Je te connais depuis longtemps, Ross. Je me souviens quand tu travaillais au développement de la clinique tout en... gérant d'autres choses.

— Tu peux le dire, tu sais. J'étais là aussi, je sais ce qui est arrivé.

Il était revenu sur place après avoir obtenu son diplôme de médecin, jeune marié et si plein d'espoir pour l'avenir. Sam avait été la première employée de la clinique, qui commençait à s'agrandir, et il était inévitable qu'elle, Ross et Alice deviennent amis.

— J'ai vu combien tu as lutté quand Alice t'a quitté, fit Sam avec un gentil sourire. C'était un coup dur pour toi, t'entendre dire que tu ne pourrais jamais avoir de famille, et tu as surmonté cette déception. Tu as bâti la clinique et tu en as fait ta famille à la place.

— C'était si évident que ça ?

Il voyait en effet la clinique comme un substitut de la femme qu'il avait perdue et des enfants qu'il ne pouvait pas avoir, mais l'entendre dire par Sam faisait mal.

— Je savais ce qui se passait parce que je vous connaissais, Alice et toi. Je pense que personne d'autre ne connaissait les détails, mais ce n'était pas difficile de voir que tu souffrais. Si tu as l'air un peu… fier de toi pour la façon dont la clinique a évolué, c'est parce qu'il y a eu un moment où tu n'avais rien d'autre, et tu as mis dedans tout ce que tu avais durant ces premières années.

Il grimaça un sourire.

— C'est ta façon de dire que je suis effectivement suffisant ? Sois franche avec moi, Sam.

— C'est ma façon de dire que tu pourrais être un peu moins sévère avec Laurie. Tu n'es plus son médecin et tu n'as pas besoin de prétendre que ton passé a été un long fleuve tranquille. Et, non, *suffisant* n'est pas le premier mot qui vient à l'esprit pour te décrire, Ross…

Ross n'avait pas demandé si *suffisant* était le second mot qui venait à l'esprit. Sam ne le lui aurait probablement pas dit, de toute façon, car sa façon de faire consistait généralement à lancer des idées et à les laisser fermenter. Et cette idée fermentait à une telle vitesse qu'il en était presque soûl.

Il mit de côté la question de savoir pourquoi cela était si important pour lui. Pourquoi *Laurie* était si importante pour lui.

Pourquoi être dans la même pièce qu'elle faisait souffler un vent d'excitation, même si en général, elle le défiait.

Il l'avait vue depuis la fenêtre de la clinique, assise sur l'un des sièges en bois de la terrasse dallée à l'extérieur de l'appartement d'invités, un tas de papiers sur la table devant elle. Il allait devoir aller faire la paix avec elle.

Mais ce ne fut pas nécessaire. Quand il s'approcha, Laurie lui sourit. Un de ses sourires radieux et malicieux, qui ne pouvait être qu'authentique.

— Je peux m'asseoir ? demanda-t-il.

— Bien sûr.

— Je voudrais m'excuser.

— Vraiment ? répondit-elle en plissant le nez. Je ne préférerais pas, parce qu'alors je devrais m'excuser aussi.

Il sentit les muscles de ses épaules se relâcher soudain.

— On considère donc cette matinée comme étant derrière nous ?

— Vu qu'il est 14 heures, je crois que cela va sans dire.

Ne jamais laisser le soleil se coucher sur une dispute. Ross chassa la pensée de toutes les nuits qu'il avait passées recroquevillé sur le canapé après qu'Alice lui avait jeté un objet ou un reproche à la figure et claqué la porte de la chambre au nez. Il devait prendre l'attitude de Laurie pour ce que c'était, et ne pas faire de comparaisons.

— Cependant, j'aimerais expliquer...

Laurie secoua la tête, indiquant que c'était inutile. Pas pour elle, peut-être, mais il y tenait pour lui-même.

— Laissez-moi finir. Et on pourrait se tutoyer, non ?

— Si tu veux.

— La mise en place de cette clinique a été difficile. J'ai dû aller trouver des contacts qui nous enverraient des patients, alors que j'étais en plein divorce houleux. Ce lieu est devenu ma famille et... si je m'investis parfois un peu trop, c'est un point qu'il faudrait sans doute que je travaille.

Le regard de Laurie fouillait son visage. Elle en voulait clairement plus, mais il ne le lui donnerait pas. Sa décision d'éviter tout investissement romantique potentiel avait déjà pris un sacré coup face à ses yeux dorés et son esprit indomptable. En discuter risquait seulement de le faire changer d'avis. Elle rétorqua :

— Peut-être que, parfois, je me dégage trop facilement.

À en croire son sourire, il n'y avait pas de *peut-être*.

Il avait envie de lui dire de ne jamais changer. Que son entêtement était exquis lorsqu'il était combiné à son honnêteté rieuse. Mais c'était un pas trop grand à franchir parce que cela venait de son cœur, et que sa tête lui disait que Laurie risquait toujours de scier la branche sur laquelle elle était assise en ce qui concernait sa blessure. C'était *cela* qui devrait être sa seule et unique priorité.

— Tu as encore réfléchi à tes patients potentiels ?

— Tu veux dire ceux que tu as suggérés et que je n'ai pas l'intention de te laisser me prendre ? demanda-t-elle du tac au tac.

— Oui. Ceux-là. J'ai prévu de rencontrer Adam demain après-midi à Londres. Ce serait formidable si tu avais le temps de m'accompagner.

— Faire mes bagages ne prendra qu'une demi-heure. Et j'aimerais venir, pour faire sa connaissance.

— Parfait. Tamara arrive après-demain.

— Bien. Est-ce que deux patients suffiront à occuper mes quatre après-midi par semaine ?

— J'espère que tu passeras du temps avec chacun d'eux. Et si tu es désœuvrée, il y a nombre d'activités à la clinique auxquelles tu peux participer.

— Ah. Sans doute celles dont je n'ai rien voulu entendre la semaine dernière, fit-elle avec un sourire en coin.

— Oui. Celles-là, dit-il en souriant en retour. Il y a aussi quelques activités de sensibilisation réservées au personnel. Nous allons à la journée sportive de l'école de Lakeside chaque année, c'est dans quelques semaines.

— D'accord. Mais dis-moi, quelle est votre contribution à une journée sportive d'école ?

— Nous faisons partie d'une communauté, ici. On s'intéresse à ce que font les écoles et les centres sportifs locaux, et on offre bénévolement nos conseils et notre aide s'ils en ont besoin. La journée sportive est une bonne occasion de faire connaissance avec les gens.

— Ça ne m'étonne pas de toi. Socialement responsable.

— En fait, c'est très amusant. On y va déguisés.

Il avait gardé pour la fin la partie que Laurie trouverait la plus problématique.

Elle lui lança un regard sceptique.

— Me déguiser n'est pas vraiment mon truc.

— Eh bien, tu n'es pas *obligée* de te déguiser, tu peux juste venir comme tu es. Mais tu manqueras quelque chose, on a accumulé quelques chouettes costumes au fil des ans. D'habitude, je me déguise en Chapelier Fou.

L'effet de ce recul fut presque immédiat. Les lèvres de Laurie se retroussèrent dans une expression malicieuse.

— Ils sont où, ces costumes ?

— Stockés dans une pièce au sous-sol. Je peux te passer la clé, si ça t'intéresse.

— Je te propose un marché. Je viendrai déguisée si tu me laisses choisir *ton* costume. Le Chapelier Fou ne te convient pas vraiment.

Ça ressemblait à un défi. Et les défis de Laurie devenaient rapidement à la fois gênants et délicieux.

— Pourquoi pas. Je ne suis pas contre un changement.

Je me déguiserai si tu me laisses choisir ton costume. C'était l'une des pires idées qu'elle ait eue depuis longtemps.

Laurie regarda Ross s'éloigner. C'était l'occasion de le fixer sans risquer de se faire surprendre. Il y avait beaucoup à admirer chez lui, même de dos.

Il était en train de l'embobiner. Il l'attirait dans la vie de la clinique, dans la façon dont chacun s'occupait des autres comme s'il s'agissait d'une famille élargie. Il la tentait de compter sur lui, d'accepter son jugement comme étant sensé. Toutes ces choses qui semblaient si dangereuses.

Elle avait échappé aux tentacules poisseux de sa propre famille.

Échappé aux tentatives brutales de son père pour contrôler les moindres aspects de sa vie, de ses entraînements et de sa carrière. Elle ne pouvait pas redonner à quelqu'un le contrôle de son existence comme cela. Surtout pas Ross, parce que c'était tellement tentant de le laisser faire.

Alors elle le défiait. À chaque fois, et à tout bout de champ. Même cela semblait faire naître cette chaleureuse espièglerie dans ses yeux, comme si cela ne le dérangeait pas beaucoup. C'était aussi bien, parce qu'elle n'avait pas l'intention de s'arrêter de sitôt.

Si cela lui permettait de choisir le costume le plus embarrassant qu'elle pouvait trouver pour lui, alors ainsi soit-il. Cela pouvait être vu comme mesquin, mais c'était une bouée de sauvetage dans une mer agitée, quelque chose pour la maintenir à flot et préserver l'indépendance qu'elle avait si chèrement acquise.

4

Depuis que Laurie et Ross étaient arrivés à la gare de Londres puis partis chacun de leur côté, il se demandait ce qu'elle faisait. Passait-elle vraiment simplement chez elle ou avait-elle un but secret en tête ? Mais après tout, elle pouvait avoir autant de buts qu'elle souhaitait, tant qu'elle effectuait le travail pour lequel il la payait, et qu'elle œuvrait à la guérison de sa propre blessure. *Secret* était un terme trop sensible, le reste après tout ne regardait qu'elle.

À 2 heures moins 10, le taxi s'arrêta sur les docks de Londres devant le petit immeuble de Laurie. Le chauffeur ouvrit un journal et hocha distraitement la tête quand Ross l'informa qu'il pourrait en avoir pour un moment.

Avoir dix minutes d'avance était un hasard de la circulation londonienne, mais s'il pensait prendre Laurie de court, il en fut pour ses frais. Elle lui ouvrit la porte de son appartement en pantalon noir et haut blanc, couleurs qui soulignaient le roux flamboyant de ses cheveux et ses yeux fauves. Cette tenue ne différait pas strictement de ce qu'elle portait la semaine précédente, mais constituait sans doute ce qu'elle qualifiait d'« habits de médecin ».

Tout prit plus de sens quand elle le fit entrer, lui demandant d'attendre dans le salon pendant qu'elle vérifiait que les fenêtres étaient bien fermées avant de partir. L'endroit était d'une propreté presque militaire, sans piles de livres et souvenirs personnels qui agrémentaient son propre salon. Juste de l'espace, de la lumière, et chaque chose à sa place. Voilà comment elle jonglait entre une carrière de médecin et ses exploits sportifs : avec le genre d'organisation impitoyable qui rendait logique le fait d'avoir des vêtements différents pour ses deux identités distinctes.

Il se dirigea vers la fenêtre. Il y avait une vue magnifique sur les docks de St Katharine, avec des petits bateaux amarrés sur le vieux quai et quelques voiles blanches au loin.

— Une vue qui donne envie, hein ?

Sa voix résonna juste derrière lui, et il sursauta.

— Carrément. Tu vis ici depuis combien de temps ?

— Six ans. C'est un emplacement très pratique, proche à la fois de mon lieu de travail et de mon club d'aviron.

Il acquiesça, essayant de ne pas scruter le reste de la pièce à la recherche d'indices sur sa vie. Il n'y avait pas grand-chose à en tirer, de toute façon.

— Tu es prête à partir, alors ?

— Oui, fin prête.

Elle saisit sa valise et le poussa hors de l'appartement.

Ross avait délibérément omis de donner à Laurie plus de détails que ceux inclus dans le dossier. Ainsi, il verrait comment elle se débrouillerait lors de sa première rencontre avec Adam. Le taxi les déposa devant une jolie maison mitoyenne. Ross, suivi de Laurie traînant sa valise, sonna.

— Docteur Summerby. Merci d'être venu, dit Ann, la mère d'Adam, en leur ouvrant la porte.

— Ross, s'il vous plaît. Et voici le Dr Sullivan, qui nous aidera avec le traitement d'Adam.

— Alias Laurie, précisa cette dernière.

Elle serra la main d'Ann sans la moindre trace de réserve suspicieuse qui caractérisait toutes ses interactions avec le personnel de la clinique. Et son sourire chaleureux était sincère.

Ann les précéda à l'intérieur.

— Adam est dans la véranda. En train de cultiver son côté adolescent grincheux, j'en ai peur, dit-elle en baissant la voix.

Adam n'avait pas dit grand-chose la dernière fois que Ross

l'avait vu, mais il avait rencontré des adolescents plus grincheux. Il entendit Laurie glousser.

— Les adolescents grincheux de tous âges sont la spécialité de Ross, à ce qu'on m'a dit, fit-elle d'un ton malicieux.

Elle était charmante. Envoûtante. Et il ne faisait aucun doute que sa blague était en partie destinée à elle-même.

— Je suis en effet connu pour avoir un certain succès…

Laurie commençait à lui faire perdre la tête, qui allait bientôt rouler à ses adorables pieds. Il s'efforça de se ressaisir.

— Comment Adam vit-il sa blessure ? demanda Laurie.

— Mal, répondit Ann avec un soupir un peu désespéré. Il adore courir, et il est très doué pour ça. Notre autre fils l'est plus pour les études, tandis qu'Adam excelle dans la course.

— Il a un coach ?

— Oui. Quand il était petit, mon mari encourageait son intérêt pour le sport en courant avec lui, mais quand Adam s'y est mis pour de bon, on l'a inscrit au club d'athlétisme local et on lui a pris une vraie entraîneuse.

— Et quelle attitude a-t-elle envers la blessure ?

La question était pertinente même si Laurie semblait penser que la coach avait quelque chose à voir avec tout cela.

— Sadie fait preuve d'un grand soutien. Je lui ai montré le diagnostic clinique, et elle a beaucoup encouragé Adam à suivre les conseils de Ross. Mais Adam se tient très au courant de tout, et d'après lui, personne ne peut affirmer si cette blessure est ou non le résultat d'une faiblesse qui l'empêchera de poursuivre la compétition.

— Il a raison, dit Ross. C'est pour cela que nous aimerions qu'il reste quelques semaines à la clinique, non seulement pour l'aider à se rétablir, mais aussi à trouver comment aller de l'avant.

— Nous vous sommes si reconnaissants de le prendre, répondit Ann. Une annulation, c'est bien ça ?

Ross n'avait pas informé Laurie qu'Adam prenait sa place. Il enchaîna aussitôt :

— Exact. Et je crois que les compétences de Laurie, à la fois comme athlète et médecin, lui apporteront beaucoup.

— Je ferai de mon mieux, répondit-elle d'un ton rassurant.

Son air résolu ne laissait aucune possibilité d'échec, et cela blessa Ross, à sa grande surprise. Il avait tellement essayé de l'atteindre et elle lui avait résisté jusqu'au bout, mais Adam méritait déjà un engagement complet de sa part.

Dans la véranda, Adam était assis devant un grand écran TV, et plongé dans un jeu vidéo. Son pied, chaussé d'une botte de marche orthopédique, était surélevé. Ross resta en arrière, retenant Ann d'un geste. Comment Laurie allait-elle approcher leur patient ?

— Salut. Tu es Adam ? Je suis le Dr Laurie Sullivan, mais je ne réponds qu'à Laurie.

Adam leva les yeux vers elle. Peut-être vit-il la même chose que Ross, quelqu'un dont il avait envie de faire la connaissance, car il lâcha sa manette de jeu.

— Salut.

— Éteins ça, Adam, ordonna Ann, prête à s'approcher.

Mais Ross l'arrêta. Adam faisait tout ce qu'on lui disait, pourtant la dernière fois que Ross l'avait vu, il n'avait pas fait preuve d'un grand enthousiasme à propos des efforts qu'on lui consacrait. Laurie serait-elle en mesure de changer cela ?

— Je travaille quelque temps cet été à la clinique Lakeside, dit-elle avec un sourire laissant entendre que c'était un peu des vacances pour elle. J'imagine que tu veux savoir pourquoi je pense pouvoir t'aider ?

C'était différent, en effet. Si Ross admettait le besoin de faire ses preuves avec chacun de ses patients, il n'était généralement pas aussi direct que Laurie. Mais elle semblait avoir capté l'attention d'Adam.

— D'accord.

— Alors... Je suis médecin, ce que tu sais déjà. Je suis aussi athlète et j'ai eu quelques blessures dans ma vie.

— Lesquelles ? demanda Adam en regardant son pied droit d'un œil noir.

— Je me suis cassé les doigts une fois, répondit-elle, levant la main en remuant ses deux doigts du milieu. Ils se sont pris dans une dame de nage. J'ai fait en sorte de ne plus recommencer. Je n'ai pas pu tenir de rame pendant une éternité après ça.

— Tu es rameuse ?

Le sourire de Laurie devint plus lumineux encore.

— Oui, j'adore ça. J'étais aux Championnats du monde l'année dernière.

Cela lui gagna la pleine attention d'Adam.

— Quoi, d'aviron ? Pour l'Angleterre ?

— J'ai remporté la médaille d'argent au skiff féminin. Ce sera l'or l'an prochain, dit-elle, penchée vers Adam, sur le ton de la confidence.

— J'aimerais pouvoir concourir au niveau national...

— Ton sport, c'est la course à pied ?

— Oui, j'avais l'intention de me diversifier un peu avant de me blesser.

Adam haussa les épaules, comme si cela n'avait plus d'importance. Laurie indiqua la manette de jeu.

— Alors tu tentes le pentathlon moderne ? Pour affiner tes capacités de combat ?

Adam comprit la plaisanterie et éclata de rire.

— Non. C'est juste un jeu. Je pensais plutôt aux quatre cents mètres, au lieu de deux...

Tous deux se mirent à bavarder avec animation, et Ann finit par sourire également. Elle murmura à Ross :

— On dirait que vous avez amené votre arme secrète...

Il semblait bien, en effet. Même si Ross ne s'était pas douté que Laurie parviendrait à engager un rapport aussi immédiat avec le jeune garçon.

Il chassa la pensée que tout ce qu'elle avait fait jusqu'à présent avec *lui* paraissait destiné à le tenir à distance. Cela n'avait pas d'importance. Ce qui comptait, c'était qu'elle donne à Adam ce dont il avait besoin et, ce faisant, se soigne elle-même. Si Ross devait être relégué au rôle de spectateur, qu'il en soit ainsi. Il se tourna vers Ann.

— Vous disiez que les professeurs d'Adam lui ont préparé

du travail scolaire pour son absence. Peut-être pourrions-nous passer le programme en revue ensemble... ?

— Oui. Merci. Je vais faire du thé. Venez dans la cuisine.

Comment empêcher son esprit de vagabonder vers la véranda ? Ross entendait Laurie rire et parler. Puis le silence, suivi du son du jeu vidéo d'Adam.

Ann releva la tête de l'emploi du temps et sourit.

— Oh. Laurie est mordue de jeux vidéo ?

— Hum. Pas que je sache. J'avoue que je n'ai pas pensé à le lui demander.

— Ça ne doit pas être la première chose à laquelle on pense lors d'un entretien d'embauche. En tout cas, le courant a l'air de bien passer entre Adam et elle, ce qui est déjà un petit miracle en ce moment.

Ça fonctionnait. Ross avait gardé pour lui ses réserves à propos de l'arrangement, et Laurie avait exprimé les siennes en termes très clairs. Mais si elle voyait ce qu'il voyait, Laurie allait arriver à la même conclusion qu'Ann.

Il entendit la voix de Laurie depuis l'autre pièce.

— Oui... je t'ai eu ! Non ! C'était un coup perfide, Adam, comment tu as fait ça ?

Adam expliqua en riant la manœuvre à Laurie. Puis le son d'une bataille parvint à Ross alors qu'ils recommençaient à jouer.

Ann paraissait beaucoup moins inquiète de l'idée que son fils passe quelques semaines loin de la maison. Lorsqu'ils eurent regardé le travail scolaire qu'Adam apporterait avec lui, Ross regagna la véranda avec elle.

— Désolé de jouer les trouble-fêtes, dit-il à Laurie avec un grand sourire ironique.

Elle lui jeta un regard coupable et lâcha la manette de jeu.

— Adam, ce n'est pas fini. Je t'aurai la prochaine fois...

— Dans tes rêves, rétorqua l'adolescent.

Il était visiblement impatient de recommencer, et puisque ce serait à la clinique, Ross était entièrement pour.

Ils firent leurs adieux et quittèrent la maison. À sa grande surprise, Laurie le laissa se charger de sa valise.

— Désolée pour le jeu vidéo.

— Vraiment ? fit-il d'un ton sceptique.

— Eh bien, non, en fait. Adam a l'esprit de compétition.

Et elle lui avait donné une occasion de se mesurer à elle. Le garçon n'avait pu que constater sa volonté farouche de gagner.

— Tu joues aux jeux vidéo ?

— Non. Jamais, en fait. Mais Adam si, alors je vais apprendre. D'après lui, je peux relever mon niveau et changer de costume après quelques parties supplémentaires. Ce sera un soulagement, mon avatar ressemble pour le moment à une candidate de concours de beauté.

— Et qu'est-ce que tu obtiens après avoir joué un peu plus ? demanda Ross.

— Une armure. Et une grande épée...

Il sourit à l'image de Laurie en armure, ses cheveux scintillant au soleil, faisant tournoyer une grande épée au-dessus de sa tête.

— Tu sembles bien t'entendre avec lui, alors j'aimerais que tu lui ébauches un programme d'exercices.

— Super, merci, répondit-elle avec un empressement évident à s'investir. Mais ça ne va pas froisser Sam, n'est-ce pas ? C'est une excellente kiné, et...

— Je connais ses qualités professionnelles. Ce que Sam ne supportait pas, c'était que tu sapes tous ses conseils avisés. Ça ira très bien pour elle.

Avait-il été trop franc ? Heureusement, Laurie lui adressa un sourire en coin.

— Je ne lui en veux pas. Je ressentirais exactement la même chose à sa place.

Elle en était donc consciente. Et paraissait plus à l'aise avec l'approche directe de Ross que le tact bienveillant de Sam.

Ils regagnèrent la gare à temps pour acheter un café à emporter avant de monter dans le train. Ross s'assit en face de Laurie et se mit à réfléchir tandis qu'ils s'éloignaient de Londres.

La journée avait répondu en tout point à ce qu'il escomptait.

Laurie s'impliquait dans le travail à la clinique, et cette implication lui faisait revoir son approche de sa blessure. Adam paraissait désormais impatient de séjourner à Lakeside, ce qui représentait un net progrès. Mission accomplie. Alors pourquoi ce sentiment de victoire amère ?

À l'origine, il avait apprécié le défi inhérent à sa relation avec Laurie, s'imaginant que c'était peut-être la façon dont elle interagissait avec tout le monde. Mais maintenant qu'il l'avait vue avec Adam, il se rendait compte qu'elle *pouvait* aller à la rencontre de quelqu'un. La conclusion inéluctable était donc qu'elle ne voulait tout simplement pas aller vers *lui*.

D'accord. Pas de problème. Qu'elle fasse ce qu'elle voulait. À lui d'assumer la responsabilité de ses propres sentiments, et de se demander pourquoi cela le hérissait autant.

Il lui suffit de jeter un coup d'œil à Laurie pour trouver la réponse. Elle avait sorti un livre de son sac et, concentrée sur les pages, ignorait son regard. Durant l'essentiel de sa vie, il avait été le copain d'école qui vivait trop loin de la ville pour participer aux sorties au cinéma ou aux fêtes. Pendant quelques brèves années, quand Alice et lui étaient ensemble, il avait pensé qu'il pourrait enfin trouver sa place, en tant que membre d'un couple, puis d'une famille. Cela n'avait pas marché et maintenant, il était l'intrus dans les dîners au plan de table soigneusement agencé pour que ça ne se voie pas trop. Celui qui rentrait seul chez lui.

Il s'était fait à cette idée et s'en accommodait. Mais Laurie avait réveillé son désir de plus, et il voulait qu'elle le remarque. Peut-être même être un peu spécial pour elle.

Il alluma son ordinateur portable. Il ne fallait pas que cela arrive, et si toutes les piqûres de rappel que cela n'arriverait pas faisaient mal, il allait devoir s'y habituer.

— Tu as reparlé avec Ann de l'entraîneuse d'Adam ?

Ross releva les yeux de l'article qu'il lisait. Laurie tenait toujours son livre, la question tombait du ciel.

— Oui, pendant qu'on était dans la cuisine. Elle est certaine que le surentraînement n'est pas la cause de la blessure, cette Sadie est une amie de la famille et elle partage le point de vue d'Ann selon lequel Adam devrait prendre plaisir à son sport et avoir du temps pour d'autres choses.

— Bon, fit Laurie en hochant la tête d'un air sceptique.

— Tu n'es pas satisfaite ?

— Je ne sais pas. Les mômes dissimulent des choses. Un adulte a toujours une autorité implicite ; si sa coach le pousse trop loin, il peut très bien ne rien dire.

— Ou il se peut très bien qu'elle ne le pousse pas.

Laurie lui jeta un regard noir et croisa les bras, laissant le livre tomber sur ses genoux. Le sujet n'était à l'évidence pas clos, et Ross ravala la poussée d'excitation désormais familière.

— Très bien, fit-elle. Vas-y, dis-le. Je sais ce que tu penses.

Elle gardait la voix basse afin que les autres passagers du wagon ne l'entendent pas, mais il ne se faisait aucune illusion : s'ils avaient été seuls, elle l'aurait apostrophé debout.

— Je pense que tu cherches peut-être quelque chose qui n'existe pas. À cause de ta propre expérience, dit-il, lui aussi dans un murmure.

— Tu as sans doute raison, admit-elle en plissant le nez. Et c'est précisément la raison pour laquelle je trouvais que travailler avec des jeunes était une mauvaise idée.

— C'est précisément la raison pour laquelle je trouve que c'est une bonne idée. Tu as communiqué avec Adam d'une manière à laquelle je ne suis pas parvenu. Et tu te soucies de lui, suffisamment pour explorer toutes les pistes.

— Je ne peux pas... Oui, je me soucie de lui. Peut-être un peu trop, parce que je ne peux pas être impartiale.

— D'accord. Laisse-*moi* être impartial. Sois son avocate. Tant qu'on sait tous les deux à quoi nous en tenir, c'est bon. Ou tu peux décider que j'ai tort sur tout ça et que tu préfères te charger du classement, dit-il, malgré le danger.

Au moins, elle y réfléchissait, au lieu de contre-attaquer sur une réaction épidermique. Elle fit la moue.

— Très bien. Je peux être son avocate. On peut mettre ça

dans la description du poste, parce que je ne lâcherai rien si j'ai l'impression que tu ne prends pas ses problèmes en compte.

— Mais je t'en prie, fais-toi plaisir. Puisque tu n'as pas de description de poste, autant que tu la rédiges toi-même. Ainsi que ton propre protocole thérapeutique…

Il était convaincu que, s'il lui laissait le champ libre, elle concevrait quelque chose de brillant et novateur. Miser sur elle n'était pas très risqué, tant qu'il restait attentif.

— Mais tu voudras les voir, dit-elle d'un ton circonspect.

— La description de poste, oui. Il le faudra bien. Quant à ton traitement, j'ai été clair : c'est ton entière responsabilité.

— Je ne comprends toujours pas pourquoi tu agis ainsi.

Décidément, tout ceci était exigeant et épuisant, mais aussi exaltant. Un peu comme le meilleur sexe imaginable, bien que *ça*, ce ne soit pas au programme, précisa-t-il pour lui-même.

— Tu as repensé à ton coup d'éclat avec le bateau ? Aux raisons pour lesquelles tu l'as fait ?

Elle lui adressa son incroyable sourire énigmatique.

— Je suis sûre que tu as une théorie.

— En effet.

— Alors, le moins que tu puisses faire, c'est de la partager.

Elle inclina la tête pour lui faire comprendre qu'elle n'avait pas l'intention de le laisser s'en tirer à si bon compte.

— Très bien. Je pense qu'on t'a imposé des attentes trop hautes durant ton enfance. Tu as dû apprendre à remettre l'autorité de ton père en question, car tu as fini par partir.

Le sourire de Laurie se figea, un éclair de douleur, vite dissimulé, traversa son regard.

— Continue.

— Même maintenant, tu défies tous ceux qui te disent quoi faire. Le spécialiste qui te suit, Sam. Moi, bien sûr. Mais il y a une partie de toi qui sait que tu dois arrêter, et c'est pour cette raison que tu as ramé juste devant ma fenêtre.

— Tu dis que je me saborde moi-même ? C'est assez malin. Je ne suis pas sûre d'être aussi intelligente que ça.

— Alors tu ne t'accordes pas assez de crédit. Et je crois juste de dire que la plupart des gens font exactement la même chose à un moment donné de leur vie.

Elle hocha lentement la tête.

— C'est une idée intéressante. Un peu tirée par les cheveux, cependant, si tu veux mon avis.

Bien sûr que ça l'était. Mais vu la façon dont elle avait réagi, il avait touché un point sensible. Si elle ne voulait pas l'admettre tout de suite, pas de problème.

Il retourna à son ordinateur et se concentra sur l'écran. Du coin de l'œil, il la vit reprendre son livre. Ses pensées restaient cachées derrière un masque impassible.

Pourquoi faisait-il cela ? C'était compliqué à gérer, et il aurait été parfaitement en droit de renvoyer Laurie de la clinique, au motif qu'elle refusait tout traitement. Mais aucune partie de lui ne se résignait à la laisser partir.

Ni l'enfant solitaire qui s'amusait tout seul pendant que sa mère travaillait autant qu'elle pouvait pour les faire vivre tous les deux après le départ de son père. Ni l'adolescent qui passait la plupart de son temps seul, pour les mêmes raisons. Et pas non plus le mari qui avait rêvé d'une famille à lui, mais à qui on avait dit que ses chances de concevoir un enfant étaient de l'ordre de une sur mille.

Son mariage n'avait pas survécu, et il avait accepté la perte de ses rêves, mettant tout ce qu'il avait dans la clinique. La clinique avait été sa famille à l'époque où il était seul et malheureux, et aujourd'hui, c'était la dernière chance de Laurie. Il n'allait pas la laisser perdre cette chance.

5

Laurie se réveilla avec une évidence en tête. Elle commençait à trouver Ross beaucoup trop perspicace. En son for intérieur, elle savait qu'elle se tirait une balle dans le pied en ramant sous les fenêtres de la clinique. Mais il avait fallu Ross pour verbaliser cette hypothèse.

Il était temps de se mettre au travail. Pas de se demander s'il avait raison ou tort, ni de réfléchir aux émotions qu'il semblait si aisément susciter en elle. Elle avait des objectifs. Elle voulait retrouver une forme physique de compétition, et contribuer à changer les choses pour Adam et Tamara. Ross voulait cela aussi, alors où était le problème ?

Vouloir les mêmes choses que lui donnait l'impression d'être un peu risqué. Elle avait passé les derniers jours à le traiter en ennemi, et pour être honnête, elle préférerait qu'il le soit. S'il commençait à vouloir les mêmes choses qu'elle, ils allaient s'arracher leurs vêtements avant la tombée de la nuit.

Et *ça*, pas question. Si Ross semblait avoir une vie bien rangée, il avait lâché quelques indices indiquant qu'il était peut-être aussi abîmé qu'elle. Et les blessures en elle étaient profondes. Assez pour qu'elle ne veuille pas se recréer de famille alors que celle qu'elle avait eue et laissée derrière elle lui avait presque arraché l'âme.

Elle sortit du lit, trébuchant presque lorsque la raideur matinale priva un moment sa hanche et sa jambe de leur force. Quelques étirements régleraient le problème, puis elle se rendrait à la salle de sports pour faire ses exercices. Après quoi, elle s'efforcerait, le plus poliment possible, d'éviter Ross toute la journée.

Obstacle numéro 1. Quand Laurie entra dans la salle, le cliquetis sourd des poids sur l'un des appareils lui apprit que Ross était arrivé là le premier. Avant qu'elle puisse claquer la porte derrière elle pour l'avertir de sa présence, il se redressa, attrapa une petite serviette et s'essuya le visage.

Sa gorge s'assécha. Il n'était pas hyper musclé mais sacrément costaud. Et en sueur. Elle réprima l'envie de s'approcher et de l'apostropher, ce n'était pas sa faute à lui si le corps masculin avait un attrait particulier pour elle quand il soulevait de la fonte.

— Hey. Je finis tout juste.

Il se leva, manifestement sur le point de quitter la salle afin qu'elle puisse faire ses exercices seule.

— Ne t'enfuis pas à cause de moi.

Elle sourit, tenant d'injecter dans sa voix une note de chaleur courtoise qui ne ressemble pas trop à de la convoitise.

— Je suis un peu en retard, de toute façon. Je te laisse te mettre à... ce que tu t'apprêtes à faire.

Le sourire de Ross fit passer un message sans équivoque. Il avait décidé de la laisser tranquille. Ce qui était aussi bien, car quand il passa devant elle dans l'embrasure de la porte, elle sentit son odeur. Absolument sexy.

— Tu as un moment plus tard ? J'ai quelques questions sur l'organisation du protocole pour Adam.

— Bien sûr, cria-t-il par-dessus son épaule. 10 heures ?

— C'est parfait. Merci.

Obstacle numéro 2. Comment s'en tenir à sa routine sportive quand la clameur des phéromones la mettait en situation de « combattre ou fuir » ? Peut-être quelques exercices de relaxation et de respiration s'imposaient-ils avant de commencer son entraînement matinal.

Cela faisait deux jours que Ross maintenait ses interactions avec Laurie au strict minimum. Elle travaillait sur ses protocoles de soin pour Adam et Tamara, et il l'avait laissée faire. Il avait aussi fait l'impasse sur ses séances d'entraînement matinales, afin de ne pas risquer d'être là lorsqu'elle faisait ses propres exercices. Résultat : la curiosité le tenaillait, et il ne savait pas combien de temps il pourrait continuer ainsi.

Mais ce matin, elle avait trouvé le chemin de son bureau. Le bleu foncé de son pantalon s'accordait parfaitement à son haut sans manches, et elle avait combiné le tout avec des sandales rouge vif. Il remarqua ses ongles peints exactement de la même teinte que ses chaussures. Il se rappela l'importance qu'elle attachait au fait de s'habiller en fonction des circonstances, et il cherchait des indices, plutôt que d'apprécier l'effet global.

— Bonjour. Je me demandais si tu avais le temps de me voir aujourd'hui.

Toujours. Surtout quand elle était aussi belle.

— Maintenant te conviendrait ? J'allais me chercher un café. Tu en veux un ?

— Volontiers. Merci.

Quand il revint avec deux tasses, il la trouva assise dans son bureau, son ordinateur portable posé devant elle.

— Quelle est ton adresse e-mail ? Je vais t'envoyer mes propositions...

Elle voulait clairement se cantonner au travail.

Il dicta son adresse et entendit son ordinateur sonner. Alors qu'il ouvrait le document, une pensée lui vint.

— Tu as déjà choisi les costumes ? La journée sportive est lundi prochain.

— Ah, oui, fit-elle, tout sourire. Je vais me déguiser en poulet.

Le costume de poulet était génial. Couvert de plumes jaunes, et très amusant. Si elle avait cherché le costume le plus embarrassant de la collection de la clinique, elle l'avait choisi pour elle, mais elle le porterait probablement à merveille. Il tenta de garder un air innocent pour demander :

— Et moi ?

— Tu seras l'œuf. Ou plutôt Humpty Dumpty. Gros Coco.

Bon. Comme costume, l'œuf n'était pas si mal. Les enfants l'avaient adoré l'année précédente lorsque Mike l'avait choisi, et il était difficile de se sentir mal à l'aise quand on était presque entièrement dissimulé à l'intérieur d'un gros œuf en papier mâché. Il était en revanche un peu difficile d'aller à une vitesse supérieure à celle de la marche, et les deux trous découpés pour les yeux à l'avant n'offraient pas un champ de vision très large. Si Laurie avait voulu lui couper les ailes, elle avait fait du bon travail. Mais il ne lui montrerait pas ses réserves.

— Super. La poule et l'œuf, alors. Qui vient en premier ?

Elle gloussa.

— C'est ce qu'on va voir, n'est-ce pas ?

Trois heures et deux tasses de café plus tard, il avait parcouru les protocoles élaborés par Laurie, qui s'avéraient excellents. Manifestement, elle avait fait parler Adam de ce qui lui plaisait et lui déplaisait, et discuté avec Tamara de ce qu'elle attendait de son séjour à la clinique. Ross n'avait qu'une réserve.

— Tu notes ici que d'après toi Tamara pourrait aimer essayer l'aviron.

— Oui.

— Quels sont les bénéfices spécifiques que tu y vois ?

— En ce moment, sa prothèse n'est pas très bien adaptée. Je sais que vous travaillez là-dessus, mais en attendant, ce serait chouette qu'elle bouge un peu.

Il s'accorda un temps de réflexion.

— Mais l'aviron impose de fléchir les jambes. La prothèse de Tamara lui fait mal quand elle exerce trop de pression dessus, et on doit corriger le déséquilibre que cela provoque. L'aviron ne va pas l'aggraver ?

— L'aviron de compétition, si. Je pensais plus à une forme de promenade dominicale sur le lac. On lui met des rames dans les mains et on voit comment elle se débrouille.

Ross s'interrogeait. Laurie était-elle réellement capable de faire une « balade dominicale », sur le lac ou ailleurs ?

— Admettons. Mais comment se rendre sur le lac, pour commencer ? Tu vas devoir l'y conduire à la rame, pas vrai ?

Laurie lui jeta un regard exaspéré.

— Écoute, je connais tes réticences. Tu penses que je ferais n'importe quoi pour retourner sur l'eau et, de ton point de vue, oui, je vois comment tu en arrives à cette conclusion.

— Alors convaincs-moi.

— Tu as d'excellents kinés et médecins ici et il n'y a rien que je puisse ajouter à ce qu'ils font pour ces jeunes. Alors j'ai essayé de réfléchir à quelque chose que je pourrais apporter. Mon propre argument de vente, si tu veux.

— Continue...

— Pour Adam, je veux lui faire comprendre à quel point c'est frustrant d'être blessé, et comment ça peut faire perdre sa confiance en soi. Et pour Tamara... je veux juste lui donner le sentiment de puissance et de vitesse qu'elle avait autrefois quand elle courait, et qu'elle aura à nouveau.

C'était une façon différente de voir le problème. Et la raison même pour laquelle il avait demandé à Laurie d'établir ces protocoles de traitement.

— D'accord. Je marche. On peut emmener Tamara cet après-midi sur le lac si elle en a envie.

— *On* ?

Il hocha la tête. Il était temps de reprendre un peu l'initiative, car il devait s'assurer que cette expérience était vraiment positive pour Tamara.

— Si je viens, tu n'auras pas à ramer.

Elle le regarda pensivement puis acquiesça. Peut-être ces deux derniers jours l'avaient-ils convaincue qu'il ne se mêlait pas de sa vie juste pour le plaisir.

— OK. Tu sais ramer ?

— Pas aussi bien que toi, mais j'ai vécu presque toute ma vie près d'un lac.

Elle lui fit un grand sourire.

— Alors je vais demander à Tamara si ça lui plairait, et je reviens te le dire. Quelle heure te conviendrait ?

— Vers 3 heures ?

— Génial. Je te tiens au courant.

Elle referma son ordinateur, le mit sous son bras et quitta le bureau d'un pas vif. Ross avait déjà hâte d'être l'après-midi, et espérait que Tamara accepte la proposition.

Il se leva pour observer le lac. Quand il était enfant, c'était son confident, ses humeurs changeantes étaient pour lui une source de fascination sans fin. Lorsqu'il était revenu ici en tant que médecin fraîchement diplômé, le lac avait été le témoin d'un nouvel amour radieux, puis d'une déception et d'un cœur brisé. Mais aujourd'hui, contempler l'étendue ondulante ne lui donnait aucune réponse. Peut-être le lac avait-il changé de camp – ces eaux tranquilles savaient que Laurie les aimait et elles s'étaient alliées à elle.

Absurde. C'était une grande quantité d'H_2O, pas un être doué de sensations. Il se trouvait seul face à la question de savoir comment convaincre Laurie qu'il était vraiment de son côté, et bien qu'il ait fait un premier pas, il restait du chemin à parcourir.

Laurie fit une petite moue. Si Ross avait émis des réserves, il n'avait pas rejeté l'idée en bloc. Il semblait faire un effort pour lui laisser un peu de latitude, ce qu'elle appréciait. Elle avait sondé Tamara sur le projet, avec prudence pour ne pas l'influencer avec son propre enthousiasme ou son désir de prouver à Ross qu'elle avait raison. Et Tamara avait accepté avec plaisir. Laurie lui avait prêté un coupe-vent et donné une de ses casquettes préférées, frappée de l'insigne de l'équipe d'Angleterre.

Ross et elles se dirigeaient à présent lentement vers la petite jetée en bordure du lac, Ross aidant Tamara à marcher sur le sol inégal. Puis ils la firent monter dans le bateau assez robuste pour eux trois, et Tamara s'assit à l'arrière.

— Bon, regarde attentivement, Tamara, dit Laurie. Ross va ramer un peu, ensuite tu essayeras à ton tour.

— On ne risque pas de couler, hein ?

— Non, répondit Ross avec un grand sourire. On a une pro à bord. Je suivrai les instructions de Laurie à la lettre.

Ce serait trop beau, songea Laurie. L'idée de Ross faisant exactement ce qu'elle lui disait miroita dans son esprit, d'abord dans le domaine professionnel, puis s'étendant à ce qu'elle pourrait lui demander de faire à la lumière de bougies. Une pensée fascinante qu'il valait mieux laisser pour plus tard, quand elle serait de retour sur la terre ferme.

— Espérons-le, hein ? lança-t-elle à Tamara avec un regard malicieux qui fit rire la jeune fille.

Les rames plus légères destinées à Tamara furent rangées au fond de l'embarcation, et Ross s'assit sur le banc, plongeant les plus lourdes dans l'eau.

— La sensation est un peu différente...

— Oui, j'ai ajusté les dames de nage. Tu es grand donc tu as besoin qu'elles soient un peu plus hautes.

Laurie se tourna vers Tamara et poursuivit :

— Tu vois comment les avirons sont montés sur ces supports triangulaires qui dépassent des côtés du bateau ? Ça donne à Ross un meilleur effet de levier, donc on va plus vite.

— J'ai compris.

— Bon, alors c'est parti.

Laurie s'installa sur le banc à côté de Tamara. Ross commença à ramer pour écarter le bateau de la jetée. Trois coups de rame, et il s'arrêta.

— Quoi ? Tu me regardes comme si je faisais tout de travers, dit-il.

— Non ! C'est parfait.

Mieux valait sans doute ne pas interférer. Mais il insista.

— Je sais que tu penses que je pourrais faire mieux.

Elle se glissa à l'avant avec un regard d'excuses.

— Peut-être que tu pourrais éloigner un peu tes pieds, ce qui te donnera plus d'espace pour fléchir les genoux.

— Comme ça ?

— Encore un chouia...

Elle saisit sa jambe pour la positionner au bon endroit – quel mollet délicieusement ferme ! – puis reprit :

— Voilà. Redresse un peu le dos. Ça va ? Tu es bien ?

Les épaules bien droites, il acquiesça, donna quelques nouveaux coups de rame et s'arrêta à nouveau.

— Qu'est-ce qu'il y a encore ? demanda-t-il.

Son visage avait dû la trahir.

— C'est beaucoup mieux. Sauf que les extrémités des avirons devraient appuyer un peu plus haut dans l'eau. Tu n'es pas en train de remuer un pudding de Noël.

— Tu as tout compris, Tamara ? lui dit-il, hilare.

La jeune fille éclata de rire. Au moins, elle s'amusait. Et lui aussi, apparemment. Par conséquent, seule elle, Laurie, se sentait inexplicablement nerveuse. Elle reprit sa place à l'arrière et lança d'un ton aussi posé que possible :

— Bien, alors on y va. Voilà... Oui, bonne cadence, oui...

Elle se mordit la langue. Cela faisait allusion grivoise, mais ni Ross ni Tamara ne parurent le remarquer. Peut-être était-ce simplement parce qu'une belle paire d'épaules en action l'excitait toujours.

— Qu'est-ce qu'on fait, nous ? lui demanda Tamara.

— On reste assises là et on laisse traîner nos doigts dans l'eau. Pendant que Ross fait tout le travail.

— Non ! Je veux essayer de ramer.

Ross lui jeta un sourire. Clairement, c'était aussi la réaction qu'il espérait.

— D'accord. Observe bien Ross. S'il avait un siège coulissant, il impulserait à ses coups de rame la force de ses jambes et de son dos, mais avec un siège fixe comme celui-ci, il utilise davantage ses épaules. Par conséquent, tu ne devrais pas avoir besoin de pousser avec tes jambes.

— Donc la prothèse ne me fera pas mal ?

Tamara pressa les lèvres. Laurie savait que chaque pas était douloureux pour elle, en ce moment.

— Ça ne devrait pas, mais honnêtement, je ne sais pas. On

fait des essais d'abord, et il se peut qu'on doive ajuster ton siège et les dames de nage avant d'arriver à un résultat parfait, d'accord ?

— D'accord, dit Tamara. Allons-y.

Elle était tellement courageuse. Prête à essayer de nouvelles choses et regarder ce qu'elle *pouvait* faire, plutôt que ce qu'elle ne pouvait pas. Laurie se demanda si Ross avait délibérément choisi ces petits jeunes pour qu'elle ait honte d'elle. Si c'était le cas, il avait réussi.

Elle aida Tamara à s'installer sur le banc devant celui de Ross, prenant garde en se déplaçant que le mouvement ne fasse pas tanguer le bateau. Elle sortit ses gants d'aviron de sa poche et les donna à Tamara.

— Mets-les, ça réduira le frottement des rames sur tes mains. Il ne manquerait plus que tu aies des ampoules.

Tamara enfila les gants et Laurie les lui attacha aux poignets. Puis elle prit les avirons au fond du bateau et les inséra dans les dames de nage, avant de regagner sa place.

— Essaie le mouvement plusieurs fois sans plonger les rames dans l'eau. En avant... maintenant en arrière... Bien. C'est très bien. Tu es à l'aise pour faire ça ?

— Oui, répondit Tamara. Tout va bien.

— Super. On se lance, alors ? Un seul coup, d'abord.

Tamara répéta le mouvement, en plongeant cette fois les rames dans l'eau. Le bateau avança un peu et elle fit la moue.

— On n'est pas allés très loin.

— C'est parce que tu n'as pas encore pris d'élan, dit Laurie avec un sourire. On va réessayer, d'accord ? Plusieurs coups de rame, cette fois.

Elle attira l'attention de Ross, qui hocha la tête. Tandis Tamara tirait sur ses avirons, il fit de même avec les siens.

— Tu vois, c'est mieux. Continue... Non, ne regarde pas en arrière vers Ross. C'est mon boulot de m'assurer qu'il le fasse correctement...

Laurie donna la cadence, et Tamara commençait à la prendre. Ross la suivait, et le bateau avança un peu plus vite.

— C'est vraiment bien. Bravo. Ça va, Tamara ?

— Oui. C'est génial !

Tamara affichait un large sourire.

— OK, je vais augmenter la vitesse. Suivez mon compte. Garde le dos droit, Tamara...

Ils ramaient maintenant tous deux en parfaite synchronisation. Ross faisait plus que sa part du travail, mais Tamara sentait quand même la résistance de l'eau contre ses rames, et la sensation de pousser en avant. Le bateau prit un peu de vitesse et elle poussa un cri de joie.

— Youpi ! J'adore ça...

— Garde ta concentration... Bien. Très bien.

Ils ramèrent en ligne plus ou moins droite, jusqu'à ce qu'ils approchent des eaux plus profondes au milieu du lac. Laurie montra à Tamara comment manœuvrer pour faire virer le bateau, et elle y parvint sans trop d'aide de Ross. Quand elle sembla un peu fatiguée, ils regagnèrent la rive.

Laurie aida Tamara à sortir du bateau.

— Alors ? Qu'est-ce que tu en penses ?

— C'est génial. Je pourrai le refaire ?

Laurie regarda Ross, qui répondit d'un signe de tête.

— Tant que ta jambe va bien. Est-ce que ça fait mal ?

— Non. Il n'y avait aucune pression dessus.

— Je viendrai te voir plus tard pour m'en assurer. Si tout va toujours bien, on pourra sortir à nouveau la semaine prochaine. Et entre-temps, tu peux te concentrer sur tes exercices pour être en mesure d'en faire plus.

— Cool. J'ai faim...

Ross éclata de rire en tendant le bras pour soutenir Tamara sur le terrain inégal au bord du lac.

— On va descendre à la cuisine, d'accord ? Leur demander de te faire un sandwich.

6

Laurie patientait dans l'un des petits fauteuils disposés un peu partout dans la clinique. Ross devait passer devant en revenant de la cuisine. Il sourit en la voyant et s'assit aussi.

— Tu attends que je te le dise, n'est-ce pas ?

— J'attends de savoir comment va Tamara.

— Et pas que j'admette que tu avais entièrement raison ?

— Je n'ai pas dit que je ne voulais pas..., mais merci.

Il poussa le soupir satisfait du travail bien fait.

— Et Tamara est en pleine forme. Elle est en train de dévorer un sandwich et de raconter sa sortie sur le lac à la cuisinière. Tu pourrais te retrouver avec une rameuse sur les bras, finalement.

— Pas forcément. Mais tant qu'elle ne peut pas courir, c'est bien qu'elle ait des objectifs. Sans chercher à retrouver ce qu'elle avait avant. C'est une expérience différente.

— Et pour toi ? fit-il, un sourcil levé, d'un ton moqueur.

— Sympa. Presque autant que si j'avais tenu les rames.

— Peut-être que tu le feras bientôt.

— Bon... Tu veux que *je* le dise à mon tour, hein ?

— Oui. Vas-y. Puisque je l'ai fait en premier, après tout.

— J'ai établi un programme d'exercices. Je m'assure de ne pas exagérer, d'arrêter avant d'en faire trop. Mais tu le sais, pas vrai ? Sam était dans la salle de gym l'autre jour...

— Non. Je n'ai rien demandé à Sam et elle ne m'a rien dit.

Laurie le croyait. Même si elle aurait compris qu'il la surveille de loin.

— Bref, ma hanche va un peu mieux. Euh… Est-ce que Sam me déteste ?

Il laissa échapper un rire explosif.

— Te détester ? Sam ne déteste personne, c'est l'une des plus gentilles personnes que je connaisse.

— Ah oui ? Tiens donc.

— Quoi ? Tu imagines que j'ai une arrière-pensée ? Sam est mariée, elle a un enfant de trois ans. Son mari est aussi l'une des plus gentilles personnes que je connaisse.

— Excuse-moi.

Elle avait poussé l'indiscrétion trop loin. Mais la vie amoureuse de Ross l'obsédait. Son *Tu avais entièrement raison* semblait ouvrir la possibilité d'une intimité avec lui, après des préliminaires longs et laborieux. Il n'aurait pas été honnête de s'engager là-dedans s'il y avait une autre femme dans sa vie.

— Ce n'est pas comme si la clinique était à l'abri de la romance. Sam a rencontré Jamie ici, il est comptable et il vient deux semaines chaque année pour faire les bilans.

— C'est… chouette.

Cela semblait normal et heureux et… tout ce que la famille de Laurie n'était pas. Ross eut un petit rire.

— Oui. Un seul regard entre eux et soudain Sam s'intéressait aux chiffres. Je me suis moqué d'elle mais elle m'a pardonné. Comme je l'ai dit, c'est une bonne personne.

Et la vie réussissait aux bonnes personnes. Laurie se mordit la lèvre. Qu'est-ce que cela disait d'elle ? Malgré tous ses efforts pour réguler son existence, pour tout maîtriser, sa vie était un désastre en ce moment. Elle haussa les épaules.

— Le tout est de trouver ce que l'on veut, je suppose.

Soudain, il s'assombrit.

— Tu crois ?

Il ne s'agissait plus de Sam ou de son mari, comprit-elle.

— Oui… Je suis une athlète. Me concentrer et travailler dur ont été mes moyens d'arriver là où je voulais être.

— Je ne sous-estime pas ces choses-là. Mais je pense que la vie n'en tient pas tellement compte, parfois. Elle n'est pas toujours de notre côté, argua-t-il avec une pointe de regret.

— Tu parles d'Adam et de Tamara ?

Il ne parlait sûrement pas de lui-même. La vie souriait à Ross. L'instant d'hésitation qu'il marqua fut sa vraie réponse. La clinique, sa vie ici était son rêve. Mais il y en avait un autre, qu'il avait perdu.

— Oui. Oui, bien entendu.

Elle avait le sentiment que, si elle l'interrogeait, elle n'obtiendrait pas la réponse franche et honnête qu'il avait donnée à toutes ses autres questions déplacées. Il avait ses secrets, comme tout le monde. Et elle devait les laisser tranquilles, ce n'étaient pas ses affaires.

— Bon, je devrais m'excuser auprès de Sam. Je ne lui ai pas laissé beaucoup de chance, n'est-ce pas ?

Il eut un brusque sourire.

— Non, en effet. Et des excuses ne sont pas nécessaires. Bien que je sois sûr qu'elle les apprécierait.

— Je vais voir si je peux la trouver.

Il ne fit pas un geste pour la suivre et quand elle se retourna, il semblait plongé dans ses pensées. Prenait-il un moment pour songer aux choses de sa propre vie qu'il n'avait pas réussi à rendre réelles ?

La vie devenait plus facile à présent, tant que Laurie n'y réfléchissait pas trop. Elle travaillait avec Tamara et Adam, et pour elle-même afin d'améliorer l'état de sa hanche. Ross ne l'interrogeait pas sur ses progrès à elle, mais réclamait des rapports réguliers sur ceux des deux adolescents. Normal. Elle ne pouvait décemment pas se plaindre qu'il ne lui accorde pas encore une pleine confiance quand elle-même se demandait si elle pouvait lui accorder la sienne.

Un taxi s'arrêta devant la maison au moment où elle rentrait à l'appartement des invités, après une session de jeu vidéo particulièrement éprouvante avec Adam – il avait à deux reprises massacré son avatar. Une femme descendit du véhicule et le chauffeur sortit deux valises du coffre.

Il aurait pu prendre le temps de l'aider mais dès qu'elle l'eut payé le chauffeur remonta dans sa voiture et partit, laissant la femme plantée au bas des marches raides qui menaient à la porte d'entrée. Laurie accéléra le pas.

— Bonjour, vous voulez un coup de main ?

— Ah, merci. Je pensais lui avoir donné un assez gros pourboire pour qu'il me les monte jusqu'à la porte d'entrée, mais apparemment non. Cela dit, j'ai appelé Ross depuis la voiture, il sera là dans une minute.

La femme sourit. Ses cheveux bruns étaient striés de gris, mais il y avait quelque chose dans ses yeux, et dans son humour ironique aussi, qui rappelait Ross à Laurie.

— Vous êtes le Dr Summerby ?

— Je laisse le Dr Summerby à Ross, désormais. Moi, c'est Maura.

La femme tendit la main et serra celle de Laurie.

— Je suis Laurie… Laurie Sullivan.

C'était un brin embarrassant. Ross avait informé sa mère qu'elle logeait chez eux ?

— Ah, Laurie ! Ross m'a dit que vous étiez notre invitée pour quelques semaines. Je suis ravie de vous rencontrer.

Maura se tourna vers le chemin qui menait à la clinique.

— Où est-il, d'ailleurs ? J'ai rapporté beaucoup trop de choses de mes vacances, et ces valises sont lourdes…

Laurie décida de remettre à plus tard la question de savoir ce que Ross avait ou n'avait pas dit à sa mère à son sujet.

— C'est bon. Je suis sûre que je peux les monter en haut des marches.

— Je devrais peut-être attendre un peu. Il aime soulever des choses. Vous savez comment sont les hommes.

Le sourire de Maura contenait toute la chaleur et la malice de celui de Ross.

Ross était peut-être un homme, mais Laurie était une rameuse de classe mondiale, même si peu en forme actuellement. L'esprit de compétition qui la poussait à croire qu'elle n'avait besoin de Ross pour rien prit le dessus.

— Il est peut-être occupé. Je suis certaine de me débrouiller. Vous pouvez m'ouvrir la porte d'entrée ?

Elle souleva une des valises, qu'elle ne trouva pas trop lourde. Pendant que Maura sortait ses clés de son sac et déverrouillait la porte, elle la hissa en haut des marches et la porta dans le vestibule.

— Si vous voulez bien la pousser, je monterai l'autre.

— Uniquement si vous en êtes sûre...

Laurie hocha la tête en réponse, et Maura tira la poignée de la valise pour la faire rouler vers sa propre porte d'entrée.

Le second bagage était plus lourd, mais elle pouvait faire cela seule. La valise était aussi un peu plus grande, et difficile à manœuvrer. Laurie réussit à monter cinq des six marches, mais, au moment de franchir la dernière, une douleur lui traversa la jambe. Elle perdit pied et dégringola les marches, les bras instinctivement repliés autour de sa tête. Sa hanche blessée heurta violemment le gravier.

Lève-toi. Debout. Debout.

Étaient-ce les mots de son père, ou les siens ? C'étaient simplement des mots qui l'accompagnaient depuis ses premiers souvenirs. Elle prit une inspiration et se redressa sur son séant. Lorsqu'elle posa la main sur le gravier pour se relever, une douleur cinglante lui coupa le souffle mais un examen plus poussé ne révéla qu'une écorchure.

Lève-toi. Debout.

Cette voix agaçante ne voyait-elle pas ce qu'elle faisait ? Laurie serra les dents et se mit debout. Sa hanche l'élançait et elle sentait du sang couler le long de sa jambe, mais ce n'était probablement qu'une éraflure aussi. Elle regarda vers le haut des marches, la valise était tombée en avant dans l'embrasure de la porte. C'était tout aussi bien, sauf si Maura avait emballé quelque chose de cassable là-dedans.

Les six marches ressemblaient à une longue ascension solitaire, alors que ce qu'elle voulait en réalité, c'était s'asseoir un moment et se remettre du choc de la chute : la peur d'avoir réduit tout le travail des dernières semaines à néant et de s'être vraiment blessée, cette fois. Mais tandis qu'elle avançait lentement, sa hanche ne la fit pas trop souffrir.

Maura apparut dans le vestibule. C'était la dernière personne qu'elle avait envie de voir en cet instant. Enfin, l'avant-dernière, la dernière étant Ross.

— Vous êtes tombée... ? Asseyez-vous et laissez-moi vous examiner.

L'attitude de Maura était soudain entièrement professionnelle.

— Tout va bien, dit Laurie avec un sourire forcé. J'ai juste perdu l'équilibre. J'espère qu'il n'y avait rien de trop fragile dans votre valise.

Maura roula les yeux.

— S'il y en avait eu, les bagagistes de l'aéroport se sont assurés que ce soit déjà en morceaux. Venez vous asseoir et laissez-moi jeter un œil à votre main.

Inutile de discuter, Maura était passée en mode médecin. Et c'était un peu plus facile d'accepter l'aide de *ce* Dr Summerby. Si elle regardait simplement la main de Laurie, et ne mentionnait pas la chute à Ross, peut-être cet épisode serait-il moins affreusement gênant.

Laurie s'assit sur un banc à dossier, et tendit la main. Maura prit ses lunettes dans son sac, l'examina attentivement puis fit délicatement jouer son poignet.

— Vous avez une vilaine écorchure, mais votre poignet semble intact.

Elle exerçait de légères pressions aux bons endroits, et Laurie réussit à sourire.

— Ça ne fait pas mal. Je n'ai rien de cassé.

— Je suppose que si ça avait été le cas, vous auriez été en mesure de me le dire, répondit Maura avec un petit rire. Je crois comprendre que vous êtes médecin vous-même. Bien que parfois, le choc d'une chute masque les blessures.

— C'est exactement ce que je vous dirais si les rôles étaient inversés.

Comment ne pas apprécier Maura ? Son attitude ressemblait

beaucoup à celle de Ross, mais elle n'avait pas la fâcheuse habitude de remettre chaque propos de Laurie en cause.

— Vous vous êtes cogné la tête ?

— Non. J'ai atterri avec les bras autour.

— Bon réflexe. Venez avec moi, je vais vous faire une tasse de thé et trouver une pince à épiler pour enlever ces morceaux de gravier de votre main.

Laurie cherchait un moyen de refuser l'offre quand une ombre noire apparut dans l'embrasure de la porte.

— Maman ?

Le visage de Maura s'éclaira au son de sa voix.

— Ross, mon chéri. Je n'ai pas eu besoin de ton aide, en fin de compte. Laurie est venue à la rescousse pour les bagages. Mais elle a fait une petite chute…

Laurie déglutit. Maura avait manifestement l'intention de sauver le peu de fierté qu'il restait à Laurie, mais d'après l'expression de son visage, Ross n'y croyait pas.

— Tu vas bien ? lui demanda-t-il aussitôt.

— Oui. Très bien. Vraiment. Nickel. Trois médecins pour une main écorchée, c'est exagéré.

Son ton avait été un peu trop brusque. Ross secoua la tête, mais Maura gloussa.

— C'est juste. Il ne sied pas de se battre pour une écorchure. Ross, tu veux bien porter ma valise, s'il te plaît ?

Il ramassa la valise avec une facilité agaçante, les yeux toujours fixés sur Laurie pendant qu'elle se levait. Maura tendit le bras pour indiquer qu'elle devait les accompagner jusqu'à son appartement. Laurie lui jeta un regard suppliant.

— Je suis sûre que vous avez beaucoup de choses à vous dire. Je vais vous laisser. Vraiment, je préfère rester seule.

Maura étudia son visage un instant, puis acquiesça.

— Je passerai plus tard voir comment ça va, et si vous avez besoin de quelque chose, vous savez où me trouver.

— Merci. C'est très gentil à vous.

Maura se détourna pour suivre Ross, qui avait déjà disparu vers sa porte d'entrée avec la valise. Laurie poussa un soupir de soulagement. Maura occuperait Ross un moment, et pendant ce temps, elle serait de retour dans l'appartement des invités avec la porte refermée derrière elle.

Raté. Ses mains tremblaient encore à cause de sa chute, et, alors qu'elle tentait d'introduire la clé dans la porte, elle entendit des pas dans son dos.

— Si tu allais vraiment bien, tu aurais réussi à t'enfuir plus vite.

Elle ferma les yeux. Il était apparemment illusoire d'espérer que Ross reste en dehors de tout cela.

— Je ne fuis pas, Ross. Et je vais *bien*. Combien de fois dois-je le dire ? riposta-t-elle sans se retourner face à lui.

— Un conseil pour la prochaine fois. Moins tu le dis, plus c'est crédible. Te lever et t'en aller ne prouve rien non plus.

Elle tenta de réprimer une colère qui prit pourtant le dessus.

— Lâche-moi la grappe, Ross. Je ne suis plus ta patiente.

— Non, en effet. Je montre simplement un peu d'intérêt pour quelqu'un qui a dégringolé toutes les marches du perron.

Il parlait calmement, mais elle se retourna et vit son pouls battre sur le côté de sa mâchoire.

— Je n'ai pas dégringolé *toutes*...

Son geste exaspéré la fit taire.

— La valise était en haut, et tu as du gravier dans la main. Il ne faut pas être un génie pour comprendre ça, Laurie.

— Je suis tombée, je me suis relevée. Qu'est-ce que tu veux de plus de moi ?

D'un coup, les exigences de son père semblaient bien moins compliquées. Tout ce qu'il voulait, c'était qu'elle se relève quand elle tombait. Ross voulait beaucoup, beaucoup plus que cela, et le lui donner allait à l'encontre de tout ce qu'elle avait appris.

Il n'entrerait pas de force dans l'appartement, cela, elle le savait, et fermer la porte sur lui mettrait fin à la conversation. Laurie pivota, gémissant alors que la douleur jaillissait dans sa hanche et que les clés tombaient par terre.

Elle voulut se pencher, mais il la devançait déjà. La frustration et le choc de la chute l'étouffaient presque. Qu'on ramasse un simple trousseau de clés pour elle semblait trop difficile à supporter dans l'immédiat.

— Dégage, Ross.

— Tu vas arrêter de faire ta tête de mule, Laurie ?

Puis il se redressa et elle vit l'expression douloureuse de son visage. Tout à coup, cela ne semblait pas juste et elle se rendit compte qu'elle s'en prenait à la mauvaise personne. Des larmes commencèrent à couler sur ses joues, et, quand il ouvrit ses bras, elle faillit s'écrouler contre lui. Il la tint doucement, silencieusement, pendant ce qui sembla un long moment.

— Excuse-moi. Je ne suis pas en colère contre toi.

Elle sentit le torse de Ross se soulever et s'abaisser sous l'effet de ces paroles.

— Tu devrais, répondit-il. Je ne t'ai pas laissé beaucoup de latitude pour respirer, hein ?

— C'est mon père qui faisait ça.

— Et ensuite j'ai empiré les choses. Je savais que tu devais rester ici si tu voulais sauver ta carrière sportive. Tu n'avais pas le choix, en réalité. C'était ta seule option.

— C'était la bonne option, dit-elle, les yeux levés vers lui, en séchant ses larmes.

— Mmh. Je ne suis pas entièrement sûr que ça change quoi que ce soit. Je n'aurais pas dû t'acculer comme ça.

— Fais-moi une tasse de thé, et tu seras pardonné. Et un câlin, parce que je suis tombée pile sur ma hanche.

Il savait ce que cela signifiait. Combien elle était terrifiée.

Ses bras se refermèrent autour d'elle, et elle se nicha contre lui. C'était la première fois qu'on la prenait dans les bras après une chute. C'était trop momentané pour compenser toutes les autres fois, mais quand même bon.

Ross ouvrit la porte et la suivit à l'intérieur. Laurie alla chercher la trousse de premiers secours, la posa sur la table basse puis s'assit avec précaution sur le canapé.

— Le thé d'abord, hein ? dit Ross, allumant la bouilloire tout en l'observant remonter sa jambe de pantalon.

Le tissu n'était pas déchiré, mais la force de l'impact avait laissé une enflure rouge suintante de sang sur le genou.

Il apporta le thé, et Laurie lui présenta sa main blessée. Il fit jouer son poignet, exerça de délicates pressions aux mêmes endroits que sa mère, et elle le laissa faire. C'était le début de la confiance, et comme une mise à distance avec le mode sévère de son enfance. Quand il eut fini, elle lui tendit la pince à épiler.

— Aïe !

— Pardon. Pardon.

Chaque fois qu'il retirait un des graviers enfoncés sous sa peau semblait lui faire plus mal qu'à elle.

— Voilà, c'est le dernier.

— Génial. Merci.

Elle se retint de grimacer à la brûlure de l'antiseptique alors qu'il nettoyait doucement sa main, puis la plaie de sa jambe. Ensuite, il s'enquit de sa hanche.

— J'aurai un bleu, mais ça ne fait plus trop mal. Je ne pense pas avoir causé de gros dégâts.

— Juste une belle peur.

— Oui. Tu veux bien regarder quand même ?

Il sourit soudainement.

— Je ne suis pas ton médecin. Juste quelqu'un du métier.

— Peut-être que j'apprécierais simplement ton opinion ?

Elle roula sur le côté, sentit son toucher à travers le tissu fin de son pantalon, travaillant doucement autour des principales zones d'inflammation.

— Je ne détecte rien du tout, conclut-il. En fait, il y a une nette amélioration par rapport à tes scanners à ton arrivée.

C'était bon à savoir. Sa hanche paraissait aller mieux, mais elle travaillait à l'aveugle, incapable de l'examiner correctement elle-même et répugnant à demander à Sam ou à Ross de le faire.

— Je vais peut-être prendre un bain chaud, juste pour me détendre un peu.

— Bonne idée. Je vais dire à ma mère que tu vas bien avant qu'elle ne vienne frapper à la porte pour s'en assurer.

— Merci. Tu reviendras après ?

Elle n'avait pas envie qu'il retourne déjà dans son propre appartement.

— Bien sûr. Ce soir, c'est *fish and chips*. Tu veux que j'aille nous en chercher à la cuisine ?

— Pourquoi pas. Ils ont de la sauce tomate ?

Il sourit et se leva.

— J'en apporterai.

C'était confortable et rassurant et... toutes les choses qui faisaient du bien quand on se sentait un peu faible. Quelqu'un qui s'occupe de vous, sans vous expliquer en détail pourquoi cette blessure était votre faute et que vous relever immédiatement était la meilleure chose à faire.

Laurie, encore chaude et détendue de son bain, avait simplement enfilé un ample pantalon de survêtement lorsque Ross revint avec deux grandes portions de *fish and chips*, ainsi que des condiments. Il avait également un rouleau de tissu sous un bras. Elle sortit deux assiettes dans la kitchenette et commença à déballer leur repas.

— C'est joli.

Il avait déroulé le tissu et elle voyait à présent que c'était une courtepointe en patchwork. La partie centrale représentait en mode stylisé la maison dans laquelle ils étaient, les arbres et le lac.

— C'est maman qui te l'envoie. Elle en a plein, elle a toujours aimé coudre le soir. Elle trouve que les courtepointes faites main sont le meilleur remède quand on ne se sent pas très bien, alors elle t'en passe une. Bon, ça n'a pas vraiment de fondement médical...

— Comment ça ? Ça me semble un raisonnement solide.

Qui comportait la part de soin douillet dont tout le monde avait besoin de temps à autre.

— Ne me dis pas que les courtepointes de ta mère ne t'ont pas sorti de quelques maladies infantiles ?

— Plus que quelques-unes, répondit-il avec un brusque sourire. Certaines de mes maladies d'adulte aussi, même si je ne l'avouerai pas. Mais avec le temps qu'il fait, cette courtepointe n'est pas vraiment nécessaire.

Il prenait clairement garde à ne pas lui imposer une sollicitude non désirée.

Mais ce n'était pas indésirable. Inhabituel peut-être, et Laurie l'aurait rejetée jusque-là car elle ne savait pas trop quoi en faire. Cependant, cela correspondait à la façon dont Ross dirigeait la clinique, comme une communauté nourricière. Il avait appris tout cela enfant.

— Mais si. C'est vraiment gentil de sa part.

Elle s'assit sur le canapé et étala la courtepointe sur ses jambes. Elle était un peu chaude, mais c'était réconfortant de la ramener autour d'elle.

Ils commencèrent à manger. Elle aurait dû parler… Le remercier, ou lui dire ce que tout cela signifiait. Elle n'avait pas les mots. Ce ne fut que lorsqu'il eut débarrassé les assiettes qu'elle prit son courage à deux mains.

— Je… ne suis pas très habituée à ce qu'on s'occupe de moi comme ça.

Il l'avait probablement déjà perçu. Personne ne s'occupait des gens qui se comportaient comme elle.

Il hocha la tête.

— J'avais cru le comprendre. Les tribunaux n'autorisent généralement pas les enfants à décider avec qui ils veulent vivre, sauf s'il y a une bonne raison.

— Je… Ce n'était pas ma faute… Mon père disait que j'inventais tout, mais ce n'était pas le cas.

Le chaud regard de Ross semblait se transformer en feu dès qu'il touchait sa peau.

— Je n'ai jamais pensé que c'était ta faute. Tu veux me dire ce qui s'est vraiment passé ?

Oui. Oui, elle le voulait.

— Mon père faisait de la course quand il était jeune. Il prétendait avoir arrêté à cause d'une blessure, mais maintenant je pense qu'il n'était tout simplement pas assez bon. Il a toujours dit qu'il avait été privé d'une belle carrière d'athlète et qu'il n'allait pas laisser la même chose arriver à ses enfants. Il était très déterminé.

— En vivant ses propres aspirations à travers vous ?

— Je crois, oui. Nous avons pu choisir nos sports, mon frère a opté pour le tennis et moi l'aviron parce que j'aimais l'eau. Mais il n'y avait pas de place pour l'échec, et pas de place non plus pour autre chose. Je voulais réussir, mais je voulais aussi être médecin.

— Et il ne l'approuvait pas ?

Le ton de Ross était égal, mais ses yeux eurent un éclair de dédain qui exprima ce qu'il ressentait vraiment.

— Non. J'étais censée passer à une scolarité à temps partiel à l'âge de seize ans pour pouvoir me concentrer sur mon entraînement. Il n'y avait pas de temps pour autre chose que le sport, et... Ma tante était très différente de lui, et elle m'a dit que je pouvais venir vivre avec elle et continuer à aller à l'école. C'est elle qui s'est battue avec lui et m'a aidée à partir.

— Ton avocate, dit Ross avec un sourire.

— Oui. C'était la seule personne qui se souciait vraiment de ce que je voulais. Si je pouvais être une avocate à moitié aussi bonne pour Adam et Tamara...

— Tu te débrouilles très bien.

— Parfois, je me demande. Il y a tellement de choses qu'une personne peut faire pour changer. Je dis à tante Suzy qu'elle est responsable du meilleur en moi, mais que mon père m'a eue pendant quinze ans. Quand je suis tombée tout à l'heure, la seule chose que j'ai entendue, c'est sa voix qui me criait de me relever. C'était son truc, tu tombais et tu te relevais tout de suite.

— C'est la chose la plus ridicule que j'aie jamais entendue. Se relever implique de recevoir le soutien nécessaire pour le faire.

Cette fois, le dédain de Ross sonnait fort et clair.

— Et c'est ce que tu fais ici.

Il acquiesça.

— Je conçois que tu puisses trouver ça intrusif.

Il comprenait. Elle avait tendu la main et découvert qu'il était là depuis le début. Le cœur de Laurie fit un saut périlleux dans sa poitrine.

— Tu parlais d'un frère ? reprit-il.

Deux, en réalité. Mais elle ne parlait jamais de son frère aîné. Aujourd'hui encore, c'était trop douloureux.

— Tu as entendu parler de Ben Sullivan, le joueur de tennis ?

— Évidemment. Il a pris sa retraite il y a environ deux ans, n'est-ce pas ?

— Genou fracassé. Probablement dû au surentraînement. Il a gardé mon père comme entraîneur, même après avoir eu l'opportunité d'en prendre un autre. Il a un an de moins que moi. Je ne l'ai pas vu pendant longtemps, il a témoigné contre moi à mon audience au tribunal.

— Cela a dû être très dur.

— Bah, fut un temps où j'aurais fait la même chose, je voulais tellement l'approbation de mon père. Je n'ai pas parlé à Ben pendant des années, mais quand il a pris sa retraite, il m'a contactée. Il vit avec sa petite amie maintenant, et semble avoir trouvé un certain sens de la normalité.

— Il en est arrivé à la même conclusion que toi ?

— Je pense. On n'en parle pas beaucoup, il y a encore trop de souffrance.

— Certaines blessures ne guérissent jamais vraiment. On se contente de les recouvrir et on continue.

— Tu crois ?

Il ne répondit pas. Son bras était posé sur les coussins du canapé, derrière le dos de Laurie, qui se glissa un peu plus près de lui. Cette chaleur était plus facile à gérer maintenant.

— Ça aussi, c'est un peu en dehors de mes attributions.

Visiblement pas tant que ça, car il ne s'éloigna pas.

— Je pense qu'on est tous les deux très clairs sur le fait que tu n'es plus mon médecin, rétorqua-t-elle.

Il la regarda, les yeux pétillants de malice.

— Oui, on a couvert ce point de manière très complète. Cependant, tu travailles à la clinique.

— Et tu es mon patron. Mais je ne suis pas en service en ce moment. Et c'est chouette.

— Peut-être qu'on peut faire une exception, alors, répondit-il avec un petit rire.

Elle sentit son bras lui entourer les épaules et se blottit contre lui. Personne n'aurait pu dire avec certitude qu'il ne s'agissait pas d'amitié et de sollicitude. Si elle ignorait les battements de son cœur et la senteur du corps chaud près du sien, Laurie pouvait presque le croire elle-même.

7

C'était la première fois depuis si longtemps. Assis, à parler sans but, un œil vague sur la télé. Ross avait presque oublié ce que cela faisait, de sentir la chaleur d'un corps de femme à côté du sien. La sensation d'être enveloppé dans le calme de la soirée, avec quelqu'un d'autre, là, avec lui.

Il avait pris soin de ne pas la serrer dans ses bras ni de l'embrasser pour lui souhaiter bonne nuit, même s'il en avait eu très envie. Pourtant il s'était passé quelque chose. Il savait que l'enfance de Laurie avait dû être difficile, mais pas à quel point elle avait été privée de l'attention qu'il considérait comme allant de soi. Et de cette compréhension avaient commencé à se tisser les premiers fils de confiance entre eux.

Ce n'était pas suffisant. Mais il ne pouvait se permettre d'en vouloir plus, car le destin était à la fois imprévisible et capricieux dans sa cruauté. Il ne fallait jamais s'y fier.

Laurie apparut le lendemain matin à la porte de son bureau. Il l'observa s'asseoir avec attention.

— Tu as l'air d'aller mieux, constata-t-il.

— Encore un peu raide, mais c'est sans gravité. Merci d'avoir été un tel ami hier soir.

Sauf erreur de sa part, il s'agissait là d'une déclaration d'intention. Laurie ne pouvait pas ignorer l'alchimie entre eux, mais elle avait choisi de se contenter de l'amitié. Quelque chose qu'ils étaient capables de gérer tous les deux.

— Que puis-je pour toi ?

— Sam dit que tu vas en ville cet après-midi. Tu peux me déposer au passage ?

— Bien sûr. Je dois aller chercher des choses pour le nouveau groupe de gym mamans-bébés. C'est le projet de Sam, mais comme elle est assez occupée en ce moment, j'ai promis de m'en occuper.

— J'ai entendu dire que ces groupes sont très bénéfiques.

— Tu veux y apporter ton aide ? demanda-t-il, tout en connaissant déjà la réponse.

— Non. Ce n'est pas vraiment mon truc. Mais je peux t'aider à faire les courses, fit-elle avec un gentil sourire.

— Je partirai après le déjeuner. Disons 2 heures ?

— Parfait. Je te retrouve devant la maison à 2 heures.

Laurie attendait Ross devant sa voiture. Elle parut plus détendue que jamais en sa compagnie, parlant et riant pendant le trajet jusqu'à la ville. La soirée de la veille avait réellement changé les choses.

— Il faut juste que je passe à ma banque régler deux ou trois bricoles. Ensuite on pourra s'attaquer à la liste de course de Sam.

Elle tenait pour acquis qu'ils ne se sépareraient pas pour aller chacun de leur côté, une fois arrivés dans la vaste zone commerciale. Il l'attendit donc, et elle sortit de la banque dix minutes plus tard. Il ouvrit la marche vers le grand magasin de puériculture.

— On devrait tout trouver ici. Tiens, voilà la liste.

Elle l'étudia attentivement.

— Des couches ? Ils vont passer la nuit à la clinique ?

— Non, répondit-il en riant, mais d'après Sam, c'est une bonne idée d'en avoir en réserve, en cas d'urgence.

— Très juste. Eh bien, on dirait qu'elle s'attend à en avoir pas mal. Prenons deux chariots, du coup, c'est plus sûr.

Ils parcoururent les allées, s'arrêtant de temps à autre pour examiner les jouets en promotion afin de les inclure ou non au coffre à jouets de Sam. Ross ajouta à son chariot un ours en peluche, puis un pingouin.

— Oh ! regarde ! dit Laurie. Un portique d'éveil. Qu'est-ce que tu en penses ? On pourrait appeler Sam et lui demander...

Il étudia le modèle exposé.

— C'est bien fait, et ça a l'air assez solide.

— Mais est-ce que ça va leur plaire ?

— À qui, les mères ? Ou les bébés ? Ou Sam... ?

— Je ne sais pas, répondit Laurie en haussant les épaules. Tous. On pourrait peut-être demander à quelqu'un.

— Ou on pourrait décider nous-mêmes.

Cela n'était pas si difficile. Il venait souvent acheter des choses pour ses filleuls, et il choisissait toujours seul.

— D'accord. Tu le fais, parce que je ne suis pas sûre. Je vais aller chercher les fournitures pour bébés, d'accord ?

Il acquiesça et lui tendit la liste. Alors qu'il la regardait s'éloigner, il songea combien cette expédition était différente des autres fois où il était venu ici. La présence de Laurie changeait tout. Elle était la femme qu'il ne pouvait pas avoir, et ils étaient là, à acheter des fournitures pour des bébés qu'il ne pouvait pas avoir non plus. Il fixa le portique d'éveil. Soudain, l'objet paraissait se moquer de lui.

Il devrait se ressaisir. Mais la douleur était aussi vive que jamais. Le moment où on lui avait dit qu'il ne pouvait pas avoir d'enfant. Les fois où Alice lui avait jeté cela à la figure avec colère, comme s'il pouvait changer quoi que ce fût à la perte de tous leurs espoirs. Le jour où elle est partie, prétendant aller voir ses parents mais en emportant six valises. Il n'avait même pas eu une chance de lui dire au revoir correctement, ou d'exprimer son regret.

Laurie s'était arrêtée devant les rayons à l'autre bout de l'allée et entassait des choses dans son chariot, tout en consultant la liste de Sam. Elle aussi était seule, et peut-être pouvait-elle se contenter d'une relation qui ne pourrait jamais inclure plus de deux personnes...

Peut-être pas. Elle avait clairement dit que les familles n'étaient pas son truc, mais les gens changeaient. Il espérait sincèrement qu'un jour Laurie fasse la paix avec son enfance et qu'elle s'estime capable de créer un autre type de famille. Il ne pouvait pas s'accrocher à cet espoir et en même temps lui demander de partager avec lui un avenir qui ne comprendrait jamais de famille. C'était un conflit impossible à résoudre.

Il reporta son attention sur le portique. Il s'était déjà penché mille fois sur la question. Il devait accepter l'état actuel des choses et poursuivre sa mission du jour.

— Hey. Alors ? Qu'est-ce que tu as décidé ?

Il sursauta à la voix de Laurie. Dieu seul savait depuis combien de temps il était là, à regarder fixement le portique.

— Oh. Hum... pas encore très sûr.

— Tu vas bien ? demanda-t-elle en l'étudiant.

Non. Mais c'était l'une des ironies de la vie que parfois, la seule chose possible était de tomber et de se relever.

— Oui. Très bien. Je pensais à un truc que j'ai oublié de faire... C'est bon, ça attendra demain.

— Tu as peut-être besoin d'une pause, Ross.

Ce dont il avait besoin, c'était de sortir de cet endroit.

— Je peux demander à Sam et revenir une autre fois.

— Ou on pourrait juste lui envoyer un texto.

Le regard de Laurie fouillait son visage.

— Ça marche, dit-il. Tu veux bien t'en charger ? Je vais payer le premier chariot et l'apporter à la voiture.

— Bonne idée. Ça nous fera gagner un peu de temps.

Il se passait quelque chose. C'était comme si Ross avait été assommé par un marteau invisible et qu'il tentait de rassembler ses esprits. Laurie le suivit des yeux tandis qu'il s'éloignait, et décida que le mieux était de se débarrasser au plus vite de cette virée shopping.

Elle envoya un SMS à Sam, qui parut savoir exactement de quoi elle parlait et lui répondit *oui* dans la foulée. Laurie prit un portique d'éveil dans la pile et se dirigea vers la caisse. Le temps que Ross revienne de la voiture, elle en était déjà à la moitié de la file d'attente.

Quelque chose clochait vraiment. Il était souriant et affable, mais son sourire semblait figé. Était-ce cela qu'il avait vu en elle quand elle essayait d'éviter ses questions ?

Elle consulta sa montre pendant qu'ils entassaient le reste de leurs achats dans la voiture.

— Tu as faim ? Il sera presque 5 heures quand on rentrera à la clinique, on pourrait s'arrêter manger quelque chose. C'est moi qui régale, puisque tu m'as offert le *fish and chips* hier soir.

Un éclair scintilla dans les yeux de Ross. Peut-être se rendait-il compte qu'elle essayait de lui remonter le moral.

— Oui. Il y a un pub sympa à mi-chemin entre ici et la clinique. Ils ont un jardin à l'arrière qui donne sur le lac. Si ça ne représente pas une trop grosse tentation pour toi…

— Oh. Tu peux me balancer tous les lacs que tu veux, je n'ai pas peur des tentations ces jours-ci. Je pourrais même te payer une pinte, et te ramener chez toi ensuite.

Il lui rendit brusquement son sourire.

— Voilà une offre que je ne peux pas refuser.

Le pub servait une excellente nourriture, et ils s'installèrent dehors pour manger. L'humeur de Ross s'était améliorée, et il ne semblait pas pressé de rentrer à la clinique, aussi Laurie suggéra-t-elle qu'ils se promènent un peu au bord du lac.

— C'est vraiment beau ici, dit-elle.

— Qu'est-ce qu'une femme pourrait désirer de plus ? De grandes étendues d'eau vides…

Il la taquinait. Mais elle arrivait à la conclusion qu'elle voulait également autre chose de son séjour ici.

— Quelqu'un à qui parler.

— Je suis content que tu penses ça, répondit-il.

Elle devait lui demander ce qui le titillait. Il avait été là pour elle, et elle voulait l'être pour lui. Elle ne croyait pas un instant que son brusque changement d'humeur était dû à quelque chose d'aussi insignifiant qu'une tâche oubliée à la clinique. Elle lui tendit une perche.

— J'ai appris que les choses que l'on ressent et que l'on ne peut pas dire ne sont pas si graves, après tout.

— C'est vrai, fit-il, ne mordant pas à l'hameçon.

— Tu as été là pour moi, Ross. J'aimerais te rendre la pareille.

— Désolé si j'ai été un peu sec avec toi tout à l'heure. Ce n'est rien…

— Je pourrais te renvoyer tes propres paroles, Ross, et te rappeler que plus tu dis qu'il n'y a rien, moins c'est crédible.

— D'accord. Oui, il y a quelque chose.

Ils avaient ralenti le pas et il s'arrêta brutalement, les mains dans les poches et le regard fixé sur l'eau.

— Bon. C'est tout ce que je voulais savoir, assura-t-elle.

Elle mentait, et au coup d'œil sceptique que lui jeta Ross, il le savait pertinemment. Bien sûr qu'elle voulait en savoir davantage, mais insister n'arrangerait rien. Il se remit à marcher, et elle lui emboîta le pas. S'il ne voulait pas parler, elle le respecterait. Elle s'était assez battue pour garder ses propres secrets.

Laurie n'avait pas besoin de le savoir, pourtant Ross voulait quand même le lui dire.

— J'ai mentionné avoir été marié. Il y a longtemps…

Elle hocha la tête sans répondre.

— Alice et moi nous sommes rencontrés durant mes études de médecine. On s'est mariés et on est revenus ici, puis on a décidé de rester. Ça allait être le tour complet du cercle pour moi. Le gamin solitaire qui a grandi et remplit sa maison d'enfants.

— C'est en effet un bon endroit pour élever une famille.

— Oui, on trouvait aussi. On a attendu, et rien n'est arrivé. Après avoir essayé pendant un an, on a fait des tests. Il s'est avéré que je n'ai qu'une chance sur mille de devenir père.

Elle scruta son visage. Il savait quelles questions la traversaient, elle était médecin après tout, mais elle se tut.

— Je sais que tu t'interroges, dit-il avec une petite moue.

— Mais je suis prise d'une soudaine attaque de tact.

Il ne put retenir un sourire, certes fugace.

— Il n'y a rien que la science médicale puisse y faire. J'ai un faible taux de spermatozoïdes, qui n'est lié à aucun autre problème sous-jacent, cela signifie simplement que je ne peux pas concevoir d'enfant.

— Et on t'a dit que tu avais une chance sur mille.

— Oui. J'ai expliqué à Alice qu'il est difficile pour les médecins d'affirmer les choses avec certitude, et qu'une chance sur mille était un terme médical pour dire que ça *n'arriverait pas*, mais aucun de nous ne pouvait s'empêcher de penser à cette chance. Chaque fois que cela ne se produisait pas, la déception s'accentuait, mais ni elle ni moi ne pouvions nous résoudre à dire « jamais ». On a essayé la FIV et ça n'a pas marché non plus. À la fin, elle a commencé à me reprocher sa désillusion. Ce qui était assez normal, j'imagine, parce que c'était ma faute.

Laurie s'enflamma soudain, et l'ardeur dans ses yeux le réchauffa étonnamment.

— Ta faute ? Je ne peux pas comprendre ce que ça peut faire d'être dans cette situation, mais je sais qu'il y a une différence entre être la cause et être le coupable.

— C'est difficile à voir quand on est au milieu de tout ça.

Et il devait laisser à Alice le bénéfice du doute.

— Je m'en fiche que ce soit difficile. C'est la vérité.

Il avait beau savoir que Laurie disait ce qu'elle pensait, il n'en avait jamais ressenti la pleine force auparavant. Cela le réconforta, le soulagea un peu de sa culpabilité.

— Excuse-moi. C'est juste... mon point de vue, dit-elle

— Ne t'excuse pas. Sans doute que j'avais besoin de l'entendre. Alice m'a tenu pour responsable, et j'ai simplement abondé dans son sens.

— Ce n'est probablement pas la bonne chose à demander, mais...

Elle fronça les sourcils.

— Demande quand même.

— Tout le monde ne prévoit pas d'avoir des enfants.

— Je peux *te* poser une question personnelle ?

Son front se décrispa légèrement.

— J'aimerais vraiment. Au moins, je saurais quoi dire.

Les non-dits étaient ce qui faisait le plus mal. Tout ceci devenait soudain si facile.

— Et toi ? Tu veux des enfants ?

— Mon expérience de la famille n'est pas un truc que j'ai envie de répéter, et si tu m'avais demandé ça il y a un an, j'aurais répondu que je me suis trop battue pour ma liberté pour y renoncer maintenant. Mais...

— Mais ?

— Je suppose qu'il ne faut jamais dire jamais. Sauf que toi, tu n'as pas ce privilège, n'est-ce pas ?

Elle comprenait, cela ne faisait aucun doute.

— Non. Je ne l'ai pas.

— Je suis tellement désolée, Ross, dit-elle, saisissant son bras.

L'effluve de son parfum, la sensation de sa peau effleurant la sienne le firent reculer. Ce simple petit geste amical lui donnait envie d'oublier tout ce qu'il savait être juste, et d'en vouloir plus. Elle s'écarta, comme s'il l'avait brûlée.

— Pardon. Je ne voulais pas...

Il voyait son regard blessé, et il n'y avait qu'une façon de lui montrer ce qu'il voulait vraiment. Il la prit dans ses bras.

— C'est ça que tu voulais ? demanda-t-elle en souriant.

— Oui, Et ça aussi, fit-il, effleurant sa joue de ses lèvres.

— Mmm. J'aime ce que tu dis.

Elle se hissa sur les orteils et lui embrassa la joue.

Une conversation complète aurait été encore meilleure. Ils se trouvaient seuls, au bord du lac, et personne n'en saurait jamais rien. Le corps de Ross se durcit à cette idée, et il se demanda si elle ressentait la même chose. Tout était brusquement fluide entre eux. Tout, sauf les quiproquos et les vaines tentatives de se tenir à distance.

— Tu vas le redire ? reprit-elle.

Ses yeux d'ambre et sa chevelure rousse flamboyaient au soleil. C'était la plus belle femme qu'il ait jamais vue.

— Je ne devrais pas...

— Je sais, répondit-elle avec un faux soupir. Tu ne fricotes pas avec ton personnel. Est-ce que le fait que je sois à temps partiel change la donne ?

— Hum, pas sûr. On pourrait nous accuser d'ergoter.

— Ha ha. C'est mieux qu'un *non* catégorique. Et souviens-toi que j'ai été dans le déni pendant la majeure partie de ma vie d'adulte, je suis donc très douée pour ça…

Il lui coupa la parole avec un baiser. Un des plus doux – non, *le* plus doux qu'il ait jamais connu. Il sentait ses doigts s'agripper à ses épaules, son corps pressé contre le sien. Sa bouche, et la suavité de sa peau. Quand elle répondit, tout parut se mettre en place et un bonheur éclatant envahit Ross.

Il lui dit qu'elle était belle, et elle soupira d'aise. Il l'embrassa de nouveau, sachant que c'était la dernière fois. Puis il s'écarta, et elle comprit le message.

— Il est temps de rentrer, maintenant ?

— Il y a tellement de règles qu'on peut enfreindre, Laurie. Si on en enfreint trop, on finira par se faire du mal.

Elle acquiesça, et lui prit la main.

— Alors retournons très, très lentement à la voiture…

Laurie avait embrassé Ross. Deux fois. C'était une violation des règles plus que doublement grave.

Car… si une fois pouvait être considérée comme une erreur, deux, certainement pas. Quand il l'avait embrassée la seconde fois, elle avait eu l'impression que les limites qu'ils avaient mises à leur vie n'étaient pas seulement en train de vaciller légèrement, mais de s'écrouler carrément.

Pourtant, elle ne pouvait se résoudre à le regretter. En revanche, elle devait empêcher que cela se reproduise.

Quand ils furent en vue de la voiture, il lâcha sa main. Il s'éloigna un peu d'elle, visiblement à contrecœur. Tous deux savaient qu'ils ne pouvaient aller plus loin. Elle sourit.

— Comme relation, c'était peut-être… court, mais vraiment délicieux.

— Tu es en train de me dire que tu romps ? Déjà ?

— J'en ai bien peur. Mais j'espère qu'on peut rester amis. Pas seulement des amis civilisés. De vrais amis.

Les yeux de Ross se radoucirent.

— C'est mon souhait le plus cher.

8

Franchement, cela n'aurait pas dû marcher. Ross avait confié ses secrets, et Laurie, les siens. Ils s'étaient embrassés puis avaient rompu en l'espace d'une demi-heure. Mais d'une manière ou d'une autre, cela avait fonctionné. Ils étaient en train de construire quelque chose, d'apprendre à se faire confiance et à travailler ensemble. Et Ross découvrait à l'instant que personne… *personne*… ne pouvait porter des plumes jaune vif aussi bien que Laurie.

— Prête ?

Il s'efforça de garder un visage impassible en la voyant franchir la porte de la maison dans son déguisement pour la journée sportive de Lakeside School.

— Oui, je crois. Mais les plumes résistent.

Elle releva le masque à bec au-dessus de son crâne et dans le geste, une plume voleta avant de retomber sur le sol.

— Tu es sûr qu'on ne devrait pas changer de costumes ? Quand j'ai choisi ceux-là, j'essayais de faire passer un message.

— Ah oui ? fit-il, feignant l'innocence. Quel message ?

— Laisse tomber. C'était une très mauvaise idée. Tu n'as vraiment pas besoin d'y aller en œuf.

— Trop tard. J'ai même plutôt hâte d'y être. C'est bien que tu n'aies pas opté pour la facilité sans risques.

— J'espère que ça ne te dérange pas d'avoir des plumes dans ta voiture.

Soudain, elle se tortilla, mal à l'aise, et lui tourna le dos. Puis lui refit face, boutonnant le devant de son costume tout en brandissant une plume d'un air triomphant.

— Ah, je l'ai eue. Elles se mettent partout.

— Si tu as besoin d'un coup de main..., fit-il, railleur.

— Merci bien, mais crois-moi, mieux vaut que tu ne saches pas où elles finissent.

Si, il voulait probablement le savoir. Mais il rejeta cette pensée, indigne de quelqu'un qui allait se déguiser en œuf.

Il conduisit les quelques kilomètres jusqu'à l'école, pendant que Laurie, sur la banquette arrière, maintenait l'œuf pour l'empêcher de rouler, et éparpillait des plumes au passage. Lorsqu'il se gara sur le parking, elle sortit et tenta d'enlever les plumes de la banquette, mais ne parvint qu'à les déplacer.

— Ne t'inquiète pas pour ça. Ce sera plus simple de tout enlever d'un coup d'aspirateur une fois rentrés. C'est sans doute parce que le costume n'a pas été porté depuis longtemps, dit-il, devant son air dépité. Toutes les plumes lâches tombent d'un coup, ça va très vite cesser.

Elle battit des bras, imitant remarquablement un poulet.

— Oui, tu dois avoir raison. D'ailleurs on dirait qu'il en perd déjà moins. Tu veux bien me rendre un service ?

Bien sûr. N'importe quoi tant qu'il ne s'agissait pas de retirer des plumes dans son costume. Il ne se faisait pas confiance pour cela, et une scène classée X sur le parking de l'école n'était pas l'image qu'ils essayaient de promouvoir.

— Si jamais, *jamais*, je dis encore que je vais choisir des costumes, enferme-moi immédiatement.

Jamais. Et encore. Cela contenait une note d'amitié qui lui fit chaud au cœur. C'était un excellent pis-aller.

— Entendu.

Il sortit avec précaution l'œuf de la voiture. Il avait une touffe de cheveux peints sur le dessus, un grand sourire, et des bras croisés sur son large ventre. En dessous, le damier jaune et noir assorti au pantalon. Laurie souleva l'œuf au-dessus de sa tête, et il ajusta les bretelles qui le maintenaient en place. Si cela brinquebalait quand il faisait un pas, il voyait droit devant lui par les trous des yeux. Mais pas Laurie...

— Tout va bien là-dedans ?

Il sentit quelque chose effleurer son genou, et une tête à plumes apparut, le regardant depuis la base de l'œuf. Il gloussa, fit signe du pouce que oui, et elle disparut à nouveau, puis revint dans son champ de vision, abaissant le masque de poulet sur son visage.

Ils marchèrent lentement vers la foule qui s'était formée d'un côté du terrain de sport de l'école. Ross entendait la voix de Laurie, un peu étouffée, parler aux enfants qui couraient vers elle, et tous deux posèrent pour des photos. Il vit Sam faire de même dans sa robe bleue et blanche d'Alice au pays des merveilles, tandis que Jamie surveillait leur fils Timothy. Laurie semblait s'approcher peu à peu d'eux.

Sam les salua, et il entendit Laurie la complimenter sur son costume. Puis une tête blonde apparut en bas de l'œuf.

— Hey, Timothy ! dit-il en souriant à son filleul.

— Oncle Ross !

Timothy essaya de grimper sur ses jambes, et il y avait juste assez de place pour le hisser dans cet espace confiné. L'enfant se tortillait de joie, et Ross bougea sa tête pour qu'il puisse regarder sa mère à travers les trous des yeux.

— Timothy ! fit la voix de Sam. Où es-tu ?

Avec un « chut », Ross pressa un doigt contre les lèvres du garçonnet, qui éclata de rire.

— Sors, sors, où que tu sois...

Encore la voix de Sam, qui faisait semblant de chercher son fils, soulevant la nappe de la table à boissons pour regarder dessous. Laurie se joignit au jeu.

— Mais où est-il donc ? s'exclama-t-elle.

Excité par l'idée d'un poulet qui parlait, Timothy poussa un cri perçant, et Ross le laissa descendre pour qu'il puisse se faufiler sous la base de l'œuf.

— Ici !

Timothy courut vers Laurie, qui s'accroupit et battit des bras dans une très bonne imitation de poulet. Sam riait, et Jamie toqua sur le côté de l'œuf en disant « Coucou ».

Jo, la directrice de l'école, déguisée en garçonne des années 1920, vint les saluer, et la foule de parents commença à se disperser en direction des bancs disposés en bordure du vaste terrain de sport. Les enfants furent rassemblés en groupes par les enseignants, prêts pour le début des courses.

Laurie tapota sur le flanc de l'œuf, sans doute pour attirer son attention, même si en réalité, l'attention de Ross ne l'avait jamais quittée. C'était un des avantages à être déguisé en œuf, personne ne pouvait le voir la dévorer des yeux. Elle le guida vers les bancs, l'aida à hisser l'œuf au-dessus de sa tête pour qu'il puisse s'asseoir, et le cala entre eux.

— C'est très amusant, dit-elle, aux anges.

— Attends qu'on se mette à te poser des questions.

— Quelles questions ? protesta-t-elle en relevant son masque. Tu ne m'as jamais parlé de questions.

— Je voulais te laisser la surprise. J'ai toujours droit à un ou deux parents qui ont décidé que leur môme de sept ans sera le prochain champion du monde.

— Tu ne vas pas le leur dire, hein ? supplia-t-elle avec une grimace.

— Quoi, que tu es une authentique championne ? Ils seraient fascinés... Mais... Nan, je crois pas.

— Ouf. Dis-leur juste que la meilleure façon d'en faire un champion est de leur donner une enfance saine et heureuse.

Elle paraissait se bagarrer avec son costume et perdait de nouveau des plumes.

— Qu'est-ce que tu fais ?

— J'essaye d'atteindre mon sac. La limonade glacée là-bas a l'air délicieuse. Tu en veux une ?

— Oui, mais c'est bon. Jo vient dans notre direction.

Il désigna du doigt la directrice, qui approchait avec deux verres de limonade. Elle leur tendit chacun un verre.

— Vous voulez participer à la remise des médailles ?

— Des médailles ? Oh oui, répondit aussitôt Laurie, avant

de froncer les sourcils devant l'œuf. Bien que je ne sache pas comment Ross va se débrouiller avec son costume.

— Toi, tu les remets et moi je te colle juste aux basques.

— Et pour la course d'obstacles ? demanda Jo.

— Je vais tenter le coup, on verra bien, répondit Ross.

— Moi aussi, j'aimerais, dit Laurie en le fixant par-dessus l'œuf. Ma hanche va bien. Qu'est-ce que tu en penses ?

Ross décida de ne pas relever qu'elle venait de lui demander son avis, ce qui était une première, et donna son accord à Jo pour eux deux.

— Dacodac, fit cette dernière en cochant sa liste. Je vous appelle quand c'est votre tour.

Puis elle repartit d'un pas pressé, brossant de la main une plume jaune sur son costume.

De nombreuses plumes s'éparpillèrent encore au cours de l'après-midi, alors que Laurie sautait sur ses pieds, encourageait et applaudissait tous les enfants. Tous ceux qui avaient participé aux épreuves obtinrent une médaille, et quand ce fut son tour de les remettre, elle les présenta chacune comme une précieuse reconnaissance de leur réussite.

Lorsqu'elle parvint à la petite fille en larmes pour être tombée et donc arrivée dernière, elle lui offrit sa médaille puis la souleva dans ses bras. Ross vit Sam applaudir debout avec de grands hourras, et l'assemblée au complet en faire autant. La petite fille courut vers ses parents, montrant fièrement la médaille qui pendait à son cou.

— Qu'est-ce que tu lui as dit ? demanda-t-il, tandis qu'ils regagnaient leurs places et qu'elle l'aidait à ôter l'œuf.

— Que c'était une médaille très spéciale, parce qu'elle avait été assez courageuse pour se relever et essayer encore.

— Bravo. C'est gentil.

Et si différent de la femme qui était arrivée au début à la clinique. Celle-là avait été silencieuse, repliée sur elle-même et concentrée. Comme si la seule chose qui comptait était de gagner, quoi qu'elle doive sacrifier pour y parvenir. Ross était fier des miracles que la clinique pouvait réaliser, mais celui-ci n'en faisait pas partie. La Laurie capable de remettre une médaille à une enfant arrivée dernière à la course et lui donner le sentiment d'être une gagnante avait probablement été là depuis le début. Et aussi fascinante qu'ait été l'ancienne Laurie, la nouvelle était carrément irrésistible.

9

La petite plaisanterie de Laurie s'était retournée contre elle. Deux semaines plus tôt, elle avait choisi le costume d'œuf pour Ross dans l'intention de l'empêcher de la suivre partout afin de s'assurer qu'elle n'en faisait pas trop. Mais tant de choses avaient changé depuis. Et les plumes jaunes s'avéraient un peu compliquées à assumer, volant de toutes parts et la faisant éternuer.

Ross réenfila l'œuf. Laurie remit son masque de poulet et ils s'alignèrent avec les autres sur la ligne de départ pour la course d'obstacles.

— Comment il va faire sans ses bras pour sauter à la corde ? demanda Sam, juste à côté de Laurie.

— Dieu seul sait. Improviser ?

— On devrait finir aussi vite que possible pour pouvoir le regarder, répondit Sam en éclatant de rire.

— Hé ! J'ai entendu, protesta la voix de Ross à l'intérieur de l'œuf, suscitant de nouveaux rires des deux femmes.

Le parent chargé de donner le départ longea la ligne pour vérifier que les orteils de chacun étaient bien derrière. Laurie trouva qu'il prenait tout cela un peu trop au sérieux. Mais en regardant le parcours, elle ne put s'empêcher de sentir son cœur battre un peu plus vite. Ni d'évaluer ses adversaires. Sam était la plus forte du groupe, et même si Laurie était assez confiante de pouvoir la battre dans des circonstances normales, un costume de poulet et une hanche ne devant pas être trop sollicitée donnaient un net avantage à Sam.

— À vos marques… prêts…

Le pistolet donna le coup d'envoi et Laurie commença à courir. Sam et elle atteignirent ensemble les bancs suédois retournés qui servaient de poutres d'équilibre. Quelque chose amusait le public, dont elle entendait les rires.

— Oh ! non ! s'exclama Sam.

Laurie se retourna. L'œuf s'était déplacé autour de Ross qui, désorienté, déviait à l'aveugle du parcours.

— Je vais le chercher. Toi, fonce.

Comme Sam hésitait, elle ajouta :

— File ! Tu peux encore gagner, sauver l'honneur de la clinique !

Acquiesçant d'un grand sourire, Sam sauta sur la poutre, la parcourut adroitement alors que l'homme qui venait de les dépasser perdait l'équilibre et descendait de la sienne.

Laurie repartit en arrière vers Ross. Elle n'en revenait pas. Laurie Sullivan. La femme à l'esprit de compétition le plus aiguisé de n'importe quelle équipe. Elle entoura l'œuf de ses bras, et Ross s'arrêta brusquement.

— Qui est-ce ?

— Laurie. Viens, c'est par là…

Elle tenta de rajuster l'œuf afin qu'il puisse voir par les trous des yeux, mais n'y parvint qu'en partie. Tant pis.

Ils arrivèrent aux poutres, et quand Ross trouva la sienne, il la franchit sans trop de peine. Puis elle s'élança vers la suite du parcours, vérifiant qu'il la suivait.

— Tunnel à ramper, maintenant, annonça-t-elle.

— Tu plaisantes, hein ? Vas-y, toi.

Depuis l'intérieur du tube en plastique, elle entendait la réaction du public. Ross faisait manifestement le pitre, et lorsqu'elle émergea à l'autre extrémité, il était penché en avant, mimant un œuf rampant. Les cordes à sauter étaient également hors de question, et alors qu'elle utilisait la sienne, il copia sur place le mouvement avec ses jambes.

Son père aurait crié sa désapprobation. Toute sa vie, Laurie avait été formée à la compétition, quel que soit le contexte, même si la course était censée être amusante. Elle s'était libérée de son père, mais le principe directeur était tellement ancré qu'il était devenu une réaction instinctive. Quelque chose dont elle ne pouvait se défaire.

Mais son père n'était pas là. Tandis que Ross, si. Une longue course droite menait à la ligne d'arrivée, et elle vit Sam à l'autre bout, qui les encourageait et applaudissait. Alors que Ross trottinait, elle courut derrière lui en allongeant les bras pour faire croire qu'elle le poussait.

Tout le monde riait. Et le sentiment qu'elle éprouvait était... de la liberté. Elle se sentait libre.

Mais en atteignant la ligne d'arrivée, Ross trébucha, avant de perdre complètement l'équilibre. Laurie tendit la main pour le sauver, mais agripper un œuf en papier mâché pour arrêter la chute d'un homme de un mètre quatre-vingts était vain. Il s'écroula dans un nuage de papier et de colle séchée, et Laurie réussit tout juste à garder l'équilibre.

— Ross ! Ça va ?

— Oui, je vais bien. Tu n'es pas tombée, n'est-ce pas ?

— Non. J'ai réussi à m'arrêter à temps.

La tendresse dans ses yeux l'engloutissait. Les gens se pressaient autour d'eux, et elle ne les vit même pas. Un éclair de satin bleu près d'elle la ramena à la raison.

— J'arrive..., fit la voix de Sam. Pardon, je passe ! Reste couché, Ross, ordonna-t-elle.

Mais il l'ignora, et se mit debout, brossant des morceaux de papier mâché de ses cheveux. Sam souffla bruyamment.

— Laurie et moi aurions pu montrer toutes sortes de choses aux enfants. Des minerves, des bras cassés...

— Des épaules disloquées, fit Laurie, tout sourire.

Elle aurait été très heureuse d'inspecter Ross à fond pour les ecchymoses aussi.

— Oui, une épaule disloquée, fit Sam. C'est top, ça.

Ross éclata de rire.

— Désolé, on dirait que l'œuf est la seule victime.

— Avec le poulet, dit Sam, retirant le masque à bec de sous

le genou de Laurie, dérangeant au passage un petit nuage de plumes volantes. Vous croyez qu'on aura une médaille d'or pour avoir fait le plus de bazar ?

— Oui, dit Ross. On est arrivés en tête pour ça, au moins.

Heureusement qu'ils avaient apporté une tenue de rechange. Laurie sortit de la tente-vestiaire avec les restes du costume de poulet dans un sac-poubelle, et ravie d'être débarrassée des plumes.

Ross se trouvait à quelques pas, et le langage corporel du couple avec lequel il discutait indiquait clairement que, maintenant qu'ils le tenaient, ils n'allaient pas le lâcher. Il écoutait et hochait la tête avec un sourire figé. Laurie hésita à voler à son secours puis l'homme la fixa du regard.

— Excusez-moi. Vous êtes bien... euh, la rameuse, là...

Non. Elle ne voulait pas être Laurie Sullivan la rameuse aujourd'hui. Elle s'était trop amusée. Ross se retourna et dut voir la consternation sur son visage. Il intervint rapidement.

— Laurie est dans mon équipe médicale à la clinique.

— Ah. J'aurais pourtant juré..., marmonna l'homme.

— Ce n'est pas grave. On me le dit souvent, répondit Laurie en haussant les épaules.

— À propos de votre fils..., enchaîna Ross.

Il dirigea le couple à l'écart, et leva le pouce dans son dos pour indiquer à Laurie qu'il avait tout sous contrôle.

— Les questions habituelles, à ce que je vois.

Laurie découvrit Jo, la directrice, à côté d'elle.

— Les questions habituelles ?

— Oui, fit Jo. M. et Mme Marshall ont un fils aîné, un gentil garçon, qui est au collège maintenant. Il est très bon au football, et quand il était ici, ils étaient très désireux que je prenne un entraîneur spécial pour lui au club de football.

— Il était un peu jeune pour ça, non ?

Les enfants ici avaient tous entre cinq et sept ans.

— C'était mon avis. Mais ils ne voulaient pas m'écouter, alors j'ai fait appel à mon arme secrète, dit Jo en souriant. Grâce à la réputation de Ross, ils ont accepté ses conseils un peu plus facilement.

— Comme de ne pas être aussi insistants ?

Laurie se demandait ce que ses professeurs avaient pensé de son père. Ce qui se serait passé si quelqu'un avait fait preuve du même bon sens que Jo, et fait appel à quelqu'un comme Ross. Rien, probablement. Son père n'écoutait personne.

— Le football est une carrière très lucrative, dit Jo. Mais à cet âge, notre objectif est de donner aux élèves un vaste éventail de compétences de base, qu'ils peuvent développer et qui leur donne le choix. Ross nous a aidés à élaborer un bon programme sportif, et il a travaillé avec un certain nombre de nos enfants qui ont des besoins spéciaux. Et il s'y prend très bien avec les parents trop insistants.

— Il comprend les problèmes ?

Ross *la* comprenait peut-être mieux qu'elle ne le pensait.

— Oui. Et il est très attaché à donner un bon départ aux enfants.

Laurie sourit.

— Je croyais qu'on était là juste pour s'amuser.

— Eh bien, c'est le cas, répondit Jo en riant. J'ai bien aimé votre duo pendant la course d'obstacles.

Duo ? Son amitié grandissante avec Ross était-elle si évidente ? Mais cela aussi avait été très amusant.

— Mademoiselle... Mademoiselle...

Une fillette tirait sur la robe de Jo.

— Qu'est-ce qu'il y a, Lisa ? Je suis en train de parler...

— Mais Josh est tombé en haut d'un arbre !

Jo s'accroupit à côté de l'enfant.

— Quel arbre, Lisa ? Josh est tombé *en bas* de l'arbre ?

— Non. En haut ! Au-dessus du ruisseau.

Cela n'avait aucun sens pour Laurie, mais visiblement pour Jo, oui. Elle se redressa brusquement.

— Cours vers papa et maman, Lisa. Tout de suite.

Tandis que la fillette détalait, l'inquiétude assombrit le visage de Jo.

— Tu veux bien aller chercher Ross, s'il te plaît, Laurie ? Moi, je vais voir ce qui s'est passé.

Jo s'éloigna aussi vite que le lui permettaient ses talons sur l'herbe. Laurie se précipita vers Ross, et lui saisit le bras pour arracher son attention aux Marshall.

— Jo a besoin de toi. Une histoire de garçon tombé en haut d'un arbre, près du ruisseau.

Ross aussi paraissait savoir de quoi il retournait, car il se mit aussitôt à courir, laissant les Marshall bouche bée.

— Excusez-nous, leur lança Laurie. On revient.

Elle suivit Ross, qui avait dépassé Jo, à présent pieds nus. Laurie accéléra, sentant sa hanche protester. Aucune importance dans l'immédiat. Il se passait manifestement quelque chose de grave, et un enfant était en danger.

Ils contournèrent l'angle du bâtiment scolaire. Un peu plus loin, elle vit un petit groupe d'enfants pressés contre une assez haute clôture grillagée en plastique qui bordait le terrain de jeu de l'école. Et derrière...

Un petit garçon semblait suspendu, la tête en bas, à la branche d'un énorme arbre qui surplombait un ruisseau. Il criait, un mélange de peur et de douleur dans la voix.

Ross avait déjà atteint la clôture et écartait les enfants, examinant le grillage en plastique, se demandant sans doute s'il pouvait l'escalader. Mais la clôture était manifestement conçue pour dissuader les grimpeurs et ne comportait aucun point d'appui. Laurie le rejoignit.

— Comment il est entré ? demanda Ross aux enfants.

— Il a rampé en dessous. Là, répondit un petit garçon.

Le bas de la clôture avait été découpé. L'espace était trop petit pour que Laurie puisse s'y faufiler. Ross s'agenouilla, creusa de ses mains d'un côté du trou, et mit au jour une pique en acier enfoncée dans le sol, qui maintenait le bas de la clôture. Cela pouvait marcher. S'ils pouvaient juste libérer un peu plus de grillage, ils pourraient passer dessous. Elle commença à creuser l'autre côté.

— Doucement. Elles sont plantées assez profondément…

Il saisit le sommet incurvé de la pique et tira vers le haut, poussant un grognement d'effort quand elle se dégagea.

Laurie déblaya la terre et trouva une autre pique, qu'elle tenta de retirer. Elle était trop enfoncée et ne bougea pas.

—Tu veux bien essayer celle-là ? demanda-t-elle à Ross.

Ils s'activèrent de concert, Laurie dégageant deux piques supplémentaires pendant que Ross les sortait de terre. Jo les avait rejoints, pieds nus et essoufflée, et parlait dans son téléphone en éloignant les enfants.

Enfin, Ross souleva la clôture aussi haut que possible.

— Tu peux passer dessous ?

Laurie se glissa sous le grillage, puis le tint pour Ross, qui rampa à son tour dessous. Il passait tout juste, et elle dut mettre tout son poids pour tirer le bord de la clôture.

Le garçon les avait vus arriver et était plus calme désormais. Ou bien il commençait à subir les effets de l'asphyxie par inversion, mais ce serait inhabituel, à moins qu'il ne soit resté des heures la tête en bas. Un enchevêtrement de cordes était accroché à une grosse branche d'arbre qui pendait au-dessus du ruisseau, et un de ses pieds était pris dedans. Ross cerna rapidement la situation.

— Je vais entrer dans l'eau et voir si je peux l'atteindre.

— D'accord. On dirait que je peux monter dans l'arbre, mais si la branche cède et vous écrase…

— Je vais voir ce que je peux faire par en dessous d'abord, dit Ross.

Il se dirigea en pataugeant vers le garçon. Le ruisseau n'était pas trop profond, et il parvint à atteindre les épaules de l'enfant et les soutenir, lui remontant un peu la tête. Mais il n'avait pas accès à son pied. Laurie grimpa à l'arbre.

Escalader le tronc incliné était facile. L'énorme branche qui s'étendait au-dessus de l'eau était solide, mais elle ne mettait aucun poids dessus. Si le garçon était bien là où il était, il valait peut-être mieux attendre les services d'urgence.

— Qu'est-ce que tu en penses, Ross ? Je continue ?

Le regard de Ross passa du garçon apathique dans ses bras à la branche au-dessus de sa tête. Laurie savait que c'était une décision difficile à prendre.

— Il faut qu'on le descende maintenant.

— D'accord. Je vais m'approcher par là.

Elle se mit à quatre pattes pour répartir un peu son poids, et rampa avec prudence. C'était une affaire de confiance. Confiance que Ross avait bien saisi la situation et qu'ils ne pouvaient pas attendre. Sa confiance à lui qu'elle enlèverait son poids de la branche si celle-ci semblait instable.

La corde paraissait prise dans un assemblage complexe de nœuds, et elle n'arrivait pas à voir lequel libérerait le garçon. Mais en s'étirant, elle put la suivre de la main depuis sa cheville et trouver le bon. Elle s'attaqua au nœud, sentant ses ongles se casser et la tiédeur gluante du sang.

— C'est bon, je l'ai.

Le nœud se défit et la tension de la corde autour de la cheville du garçon se relâcha, mais son pied restait coincé.

— Tu peux lui enlever sa chaussure, Ross ?

— Je ne peux pas l'atteindre. Tu peux y arriver ?

— Je pense que oui. Tu le tiens ?

— Oui, il ne va pas tomber.

Avec précaution, elle s'avança jusqu'au pied du garçon. Tirant sur les fermetures à crochets de sa chaussure, elle l'enleva. Le pied du garçon se dégagea de la corde, laissant sa chaussette derrière lui. Laurie baissa les yeux, Ross se dirigeait vers la terre ferme, l'enfant dans les bras.

À présent, *elle* devait s'assurer de ne pas tomber, car elle avait dû se déplacer jusqu'à ce que presque tout le poids de son corps se trouve au-dessus de l'eau. Elle souffla un peu, puis recula petit à petit jusqu'à être de nouveau allongée sur la branche. Après avoir laissé ses muscles se détendre un instant, elle glissa le long du tronc de l'arbre jusqu'au sol.

Ross avait déposé le garçon sur l'herbe, et tentait doucement de le stimuler. Les yeux de Josh s'ouvrirent mais il paraissait désorienté.

Cela pouvait être dû au choc, ou à la douleur de sa cheville enflée. Ou bien à une autre blessure lors de sa chute. Ou au fait d'avoir été suspendu la tête en bas. L'asphyxie causée par la pression des organes internes sur les poumons ne se produisait généralement pas aussi vite, mais c'était tellement inhabituel qu'il y avait peu d'études sur le sujet.

Ross envisagea d'abord la plus grave de ces possibilités, et après avoir vérifié la respiration de l'enfant, il remonta son T-shirt pour voir son dos et sa poitrine, puis exerça de légères pressions sur ses côtes et son estomac. Aucune réaction. Laurie chercha le pouls du garçon. Un peu rapide.

— Pas de signe d'hémorragie interne, dit Ross.

— Laisse-moi vérifier ses hanches et ses jambes. Les enfants sont plus enclins aux dislocations que les adultes.

Laurie explora les membres de Josh. Hormis le gonflement de sa cheville, elle ne trouva rien d'anormal.

— Hé, Josh, dit doucement Ross. Ouvre les yeux... Bien. Respire à fond ? Allez, essaye.

Josh prit une grande inspiration. Jusque-là tout allait bien.

— Ma jambe me fait mal.

— Oui, je sais. On va s'en occuper. Autre chose ?

Josh fit signe que non. Il avait l'air plus alerte. Quand Laurie vérifia à nouveau son pouls, il était à peu près normal, ce que l'on ne pouvait probablement pas dire du sien.

Un cliquetis au portillon de la clôture lui fit lever les yeux. Jo se précipita vers eux et s'agenouilla à côté de Josh.

— Comment va-t-il ?

— On ne voit aucune blessure grave. Mais il a besoin d'être examiné.

— D'accord. Un brancard arrive de l'infirmerie.

— Bien, fit Ross. Et ses parents ?

— Sa mère est par-là, on la cherche. Ah, voilà le brancard.

Le jeune enseignant qui avait apporté le brancard alla chercher la trousse médicale de Ross dans sa voiture. Josh fut transféré sur le brancard, se plaignant bruyamment de sa cheville, et porté dans l'école. Sa mère arriva, visiblement angoissée, et Laurie fit de son mieux pour la rassurer.

Ross ne fit pas les choses à moitié. Sa trousse médicale contenant tout ce qu'il fallait, son examen fut minutieux.

— Josh va bien, à part sa cheville, déclara-t-il, enfin satisfait, à la mère du garçon. Il faudra quand même faire une radio. Ce serait plus prudent. Il a pu se casser un des petits os du pied. Je peux vous emmener aux urgences pédiatriques.

— Tout va bien ?

Josh avait été vu presque immédiatement, et Laurie était allée attendre dans la voiture pendant que Ross parlait à l'interne des urgences. Jo les avait suivis afin de ramener ensuite Josh et sa mère chez eux.

— Oui. Le médecin va effectuer quelques tests par mesure de sécurité, mais il est d'accord avec nous. Le seul problème de Josh semble être sa cheville. On rentre ?

— Je crois que c'est préférable, répondit-elle. Jusqu'à maintenant, l'unique vraie victime de la journée a été un œuf, j'aimerais que ça reste ainsi.

— Moi aussi. Et je ne serais pas contre enfiler des vêtements secs, aussi. Mon pantalon est trempé.

Ils roulèrent en silence. Ross était manifestement fatigué, mais quand ils arrivèrent à la clinique et que Laurie descendit de la voiture, il la retint.

— Hé. J'espère que tu n'as pas passé un après-midi trop horrible.

— J'ai été attaquée par des plumes, j'ai aidé à écraser un œuf et je suis arrivée dernière à la course. Ensuite j'ai aidé à sauver un enfant d'un arbre. Que demander de plus ?

Par-dessus tout, elle avait adoré être la moitié du duo Ross et Laurie, qui semblait fonctionner aussi bien pour les choses amusantes que pour les entreprises mortellement sérieuses.

— Dernière ex-æquo, précisa-t-il avec un sourire. Mais j'imagine que même ça, c'était une première pour toi ?

— Sans aucun doute. Considère-toi comme faisant partie d'une nouvelle expérience.

Elle l'entendit glousser alors qu'elle s'éloignait.

10

Ross avait pris un long bain chaud, puis il s'était rendu à la clinique. Il avait effectué sa tournée du soir auprès des patients et du personnel, et comme personne ne semblait avoir besoin de lui, il avait gagné son bureau.

Laurie était extraordinaire. Irrésistible. Il avait mis de côté ses propres rêves, maintenant profondément endormis depuis longtemps, et avait été capable de se dire que la vie qu'il menait ici était tout ce qu'il voulait. Mais l'enjouement de Laurie, sa détermination à relever le moindre défi, suffisaient à réveiller n'importe quoi du plus profond sommeil, et Ross en particulier. À présent, le rêve s'enroulait de nouveau autour de son cœur, pareil à un serpent, serrant très fort.

C'était fou. Il savait qu'il ne pourrait pas avoir ce qu'il désirait, mais il n'arrivait pas à enterrer l'idée. L'idée qu'ils pourraient vaincre les obstacles et se connaître un peu mieux. Prendre leur temps, et ensuite apprendre à bâtir une vie. Une famille.

Une famille, c'était la seule chose qu'il ne pouvait pas lui donner. Et cela détruirait toute vie qu'ils réussiraient à bâtir. Il aurait beau réfléchir à une issue, rien ne changerait la dure réalité de cette situation, y penser plus longtemps ne servait donc à rien. Il ouvrit le dossier sur son bureau qui contenait des documents à remplir pour la clinique. Il avait un peu de retard, et pouvait passer la soirée à le rattraper.

Quatre heures plus tard, il avait son compte pour la journée. Mais il semblait que la journée n'avait pas son compte avec lui. Après avoir arpenté son appartement d'un pas fébrile, il recourut au seul endroit qui avait un pouvoir calmant sur lui. Il versa une giclée de scotch dans un verre, descendit l'escalier de son balcon et se dirigea vers le lac.

Il avait l'impression d'avoir été assis un long moment sur le ponton, les yeux perdus au loin, quand il entendit des pas derrière lui. Inutile de se retourner, il savait qui c'était. Et même là, il avait envie de sa compagnie. Laurie se posa à côté de lui, balançant ses jambes au-dessus de l'eau.

Il pivota pour voir son visage illuminé par le clair de lune.

— Hey. Tu en veux un peu ?

Elle prit le verre, le renifla, puis prit une gorgée.

— Mmm, c'est bon. Double malt. Il n'y en a pas assez pour deux, cependant.

— Un peu du meilleur suffit, répondit-il.

Elle prit une seconde gorgée avant de lui rendre le verre. Quand il le porta à ses lèvres, il crut goûter les siennes, mais ce n'était peut-être que son imagination. Ils restèrent ainsi en silence. C'était agréable. Amical. Quelqu'un avec qui partager son temps de réflexion, à défaut de ses pensées.

— Au fait, tu sais pourquoi il y avait toutes ces cordes sur cet arbre ? demanda-t-elle finalement.

— Jo m'en a parlé un jour. Ce petit coin boisé fait partie du terrain de l'école. Il a été clôturé pour raisons de sécurité. Des ados entraient par effraction.

— Pour enrouler des cordes sur des arbres ?

Il lui tendit à nouveau le verre.

— Et se suspendre au-dessus de l'eau. Un peu comme du saut à l'élastique sans élastique. Jo voulait éviter tout risque d'accident. L'arbre est plutôt haut. Ils ont dû essayer de couper le grillage là où on a découvert le trou, puis renoncer.

— J'aurais presque aimé avoir fait quelque chose d'un peu dingue quand j'étais ado, dit-elle d'un ton songeur. Enfin, pas aussi dingue que ça. Mais m'amuser un peu, quoi.

— Trop occupée à t'entraîner ?

— Oui, fit-elle dans un soupir. Tout tournait autour de l'entraînement. Ou peut-être que tout tournait autour de mon père, qui ne pensait qu'à l'entraînement. Et toi ? Tu as dû trouver des bêtises à faire par ici. Toute cette campagne et ces lacs.

— Hum... Pas vraiment. Un trajet de cinq kilomètres à vélo dans chaque sens pour rejoindre la ville la plus proche a tendance à mettre un frein aux frasques improvisées. C'est l'un des inconvénients de vivre dans un endroit aussi isolé. Bien que ma mère dise que c'est un avantage.

— Donc toi et moi étions deux solitaires.

Elle but une gorgée de scotch et lui rendit le verre.

— J'ai la clinique. Tu as...

Laurie avait un avenir, et il la voyait avancer pour le saisir à pleines mains.

— Une hanche en vrac et une capacité de déni ?

— Ta hanche est en voie de guérison. Tu retourneras bientôt ramer et te préparer à gagner cette médaille d'or.

Il ne voulait pas penser à toutes les autres choses qu'elle pourrait faire, parce que ce ne serait pas avec lui.

Elle lui fit soudain face, sa peau pâle dans l'obscurité.

— J'ai confiance en toi, Ross.

Cela suffisait-il ? Il aurait voulu, mais ce n'était pas le cas.

— J'ai confiance en toi, moi aussi. Mais je n'ai plus confiance en l'avenir.

La main de Laurie se posa légèrement sur sa joue.

— J'aimerais pourtant, Ross. Car alors, peut-être que nous...

Il la fit taire d'un doigt sur ses lèvres. Il ne voulait pas entendre parler de toutes les choses qu'elle croyait qu'ils pourraient faire ensemble, parce qu'elles étaient impossibles.

— C'est la différence entre nous, Laurie. Tu peux changer ton avenir. Je ne peux pas changer le mien.

Elle passa ses bras autour de son cou, comme pour le sauver de quelque chose. Puis s'écarta brusquement, sa main volant vers sa bouche.

— C'est embarrassant, non ? Enlacer le patron devant tout le monde.

— Regarde autour de toi. Il se trouve que c'est le seul endroit qui n'est pas visible des fenêtres de la clinique.

— Je suis contente que tu saches ça, répondit-elle en souriant. Ça fleure la saine mauvaise conduite. Tu commences à me paraitre plutôt humain, en fin de compte.

— Merci ! dit-il en feignant l'indignation. Je n'avais pas l'air humain avant ?

— Tu as raison un peu trop souvent à mon goût.

— Il m'arrive de me tromper.

Il voulait tellement se tromper. Sur tout, sur sa certitude qu'aller plus loin avec Laurie finirait en catastrophe.

Et puis il y avait ces yeux. Sombres et complices. La main qui caressait le côté de son visage, lui donnant des frissons dans le dos. Il se pencha, planta un baiser sur sa joue.

— Qu'est-ce que tu dis, déjà ? Un peu du meilleur suffit ? murmura-t-elle.

Ils étaient si proches à présent, qu'ils se touchaient presque, et il pouvait sentir son souffle sur sa joue.

Il effleura son bras. Elle pressa sa jambe contre la sienne. Chaque contact était précieux et exquis. Et puis une bouffée d'émotion quand il mit ses bras autour d'elle et l'embrassa. Sa réponse fut à la hauteur de la sienne. Audacieuse et avide, comme si le passé n'existait pas et que le futur n'était pas encore arrivé. Prenant chaque moment, sans peur ni regret.

— C'est incontestablement la meilleure chose qui ne me soit pas arrivée aujourd'hui.

Il la serra contre lui, sachant qu'il devrait bientôt la lâcher.

Elle leva la main et passa son pouce sur ses lèvres.

— Si ça n'est jamais arrivé, on pourrait recommencer...

Laurie avait demandé un jour de congé. C'était compréhensible, elle avait travaillé beaucoup plus d'heures qu'elle n'était payée ces deux dernières semaines, et peut-être avait-elle d'autres choses à faire. Mais sa présence à la clinique manquait à Ross.

Quand il était passé dans la chambre d'Adam, lors de sa tournée quotidienne, le garçon lui avait dit que Laurie ne viendrait pas jouer aux jeux vidéo aujourd'hui, même si elle avait accumulé assez de points pour que son avatar change complètement de garde-robe. Elle n'était pas en train de se promener au bord du lac. Ni, à moins que Ross ne se trompe fortement, quelque part dans un bateau.

Ou bien si ? Cela faisait presque trois semaines qu'il l'avait vue ramer devant sa fenêtre, et il savait que cela lui manquait. Peut-être que son esprit rebelle en avait assez de l'existence calme et ordonnée de la clinique, et qu'elle avait décidé qu'elle avait besoin de retourner sur un bateau. Il lui avait clairement fait comprendre qu'il n'était plus responsable de son traitement, mais l'idée qu'elle mette la guérison de sa hanche en péril le dérangeait quand même.

Elle n'avait pris aucune des voitures électriques de la clinique pour se rendre en ville, et lorsque Ross trouva une excuse pour rentrer prendre quelque chose chez lui, il remarqua que les longs rideaux du salon du petit appartement du dessous étaient tirés, alors que c'était presque l'heure du déjeuner. C'était étrange, parce que Laurie était une telle créature de la lumière. Elle l'aimait et la lumière l'aimait.

Il lui avait dit qu'il lui faisait confiance, et il avait fait une promesse. Il devrait la tenir. Elle voulait simplement une journée pour elle, il ne devait pas l'interrompre...

Ross rentra tard de la clinique, et ouvrit la porte-fenêtre qui donnait sur le balcon. Alors qu'il regardait l'étendue sombre du lac, une silhouette assise sur le banc au bord de l'eau attira son attention. Laurie.

Que faisait-elle là-bas ? Certes, la soirée était chaude et la quiétude du lac l'attirait souvent à cet endroit, mais il y avait autre chose dans sa posture, les épaules voûtées et la tête baissée. Sans même réfléchir à la pertinence de son impulsion, il descendit deux à deux les marches de l'escalier en colimaçon et se dirigea vers le lac.

Elle avait dû entendre ses pas car elle tourna la tête. Il voyait à présent son visage, pâle et impassible dans la pénombre. Elle serrait précieusement quelque chose sur ses genoux.

— Hey...

— Salut, Ross.

— Je peux m'asseoir avec toi ?

Elle hocha la tête, comme si cela lui était égal. Il s'installa à côté d'elle. Il voyait maintenant ce qu'elle tenait – une maquette de bateau en bois.

— Qu'est-ce qui se passe ?

— Oh ! rien... Rien. Je pensais que ce serait une bonne idée mais... je ne le sens pas vraiment.

Elle avait l'air de ne rien ressentir, mais il n'était pas dupe. Elle avait appris à surmonter la douleur en faisant semblant de ne rien éprouver, et plus son visage était impassible, plus elle se battait.

— C'est pour quoi faire ?

Il effleura du bout des doigts la maquette de bateau. Ce faisant, il s'aperçut qu'elle était pleine de petit bois et qu'une boîte d'allumettes était posée sur le banc à côté de Laurie. Elle disait au revoir à quelque chose... ou à quelqu'un.

— Il est parti depuis longtemps, répondit-elle en le regardant gravement. Ça fait quinze ans aujourd'hui. J'ai passé presque autant de temps sans lui qu'avec lui.

— Et tu as pensé que tu pourrais envoyer le bateau sur l'eau ? Comme un souvenir de quelqu'un que tu as perdu ?

— Oui, c'est un modèle que j'avais à la maison et... je l'ai mis dans ma valise quand on est allés à Londres. Maintenant je ne sais pas si c'est ce qu'il faut faire.

— Si tu en fais le bon choix, alors ça l'est.

Elle lui jeta un regard pensif.

— Ça ne changera rien.

— Non, en effet. Parfois pourtant, se souvenir de quelqu'un et lui dire ce que l'on veut change tout pour soi.

Elle acquiesça. Était-elle tellement habituée à dissimuler ses sentiments qu'elle ne serait pas capable de briser son masque impassible ? Il savait en tout cas une chose. Elle le voulait.

— Je te propose un marché. Si tu pousses ton bateau d'ici, il reviendra flotter jusqu'à la rive. J'ai une paire de cuissardes et je peux l'emmener assez loin pour qu'il attrape le courant. Tu pourras dire ce que tu as envie de dire et peut-être que ça partira à la dérive aussi.

Elle réfléchit un instant puis hocha la tête. Il retourna à la hâte chez lui avant qu'elle ne change d'avis.

Laurie était assise depuis plus d'une heure, attendant un moment qui semblait ne jamais venir, durant lequel elle pourrait être en phase avec ses sentiments et leur trouver un sens. Tout ce qu'elle ressentait, en ce jour anniversaire de la mort de son frère aîné, c'était une souffrance écrasante et une atroce culpabilité.

Peut-être attendait-elle que Ross vienne et donne du sens à tout cela pour elle. Mais c'était un peu trop demander.

Il était revenu avant qu'elle n'ait pu non plus donner un sens à son envie qu'il soit là. Il posa les cuissardes sur le sol et la rejoignit sur le banc.

— Pour qui est le bateau, Laurie ?

Ça, c'était une question facile.

— Mon frère aîné, Tom. Il est mort quand j'avais quinze ans.

— Il devait être jeune.

Il comprenait le terrible gâchis d'une vie qui n'aurait dû que commencer, car il hocha la tête.

— Il avait vingt et un ans.

Elle soupira et soudain, il devint plus aisé de parler.

— Mon père nous a tous poussés à viser des carrières sportives. Tom devait être le joueur de tennis, mais mon jeune frère Ben a toujours été plus doué. Mon père a poussé et poussé Tom à se donner à fond et… il l'a poussé trop fort.

— En quoi était-il le meilleur ? Ce que tu aimerais le plus te rappeler de lui ?

Personne ne s'était demandé ça. Tom avait été pris dans une spirale de mauvaises attentes et d'échecs, et c'était ce qui définissait sa mort aussi bien que sa vie.

— Il était très gentil et drôle. Quand j'étais petite, il me faisait des marionnettes à doigts et on montait nos propres pièces avec. Tom trouvait toujours les meilleures répliques.

Toute leur complicité revint à ce souvenir. Avec le chagrin. Mais c'était mieux que le vide dans lequel elle était assise.

— Il a l'air formidable.

— Il était vraiment créatif et il racontait de super histoires. Pour mon dixième anniversaire, il m'a fabriqué un livre sur un dragon qui obligeait tout le monde à faire ce qu'il disait... on savait tous les deux que c'était mon père, en réalité. Un jour, le dragon a eu tellement de vapeur qui lui sortait des oreilles qu'il a explosé. C'était...

Laurie s'étrangla, les larmes coulaient sans retenue sur son visage.

— Respire, murmura Ross, en posant légèrement son bras autour de ses épaules. Respirer aide.

Il avait raison. Et d'une certaine façon, les larmes aidaient aussi. Après une grande inspiration, elle poursuivit.

— Mon père refusait de voir qu'il n'était pas fait pour le sport, ce n'était pas ce dont il avait envie et il n'était pas si bon non plus. Mais il n'a fait que pousser Tom à se dépasser, il répétait que c'était un raté et que notre jeune frère était meilleur que lui. Tom s'est procuré des stéroïdes quelque part, pour tenter de se rendre acceptable aux yeux de mon père, et...

— Les effets secondaires habituels ?

Elle acquiesça.

— Oui, manque de contrôle des impulsions et agressivité. Combiné avec toute la frustration et le rejet qu'il ressentait déjà. Il rentrait à vélo et... le feu était rouge pour lui et il aurait dû céder le passage, mais il ne l'a pas fait. Il a foncé sur un camion, s'attendant à ce qu'il s'arrête, mais il n'y avait aucune chance qu'il le puisse. J'avais quinze ans, et c'est là que j'ai décidé que je devais m'échapper de tout ça.

— Alors… il n'a pas pu se sauver, mais… peut-être qu'il t'a sauvée, toi ?

— Je ne pense pas que c'était son but. Il était juste sous l'influence de drogues.

— Peut-être. Mais il semble qu'il t'aimait beaucoup. Qu'est-ce qu'il te dirait aujourd'hui, s'il savait que tu t'es libérée de votre père ?

Encore des larmes. Mais l'oppression dans sa poitrine s'apaisait maintenant qu'elle ne luttait plus pour les retenir.

— Je pense qu'il dirait qu'il en est heureux. Il m'écrirait probablement une histoire.

— Ah oui ? Alors tu as une raison de le remercier.

La vie de Tom ressemblait brusquement moins à un catalogue d'échecs et d'occasions manquées.

—Tante Suze disait toujours que c'était un tel gâchis…

— Elle a raison, c'était le gaspillage d'une jeune vie. Mais ce qu'il était, les choses qu'il a faites ne seront jamais gâchées tant que tu te souviendras de lui pour ces choses.

Elle essuya son visage, et saisit le bateau sur le banc à côté d'elle. Ce n'était pas faire bonne figure comme autrefois pour son père. C'était le besoin de dire les choses qu'elle voulait vraiment, pour Tom, et c'était très différent.

— Allons-y.

— Oui, répondit Ross. Faisons-le.

Il enfila les cuissardes et ils s'avancèrent au bord de l'eau. Dans l'obscurité, avec Ross silencieux à ses côtés, Laurie dit tout ce qu'elle voulait dire à Tom. Puis il posa le petit bateau sur la surface et lui tendit les allumettes.

Ses mains tremblaient, et elle en brisa deux en tentant de les frotter sur le côté de la boîte. Mais la troisième s'enflamma joyeusement, et elle l'approcha du petit bois dans le bateau. Cela rougeoya puis s'embrasa.

— Tu veux que je l'emmène maintenant ? murmura Ross.

— Oui, s'il te plaît.

Elle pressa ses doigts contre ses lèvres, déposa le baiser sur le flanc du bateau, puis Ross s'éloigna en le poussant. Les flammes se propageaient à présent, et le feu qu'elle avait construit avec soin commença à lécher le mât.

Soudain, il fallait qu'elle participe à cela aussi. Laurie entra dans l'eau et il se retourna pour l'attendre.

Aucun commentaire sur le fait qu'elle allait abîmer ses sandales, ou que l'eau était froide. Quand elle le rejoignit, il poussa le bateau vers elle et elle s'en empara avec précaution. Ils firent quelques pas de plus, la main de Ross autour de sa taille la stabilisant contre la force du courant. C'était cela qu'elle devait faire, et elle ne voulait pas le faire seule. Elle voulait que Ross soit avec elle.

Elle dit un dernier au revoir et poussa le bateau sur le lac. Il oscilla un moment, puis le courant le trouva et il se mit à dériver, une tache de flamme brillante dans l'obscurité.

Elle ne put s'empêcher de pleurer à nouveau, mais elle n'avait pas besoin de se retenir. Ross la serrait contre lui, et la chaleur de son corps la réconfortait. Ensemble, ils regardèrent le bateau s'éloigner, jusqu'à ce que les flammes embrasent la structure et que la lumière s'éteigne.

Ross, l'homme qui semblait avoir réponse à tout, était autant à court de mots qu'elle. Quand elle leva les yeux vers lui, il fixait l'étendue sombre devant eux, et elle crut voir briller la lueur d'une larme. Une larme pour son Tom bien-aimé, qui émut Laurie plus qu'elle n'aurait pu le dire.

— Merci, Ross.

Il hocha la tête, lui prit la main, et ils sortirent de l'eau ensemble. Silencieux dans l'obscurité et pourtant si proches. Il la regarda marcher maladroitement vers le banc, ses pieds glissant dans ses sandales mouillées.

— Je ne peux pas marcher avec ça...

Elle s'assit et les enleva. Le sol rugueux entre la rive du lac et la pelouse à l'arrière de la maison risquait d'être un peu dur sous ses pieds, mais au moins elle ne tomberait pas.

— Tu veux que je te porte sur mon dos ? demanda Ross en troquant ses cuissardes pour ses baskets.

Ce n'était sans doute pas la façon la plus élégante de quitter l'hommage rendu à son frère, mais Tom aurait trouvé ça drôle. Elle se mit debout sur le banc et grimpa sur le dos de Ross.

— Ouh… Tu es bien plus lourde que tu n'en as l'air !

Pourtant, il ne semblait avoir aucune peine à la porter, et progressait à grands pas vers la maison.

— C'est parce que ce n'est que du muscle. Où est passée ta connaissance de l'anatomie humaine, Ross ?

Tom aurait trouvé la taquinerie drôle aussi.

— La prochaine fois que j'aurai besoin qu'on me porte, je saurai à qui demander…

— Tu ne m'en crois pas capable ?

— Oh ! je crains que si, hélas. Reste tranquille, tu veux ?

Elle enroula les bras autour de son cou, se blottissant contre lui. La chaleur de son corps pénétrait à travers son jean mouillé et sa force était réconfortante et…

Elle n'aurait peut-être pas dû ressentir cela. Mais Tom s'en serait moqué, il aurait simplement ri et lui aurait dit de foncer. Il aurait compris les dégâts causés par son père, combien elle avait été incapable d'envisager l'idée d'une famille heureuse ou d'une relation parce que tout cela lui semblait être une prison. Et peut-être aurait-il compris que ses sentiments commençaient à changer.

Néanmoins, même si elle faisait confiance à Ross, même si Ross lui faisait confiance, cela ne changeait rien. Il n'avait pas confiance en l'avenir, et elle savait qu'il n'irait pas plus loin que quelques baisers, vis-à-vis desquels ils pouvaient faire semblant de croire qu'ils n'étaient pas arrivés.

Il atteignit le patio et la laissa doucement descendre de son dos. Elle ne pouvait pas le laisser partir maintenant, et elle saisit sa main, sentant ses doigts s'enrouler autour des siens.

— Merci, Ross. C'était… tout ce que je voulais que ce soit.

— C'était un honneur de partager ce moment avec toi.

Elle ne voulait toujours pas le quitter. Mais il retira sa main.

— Tu devrais rentrer te sécher. Peut-être prendre une douche pour te débarrasser de l'Eau d'Algue Verte…

— Tu ne l'aimes pas ?

— Elle a un charme étrange. Tu devrais vérifier s'il y a du poisson dans tes poches, par contre. Et si je faisais du chocolat chaud ? Je te retrouve sur l'escalier, dehors.

— J'ai du chocolat chaud. Et plein de lait.

Elle ne voulait pas qu'il la laisse, même pour quelques minutes.

— Chez toi, alors...

Son sourire la fit frissonner. Elle le mena dans le petit appartement. Les rideaux étaient restés tirés toute la journée, la lumière lui avait trop fait mal aux yeux, mais maintenant elle voulait voir le lac. Elle les ouvrit, faisant entrer l'éclat de la lune qui se reflétait sur l'eau.

Il la poussa vers la salle de bains, son jean laissant une traînée d'eau derrière elle. Quand elle revint, il avait essuyé le sol, retapé les coussins du canapé, où elle était restée assise toute la journée. Et il y avait deux tasses fumantes sur le bar.

— Comme c'est bon. Merci pour cette soirée.

Elle s'installa à côté de lui sur le canapé, et il allongea son bras sur les coussins derrière elle. C'était une invitation ouverte à un câlin, et elle se rapprocha, acceptant volontiers l'offre.

11

Ross y avait beaucoup réfléchi. Combien cela semblait juste, et à quel point il s'était trompé. Laurie avait changé. Elle avait appris à faire confiance aux gens qui l'entouraient, et que montrer ses sentiments n'était pas négatif. Elle n'avait plus besoin de lui, et il était temps de la laisser partir.

Il attendit la fin de la journée afin d'avoir l'opportunité de la trouver seule. Laurie était un être d'habitudes, et elle aimait descendre s'asseoir un moment au bord du lac après le travail, et observer le mouvement de l'eau. Peut-être voyait-elle quelque chose qu'il ne voyait pas, des courants qui faisaient dériver un bateau, ou entravaient sa progression. Ou peut-être aimait-elle simplement la vue.

Il la rejoignit, et elle sourit. Un *vrai* sourire, remontant jusqu'aux yeux, comme si elle était réellement contente. Cela le réjouit, mais rendit aussi plus difficile ce qu'il s'apprêtait à faire. Il lui tendit une enveloppe.

— J'ai quelque chose pour toi.

— Oui ? C'est quoi ?

Elle l'ouvrit, sortit une feuille de papier qu'elle parcourut.

Progrès significatifs...

Attitude positive...

Confiant dans le fait que le Dr Sullivan s'investit dans l'amélioration de son état, et qu'elle continuera après son départ...

— Son départ de la clinique ?

Elle releva les mots qu'il avait tapés, effacés et retapés trois fois.

— Qu'est-ce que j'ai *encore* fait, Ross ?

— Rien, tu n'as rien fait. Pourquoi tu penses que... ?

Elle agita furieusement le papier sous son nez.

— Parce qu'on dirait bien que tu me fiches à la porte.

Elle n'allait manifestement pas lui faciliter la tâche.

— Je ne te mets pas à la porte, Laurie. Lis cette lettre.

— Oui, je la lis. Ça dit un tas de choses sympathiques sur moi, et que je n'ai plus besoin de toi.

— Tu n'as jamais eu besoin de moi.

— Si, Ross. J'avais besoin de toi. J'avais besoin de quelqu'un pour me secouer et me faire comprendre ce que je me faisais subir. Et *ça*... c'est une lettre de renvoi. Un joli petit certificat, et dehors ! Après m'avoir *promis* que je pourrais aider ces enfants.

Il ne se rappelait pas avoir promis quoi que ce soit de semblable. Mais elle avait raison, il lui avait dit qu'elle pouvait prendre le traitement d'Adam et Tamara en charge, et elle avait réalisé un excellent travail.

— C'est la bonne chose...

— Non ! Ce n'est pas la bonne chose à faire. Si tu veux que je parte, tu n'as qu'à le dire.

Il ne voulait pas qu'elle parte. Mais c'était justement toute la question. Quelque part, au fond de lui, sa colère lui donnait envie de la prendre dans ses bras. Pour plus qu'un simple câlin.

— Tu ne comprends pas ce que je fais...

— Non, en effet, je ne comprends pas. Essaie de me l'expliquer. Avec des mots d'une syllabe, s'il te plaît.

Il prit une inspiration. Il avait mis tout cela au point dans sa tête, et il était certain de faire ce qu'il fallait. Sauf qu'il avait espéré qu'elle lise la lettre et comprenne aussi que c'était le plus adéquat, sans avoir besoin d'explications.

— Très bien. Calme-toi.

— Non, je ne me calmerai pas, Ross. C'est... trop.

Elle froissa le papier dans sa main, le jeta à ses pieds. Le vent l'attrapa, et la boule de papier rebondit sur l'herbe, se logeant entre des pierres au bord de l'eau.

— Ce n'est qu'une copie. J'ai déjà envoyé l'original à au spécialiste qui te suit.

— Sans me le dire ? Comment oses-tu me manipuler, Ross ?

C'était exactement son propos. Il fallait que cela cesse.

— Écoute, Laurie. Il y a trois semaines, je t'ai fait une offre impossible à refuser. Je t'ai dit que la clinique ne te traiterait plus, sachant très bien que cet endroit était ta dernière chance.

— C'est vrai, répondit-elle avec un regard féroce.

— Je ne savais pas alors que tu avais été contrainte toute ton enfance à rentrer dans un moule, ni que tu avais perdu ton frère. Mais ce n'est pas une excuse, je n'aurais pas dû le faire.

Elle croisa les bras, détournant les yeux vers le lac.

— On en a déjà parlé. J'ai admis que j'étais déraisonnable, et tu m'as empêchée de me tirer une balle dans le pied.

— Ça ne veut pas dire que ce que j'ai fait était bien.

Il y eut un éclair de colère dans ses yeux.

— Alors… quoi ? Tu te sens coupable parce que je vais mieux ? Peut-être que tu devrais penser à changer de carrière, parce que le métier de médecin ne semble pas te convenir.

Elle passait délibérément à côté de l'essentiel, et les mots qu'il voulait dire sortirent avant qu'il ne puisse les arrêter.

— Je tiens à toi, Laurie. Plus que je ne le devrais… Je veux que tu restes, et c'est pourquoi j'ai tort de t'y obliger.

— Mais pourquoi ne l'as-tu pas dit ?

— Parce que… si je pouvais t'offrir plus, je le ferais, ici et maintenant. Mais ce n'est juste pour aucun de nous, et tu le sais. Cette lettre signifie que tu es libre de partir.

Elle écarquilla les yeux et ouvrit la bouche pour protester, puis la referma. Elle savait aussi bien que lui qu'une relation ne pouvait pas marcher entre eux. Le débat était clos.

Se lever et lui tourner le dos s'avéra difficile. Et les mots qu'elle lui jeta lui firent l'effet d'un coup de poignard entre les omoplates.

— Ross ! Ne t'en va surtout pas !

Il n'avait pas le choix. C'était la bonne chose à faire mais il était en danger imminent de tout effacer, simplement pour revoir le sourire de Laurie. Lorsqu'il atteignit les marches de l'escalier en colimaçon qui menait à son appartement, il eut l'opportunité de jeter un coup d'œil derrière lui.

Laurie était allée jusqu'au bord du lac et se penchait pour ramasser la lettre froissée. C'était déjà ça. Peut-être que si elle la relisait, elle comprendrait.

Une nuit blanche n'apporta aucune réponse hormis celles que Laurie ne voulait pas reconnaître. Trois semaines plus tôt, elle aurait pris la lettre et serait partie, sans un regard en arrière. Ross n'aurait pu choisir pire moment que maintenant pour la lui remettre, quand tout ce qu'elle voulait, c'était rester. Mais si tel était vraiment le souhait de Ross, elle s'en irait. Elle laissa un message à Sam, lui demandant si elle était libre pour le déjeuner, et se mit au travail. Elle ne supportait pas l'idée de devoir dire au revoir aux amis qu'elle s'était faits ici, ni à Tamara et Adam, mais elle y était forcée.

À midi, Sam, l'air un peu inquiet, toqua à la porte-fenêtre.

Elle se percha sur un des tabourets de bar et piqua une rondelle de tomate dans la salade mixte préparée par Laurie.

— Mmm, ça a l'air bon. Qu'est-ce qui se passe ?

— Je vais partir. Demain, probablement.

— Partir ? s'exclama Sam, les yeux arrondis de surprise. Mais je croyais que tu restais encore trois semaines.

— Oui, moi aussi, admit Laurie en branchant la bouilloire.

— Bon... Tu ne t'es pas disputée avec Ross, si ?

— Il a dit quelque chose ? demanda Laurie malgré elle.

— Non. En fait, il n'a même rien dit à personne de toute la matinée. Quelque chose le titille.

— Il m'a écrit une lettre.

— Une lettre ? répéta Sam, stupéfaite.

Laurie aurait dû se contenter de l'informer de son départ. Lui donner ses notes sur Adam et Tamara et en rester là. Mais c'était sans compter sur l'espoir tenace qu'il devait bien y avoir un moyen d'arrêter ce qui se passait.

— Tiens, sers-toi de salade. Je vais te montrer.

Elle alla chercher la lettre et l'étala sur le bar. Sam but une gorgée de thé et s'en empara.

— C'est passé dans une machine à laver ou un truc du genre ?

— Non, je... hum. Je l'ai froissée et jetée.

— Ah, forte charge émotionnelle, donc.

Sam sourit, comme si ce n'était pas plus mal. Puis elle se concentra sur la lettre tout en mangeant.

— Je reconnais que ça ressemble à ce qu'on écrit quand un patient s'en va. Mais ce n'est pas ce que tu voulais ? Ross t'a fourni les éléments nécessaires pour ton spécialiste.

— Il a dit que ça signifiait que j'étais libre de partir. Je suppose que c'est ce qu'il veut.

— Hum, fit Sam. Tu es sûre de ça ? Laisse-moi relire.

Inutile d'essayer de manger. Laurie regarda misérablement Sam pendant qu'elle relisait la lettre.

— Bon, je ne peux pas entrer dans sa tête. Mais je connais Ross depuis un moment, et... quand il décide que quelque chose ne va pas, il est incapable de laisser tomber. C'est admirable en fait, mais ça peut être agaçant.

— Alors... qu'est-ce que tu penses ?

— Il ne voulait pas te mettre au pied du mur comme il l'a fait. Si c'est la faute de quelqu'un, c'est la mienne, parce que je lui ai dit que tu ne suivais pas mes conseils...

— Tu avais raison. J'aurais fait la même chose. J'ai été déraisonnable et je suis vraiment désolée...

Sam pressa gentiment la main de Laurie.

— L'eau a coulé sous les ponts. Je n'en parle que parce que je sais que Ross était contrarié de ne pas te laisser le choix, c'est contraire à tout ce en quoi il croit. À mon avis, c'est de ça dont il est question ici, pas du désir que tu partes.

— Trop gentleman, tu veux dire ?

Sam éclata de rire.

— Oui. Ce n'est pas une mauvaise chose, j'imagine.

— Non. C'est plutôt chouette, vraiment.

Le raisonnement de Sam se tenait, mais Laurie avait été trop bouleversée et déçue pour le voir avant. Elle avait tellement peur d'être rejetée qu'elle avait sauté trop vite à cette conclusion sans regarder derrière les mots de Ross.

— Qu'est-ce que tu vas faire ? demanda Sam.

— Je vais lui faire comprendre que je veux rester. Je veux finir ce que j'ai commencé avec Adam et Tamara, et je veux poursuivre ici mon propre programme d'exercices. Cet endroit me donne le cadre dont j'ai besoin pour aller mieux.

— Ça me paraît bien, dit Sam en acquiesçant de la tête. Si Ross a un problème avec ça, il le dira.

Il y *avait* un problème, dont Laurie n'avait pas parlé à Sam. Ross avait dit qu'il tenait à elle, et qu'il irait plus loin si seulement il le pouvait. Mais peut-être trouverait-elle un moyen pour eux deux d'y parvenir aussi.

La séduction. C'était la voie à suivre. Si cela ne marchait pas, Laurie pourrait partir et se dire que cela avait été une expérience. Mais elle y avait mûrement réfléchi, et c'était ce qu'elle voulait. C'était ce que Ross avait dit vouloir également.

Le seul problème était qu'elle avait laissé son unique jolie robe chez elle, ainsi que les sandales à talons hauts qui allaient avec. Mais les problèmes étaient faits pour être résolus. Peut-être qu'une approche moins flagrante valait mieux, de toute manière. Si elle en faisait une blague, ils pourraient rire pour échapper à l'embarras.

Elle enfila des leggings noirs et des baskets de couleur foncée. Un pull noir, qu'elle avait apporté au cas où le temps tournerait au froid, ferait l'affaire, et le bonnet en laine bleu foncé qu'elle portait pour ramer couvrait ses cheveux.

Après s'être glissée hors de l'appartement, elle leva les yeux vers le balcon de Ross. La porte-fenêtre était entrouverte, comme la plupart des nuits, afin de laisser l'air frais entrer dans la chambre. Une lampe allumée devant la fenêtre du salon lui indiqua qu'il était là. Elle masqua son visage avec l'écharpe bleu marine qu'elle tenait à la main.

Maintenant ou jamais. Si elle ne le faisait pas maintenant,

elle devrait partir le lendemain, car à présent qu'elle savait qu'il la désirait, elle ne supporterait pas un jour de plus à le désirer sans le toucher. Elle grimpa silencieusement l'escalier en fer forgé, franchit le balcon et se faufila, pareille à une ombre, par la porte-fenêtre.

La chambre était déserte, comme elle s'y attendait. C'était un décor masculin, avec des murs grèges et de lourds meubles en chêne. Dans un coin, un solide miroir sur pied, du genre de ceux que l'on trouvait dans les magasins pour hommes, et plein de tableaux et de photographies encadrées sur le mur. C'était à la fois confortable et…

Il y avait un lit. La seule chose qui intéressait vraiment Laurie. Si tout se passait comme prévu, peut-être découvrirait-elle si le matelas était aussi doux qu'il le paraissait.

Il y eut un bruit de pas dans le couloir. Elle ne pensait pas avoir fait de bruit et se demandait comment attirer l'attention de Ross, mais il semblait au fait de sa présence. Quand il atteignit le seuil de la porte ouverte, elle vit son sourire, et une vague de désir la fit flageoler sur ses jambes.

— Qu'est-ce que tu veux ?

Il savait exactement ce qu'elle voulait. L'expression de son visage le révélait clairement. Mais Ross la testait toujours, la forçait à le dire. Il la fixait du regard et elle abaissa le foulard. Elle avait besoin qu'il voie son visage et sache qu'elle était sérieuse. Résolue.

— Tu m'as dit que j'étais désormais libre de faire ce que je voulais. Je sais que tu crois que nous n'avons pas d'avenir ensemble et je le respecte. Mais ce soir, je veux être avec toi, Ross. C'est ça que je veux.

— Pour parler ?

Il savait pertinemment qu'ils avaient bien assez parlé.

— Non. Je te veux là, dit-elle, pointant le lit du doigt.

Brusquement, il sourit. Cet avant-goût de malice qui faisait battre son cœur et lui faisait penser à toutes les choses que Ross et elle pourraient faire ensemble. Puis il tira son polo par-dessus sa tête, le laissant tomber sur le tapis.

Magnifique. Ross avait le genre de corps fait pour le plaisir. Elle avança, trouva ses bras, et il l'embrassa.

C'était comme tout le reste entre eux. Deux fortes personnalités qui se battaient pour la domination, mais qui voulaient l'une et l'autre la même chose. Or, il ne lui laissait aucun doute sur ce qu'il voulait. Il s'écarta une seconde, sourit et l'embrassa encore. Il allait rendre cette nuit parfaite.

Ross était assis dans le rond de lumière de la lampe. Il y avait un tas de lecture près de lui sur le canapé, ainsi que la télécommande, mais il n'était capable de se concentrer sur rien. Il n'avait pas vu Laurie depuis vingt-quatre heures, et cela lui donnait déjà l'impression qu'elle était partie.

Il entendit un bruit. Le léger craquement de la porte-fenêtre à côté qui s'ouvrait et un autre alors qu'elle se refermait. Ce n'était pas la brise. Il y avait quelqu'un, et ça ne pouvait être qu'une seule personne.

Il essaya de marcher lentement vers la chambre. Essaya de ne pas tirer de conclusions hâtives sur sa présence, mais quand il la vit, il n'y eut qu'une seule conclusion. Laurie avait un sens de l'humour peut-être un peu sarcastique, mais cela correspondait au sien. Il ne put s'empêcher de sourire, car il avait compris la plaisanterie. Un voleur dans la nuit, venu prendre ce à quoi aucun d'eux ne pouvait s'engager pendant la journée.

Et elle le désirait. Autant peut-être qu'il la désirait. Si ses paroles n'avaient pas clarifié son but, son baiser l'aurait convaincu : prendre tout ce qu'il voulait lui donner, et exiger davantage encore.

— Tu en es sûre..., ne put-il s'empêcher de demander. Une nuit ?

— Qu'est-ce qui te fait en douter ? Bien que, si tu es vraiment bon, ça puisse être deux ou trois.

Elle le poussa contre le mur, pressa ses hanches contre les siennes et caressa son torse. Un désir foudroyant le fit presque tomber à genoux.

— Tu veux que tout se passe à ta manière, n'est-ce pas ?

L'espièglerie illumina ses beaux yeux. Sa main descendit à la taille de son pantalon, dont elle défit le bouton.

— Chiche. Peut-être que tu aimeras faire ce qu'on te dit, pour une fois.

Il était sûr qu'il aimerait. Moins sûr que c'était son souhait à elle. Ils s'étaient toujours confrontés l'un à l'autre, et maintenant, cela ressemblait à d'interminables préliminaires compliqués qui allaient façonner la nuit à venir.

— Peut-être que *toi*, tu aimeras faire ce qu'on te dit. Tu devrais essayer.

Elle l'embrassa, ses lèvres fougueuses, avides.

— Si tu veux ça, tu vas devoir le prendre.

Évidemment. Aucun d'eux n'aurait voulu qu'il en soit autrement. Il la souleva et la porta jusqu'au miroir. La reposa en la retournant, le dos contre son torse.

— Regarde.

— Quel bandit tu es. C'est une bonne surprise.

Sa jubilation l'encouragea. La plaquant contre lui, il enleva de sa main libre l'écharpe autour de son cou. Puis fit passer son pull par-dessus sa tête, prit un sein en coupe d'une main et de l'autre la maintint contre lui. Elle se tortilla un peu, mais ne fit aucun effort pour se libérer. Le mouvement n'était qu'une exquise petite friction, et dans le miroir, il vit qu'elle aimait cela autant que lui.

— C'est chouette, dit-elle en lui souriant dans le miroir. Mais pas encore assez…

Il dégrafa son soutien-gorge, le laissant glisser sur ses épaules.

— C'est mieux ?

— Beaucoup mieux…

À peine l'eût-elle formulé qu'il caressa sa poitrine, et elle gémit. Il embrassa son cou, glissa la main plus bas, explorant de ses doigts la façon dont elle voulait être excitée. Gardant son regard fixé sur le sien dans le miroir, afin de guetter attentivement chaque émotion.

Il lui dit tout, en murmurant à son oreille. Il n'y aurait aucun malentendu sur la puissance de son désir, sur sa beauté. Des cheveux flamboyants et un corps si fort et pourtant si doux.

Quand elle passa la main derrière elle, cherchant des doigts la fermeture Éclair de son pantalon, il eut un sursaut de surprise. Voir son propre visage et le sien, leurs regards scellés l'un à l'autre par la passion, et sentir ce qu'elle lui faisait, l'emmenait bien au-delà de tout ce qu'il avait cru que le sexe pouvait leur offrir à tous deux.

Soudain, elle pivota entre ses bras, et se hissa sur la pointe des pieds pour l'embrasser.

— Tu ne vas pas en faire qu'à ta tête, Ross. Même si ça me plaît beaucoup.

Elle le fit reculer jusqu'au lit, et il s'assit d'un coup lorsque l'arrière de ses jambes rencontra le matelas. Il tendit les bras vers elle, mais elle le repoussa, enlevant ses baskets et ses leggings. Il fit de même avec son pantalon et ses chaussures. Puis il attendit...

Elle grimpa sur le lit, s'accroupit sur lui, ses yeux étincelant de ce feu qu'il aimait tant. Elle prenait le contrôle maintenant, et le sentiment de l'endroit où cela allait le mener était dévorant et plus délicieux qu'il n'aurait jamais pu l'imaginer.

C'était... incroyablement merveilleux. Follement passionné, et pourtant empli de la confiance qu'ils avaient développée au cours des dernières semaines. Ross observait chacun des gestes de Laurie, feignait d'obéir à ses ordres et lui laissait le contrôle absolu. Grisant.

Il y avait tant à admirer dans ce grand corps viril. Lorsqu'elle entreprit de l'explorer avec la langue, parcourant son torse et titillant ses mamelons, il gémit. C'était en récompense des choses délicieuses qu'il lui avait faites devant le miroir, rendues d'autant plus délicieuses qu'il lui permettait de voir la lueur espiègle dans ses yeux.

— Tu me tues, Laurie.

Il hoquetait presque tandis que ses doigts progressaient vers le bas. Lentement, car elle adorait la réaction que cela provoquait en lui. Elle effleura son sexe en érection.

— Tu veux que j'arrête ?

— Non. Je veux juste que tu...

Il poussa un autre gémissement, la tête rejetée en arrière, lorsqu'elle lui prodigua une caresse plus substantielle.

— Ça ?

— Mmm, oui, ça.

C'était tellement amusant. Elle pensait que certains hommes étaient de super amis, et d'autres super au lit. Ross était les deux, et ils restaient dans le même rapport que toujours. Se poussant l'un l'autre, se défiant pour garder le contrôle. Ils y parvenaient car il avait le même sens de l'humour qu'elle et n'avait pas peur de s'en servir.

Elle lui adressa un sourire éblouissant.

— Tu es prêt pour moi ?

— Tu es folle ? À ton avis ?

— Mmh, je ne sais pas, répondit-elle, se penchant pour embrasser la preuve évidente que *oui*, il l'était.

— Maintenant, tu le sais. Hé, où tu vas ?

— Prendre un préservatif. Dans ma poche.

Il était important que Ross se libère de cette chance sur mille de concevoir afin de mieux vivre ce moment.

Il l'arrêta en ouvrant le tiroir de la table de chevet. Elle le regarda, frémissante de désir, mettre la protection en place. Enfin, elle l'enfourcha de nouveau, s'abaissa lentement pour le prendre en elle.

Les yeux rivés l'un à l'autre, ils poussèrent chacun un même et unique soupir d'aise. Quand elle cala ses hanches, la sensation lui arracha un cri de plaisir, auquel répondit le gémissement de Ross. Leurs lèvres s'unirent simultanément.

Ils étaient ensemble. Plus de rivalité pour dominer, tous deux essayaient de satisfaire l'autre. Tout était partagé, elle déposait sur ses lèvres chaque volupté qu'elle ressentait. Elle fondait dans ses bras et il murmura son nom, la bascula doucement sur le dos. Lorsqu'il glissa de nouveau en elle, l'idée qu'il ne s'agissait que de sexe vola en éclats. Ça, c'était faire l'amour.

Il était si tendre, si délicieusement passionné. Leurs corps bougeaient au même rythme, profitant pleinement de la connexion intime qui les liait. Plus question de se retenir, de faire durer, il fallait savourer au maximum le sentiment qui grandissait en elle. Elle ne pouvait que le laisser la prendre, sachant que lui aussi était sous son emprise.

Quand elle jouit, ce fut une longue chute dans une félicité aveugle. Elle savait qu'elle l'entraînait avec elle, et alors que les vagues de l'orgasme se succédaient à travers son corps, celui de Ross se figea soudain. Il laissa échapper un cri, et elle s'accrocha à lui, consciente qu'il avait besoin de son contact autant qu'elle avait eu besoin du sien.

— C'était...

Ce qu'ils venaient de vivre défiait toute description.

— Fou ?

Il lui sourit, et roula sur le côté pour la serrer contre lui.

— De la folie totale.

Elle l'embrassa. Si c'était de la folie, alors chaque jour pouvait être aussi fou, en ce qui la concernait.

— C'était beau, murmura-t-il, le visage empreint de tendresse.

— Oui. Beau est le mot que je cherchais.

12

Ils avaient somnolé durant un long moment, heureux de se trouver simplement dans les bras de l'autre. Puis Laurie sentit Ross remuer et se pencher vers elle pour l'embrasser.

— Tu vas vraiment partir à l'aube ? demanda-t-il.

Si ce qu'ils avaient ensemble devait survivre, elle estimait qu'il fallait que ce soit séparé du reste. Loin des limites que l'aspect pratique imposait à leur relation.

— Oui. Mais on se voit plus tard ? À la clinique ?

— Tu ne pars pas très loin, alors ? dit-il en souriant.

— Pas au point de ne pouvoir revenir demain soir. Ou d'être à la clinique pendant la journée. Si tu es d'accord.

Il lui lança un regard de reproche.

— J'ai toujours voulu que tu restes. Tu en doutes ?

— Si c'était le cas, je ne me serais pas glissée chez toi par l'escalier extérieur. J'aurais frappé à ta porte d'entrée afin de préserver la possibilité du déni.

— Je préfère le balcon, répondit-il avec un petit rire.

— Moi aussi. Je pourrais essayer de le grimper habillée en pirate. Avec un coutelas entre les dents.

— Hors de question. C'est *mon* fantasme.

— Ton fantasme ? Vraiment ? Tu veux dire, me trouver dans une de ces chemises de nuit aériennes, et en faire sauter les boutons de la pointe de ton épée ? Il faudrait que je reste très immobile...

— Je te clouerais sur place de mon regard menaçant. Et...

Il se pencha, murmura à son oreille, et elle frissonna sous

l'effet des images exquises qu'il ancrait dans son imagination. Elle y mit un terme.

— Stop ! Arrête, Ross. Tu n'as pas le droit de me dire ça à moins d'être prêt à fournir des preuves. Tout de suite.

— Je suis plus qu'heureux de le faire.

— Dans ce cas…

Elle sortit un autre préservatif du tiroir et le lui tendit.

— J'ai moi-même quelques fantasmes qui pourraient te plaire. Mais tu ne les entendras pas tant que tu ne m'auras pas un peu encouragée.

— Je te donnerai tous les encouragements que tu voudras, assura-t-il en gloussant…

Ross était épuisé. Le genre d'épuisement dû à une nuit quasi sans sommeil, à parler et faire l'amour, avant l'un des meilleurs bonjours de sa vie à 4 heures du matin. *Le* meilleur, en réalité.

Laurie était ensuite repartie en bâillant, et ils avaient eu quelques heures pour dormir avant d'aller travailler.

Il savait qu'elle était la championne du visage impassible, mais c'était quand même un brin déconcertant. Elle le salua à 9 heures avec son sourire habituel, ne trahissant rien de ce qu'ils avaient fait ensemble au cours de la nuit. Avait-elle oublié, d'une manière ou d'une autre ? Il décida que c'était impossible.

Elle toqua à la porte ouverte de son bureau à 11 heures, et il lui fit signe d'entrer. Elle referma la porte derrière elle, ce qui indiquait d'ordinaire au personnel qu'il était en réunion et non disponible. Peut-être à présent, son impressionnante contenance allait-elle se fissurer.

— J'ai une idée, lança-t-elle. Il y a une convention de jeux vidéo dans un hôtel à cinquante kilomètres d'ici, et je veux y emmener Adam. Il a vraiment envie d'y aller.

— Bien. Je pense que ce sera une sortie agréable pour lui.

Encore qu'il ne vît pas très bien en quoi cela aiderait le pied du garçon.

— Il n'y a pas que ça, Ross. Adam est notre patient modèle,

tu le sais. Il fait tous ses exercices à la salle de gym, il s'est fait des amis, il mange bien et dort quand il le faut.

— Mais il ne quitte pas son fauteuil roulant, n'est-ce pas ?

Adam passait la plupart de son temps libre à jouer aux jeux vidéo.

— Non, en effet. Il n'a pas confiance en sa guérison, et c'est comme s'il repoussait la mauvaise nouvelle. Qu'il va aller mieux mais ne pourra plus courir à nouveau.

— Et une convention de jeux va résoudre ça ?

Si elle le pensait, il était prêt à tenter le coup.

— Je veux essayer. J'ai appelé Ann et elle trouve que c'est une excellente idée, si ça ne nous dérange pas de l'emmener. Tu viendras ?

— D'accord. Je peux demander à maman de me remplacer et prendre un jour de congé.

— Merci, Ross. Je pense vraiment que ça pourrait être un tournant pour lui.

— Alors, combien de temps vas-tu pouvoir continuer comme ça ? demanda-t-il en se calant au fond de son siège.

Elle lui jeta soudain un sourire éclatant, les joues empourprées. Le genre d'expression destiné à un homme avec qui on venait de passer la nuit, et il s'étonna que cela lui fasse plaisir à ce point.

— Arrête ! Je croyais que je me débrouillais bien !

— C'est le cas. Je n'aurais jamais deviné ce que tu faisais la nuit dernière, or j'étais là. C'est assez troublant, en fait. Je commençais à me demander si tu ne souffrais pas d'un trou de mémoire.

— C'est mon truc. Ne pas montrer ce qu'on pense. Une des choses que j'ai apprises de mon père.

C'était la première fois qu'elle le disait. Et peut-être la preuve la plus solide que la nuit précédente *avait* eu lieu. Elle sortait enfin de l'isolement que son enfance difficile avait imposé à sa vie.

— Tu n'es pas obligée d'être comme ça, Laurie. Tu peux décider par toi-même.

— C'est encore à l'étude, répondit-elle. Mais ça ne fait pas de mal de garder le silence. Personne ici n'a besoin de savoir que j'ai couché avec le patron, si ?

— Non, personne. Tant que toi, tu t'en souviens…

Il ne plaisantait qu'à moitié. Il savait que leur relation ne pouvait pas durer mais il ne voulait pas qu'elle soit engloutie par la détermination tenace de Laurie. Perdue à jamais derrière ses yeux impassibles.

— Je m'en souviens, rassure-toi.

Elle éclata de rire, arracha une feuille de son bloc, la froissa et la lui jeta à la figure. Il l'évita en souriant.

— Comment va ta hanche ce matin ?

— Tu veux la version officielle ?

— Oui. Après, je veux bien la vraie.

— La réponse officielle est que ma hanche s'améliore progressivement. La vraie, c'est que j'ai remarqué à quel point tu as fait attention cette nuit, et… tu as été parfait. Je n'ai pas mal du tout ce matin. D'ailleurs tu as aussi été parfait à tous les plans, fit-elle, rougissant plus fort.

— Tu me donnes *envie* d'être parfait. C'est ce que tu mérites, Laurie.

Il n'était pas parfait, loin s'en fallait. Il ne pouvait pas lui donner un foyer ou une famille, car son foyer, c'était la clinique, et la seule famille qu'il aurait jamais. C'était une bonne vie, mais Laurie avait tout un monde au-dehors et une vie bien à elle. Cela ne signifiait pas pour autant qu'ils ne pouvaient pas prendre un peu de temps de leurs vies l'un pour l'autre et en ressortir un peu plus riches.

— Tu veux venir chez moi ce soir ? dit-elle d'un ton malicieux. Pour que je n'aie pas l'impression de te harceler.

— Compte sur moi.

Elle sourit. Un courant charnel passa entre eux lorsque leurs regards se croisèrent, puis elle se leva. Pas de baiser, c'était un peu inapproprié dans ce cadre. Ici, ils n'étaient que des collègues temporaires, et ils s'étaient enfermés dans son bureau pour parler de leurs patients.

Mais ce soir… Quand le soleil déclina, Ross sortit la bouteille de champagne du réfrigérateur, et la mit dans un sac à provisions au cas où quelqu'un le verrait. Mais il était seul dans la douceur tranquille de la soirée lorsqu'il descendit à toute allure du balcon, toqua aux portes-fenêtres de l'appartement de Laurie. Elle l'attendait, ouvrit en lui faisant signe d'entrer, et il la prit dans ses bras.

— Tu es sûre de ton coup ? demanda Ross, balayant le hall de l'hôtel des yeux.

— Certaine. Ann est totalement pour aussi, répondit Laurie.

— Oui, mais... elle est au courant pour les costumes ?

— Évidemment. Tout le monde est costumé aux événements de jeux vidéo.

— Je ne m'attendais pas à ce qu'ils soient aussi suggestifs.

Il désigna du menton une jeune femme vêtue en une sorte de guerrière avec une épée. Son armure ne pouvait être qualifiée que de minimaliste.

— Oh ! C'est mon avatar !

— Ah bon ? Tu te balades sur l'écran habillée comme ça ?

— Pardon. Je ne me *balade* pas, je traque. En tout cas, elle porte de la peinture corporelle. Non allergène, espérons-le, sinon on va la ramasser par terre.

— Mais est-ce qu'Ann sait quel *genre* de costumes...

— Elle sait, oui. Elle a déjà emmené Adam à ces conventions. Pff, tu as vraiment eu une enfance isolée, hein ?

— Sans doute, en effet.

Il se tourna vers Adam dans son fauteuil roulant, en train d'étudier les divers programmes de l'événement. Il semblait trouver tout cela très naturel et avait accepté sans sourciller un dépliant de la femme guerrière.

Ross suivit Laurie, qui prit le programme standard des mains d'Adam et le troqua pour l'exemplaire *collector* plus épais, puis donna un billet de banque tiré de son sac à main au jeune homme derrière le comptoir.

— C'est ceux-là que je veux voir, dit Adam en feuilletant soigneusement le programme.

Laurie regarda par-dessus son épaule.

— Oui, on doit aller à celui-ci, c'est notre jeu. Si on marquait ceux que tu veux ?

Adam la dévisagea d'un air outré, comme si elle avait suggéré de défigurer la Mona Lisa.

— Non ! Si tu as le programme *collector*, l'idée est d'obtenir des autographes de gens. Tu vois, le papier est différent, pour pouvoir signer sur les pages.

— On dirait que j'ai un peu à apprendre. Alors, on prend un des exemplaires gratuits pour marquer où on veut aller ?

— Oui, c'est une bonne idée, concéda Adam. On devrait en prendre un chacun.

— Bon plan. Je pense vraiment que Ross devrait en avoir un, il n'a aucune idée de ce qui se passe.

Elle sourit à Ross, comme si elle s'attendait à ce qu'il proteste.

— Tu as raison. Pas la moindre idée.

Mais il faisait confiance à Laurie. Si elle pensait que ça allait marcher, il essaierait. Si ça ne marchait pas, au moins ce serait une belle journée pour Adam.

La pile de programmes gratuits se trouvait au bout du comptoir et Laurie attendit pour voir si Adam allait les prendre, avant d'approcher le fauteuil plus près. C'était bien tenté, et connaissant Laurie, elle recommencerait.

Il poussa le fauteuil et Laurie marcha à côté. Ils visitèrent des stands, recueillirent des autographes et Adam discuta de mondes étranges avec des gens costumés. Les autres visiteurs s'avéraient tous de bonne humeur, même s'ils étaient parfois habillés de façon un peu criarde, et l'énorme salle permettait à la foule de ne pas être trop dense.

— C'est vraiment génial. Celui où maman et moi sommes allés à Londres était bondé et on ne pouvait presque rien voir. Ici, on peut accéder aux stands et voir des trucs.

— Tu verrais un peu plus si tu te levais, dit Laurie.

— Non, répondit Adam en secouant rapidement la tête. C'est bon, j'arrive à voir. Merci de m'avoir amené.

— Je m'amuse beaucoup moi-même. Oh ! regarde ! fit Laurie,

montrant un grand stand circulaire au centre de la salle. Voilà notre jeu. Il faut qu'on y aille.

— Ouais. Regarde, c'est ton avatar. Ce serait vraiment cool d'avoir sa signature, et celle du mien aussi.

Ross fit rouler le fauteuil au bord du stand. Six marches raides menaient à l'espace central, qui figurait un paysage d'arbres avec un ancien château en toile de fond, où diverses personnes en costumes étaient engagées dans des combats d'épée. La femme en armure et peinture corporelle semblait se débarrasser rapidement de son adversaire plutôt corpulent.

— Attendez-moi une minute.

Laurie laissa Ross et Adam regarder les combats et disparut sur le côté du stand. Puis elle réapparut, souriante.

— Quoi ? murmura Ross.

— Pas de rampe. Adam va devoir monter les marches à pied. Je sais qu'il peut le faire... Mais les organisateurs vont quand même entendre ce que je pense. Ils auraient dû tout rendre accessible aux fauteuils roulants.

— Mais on n'a pas besoin d'aller là-haut, si ?

Adam avait déjà récupéré des objets gratuits sur d'autres stands, auprès de personnages costumés qui déambulaient à leurs abords, et les avait soigneusement rangés dans son sac à dos.

— Des photos. J'ai vu tout à l'heure qu'ils prenaient des photos là-haut. Je pense qu'ils le font entre les combats.

— Tu ne crois pas que, s'ils voient le fauteuil, ils vont descendre ? objecta Ross. Personne ne va laisser un jeune en fauteuil louper ça.

— Hum. Je vais réfléchir à quelque chose.

Lorsque les combats cessèrent, et que les gens commencèrent à monter les marches du podium, Laurie alla directement parler à son avatar. La femme hocha la tête, puis fit un signe de la main à Adam. Mais elle ne descendit pas les marches. Ensuite, Laurie les rejoignit à nouveau.

— Ils ne peuvent pas descendre. Les photos doivent être prises dans les décors appropriés. Il va falloir monter.

Adam regarda les marches d'un air sceptique. Si ça ne marchait pas, Ross ne savait pas ce qui marcherait.

— Je vais t'aider, Adam. Ce sera exactement comme ce que tu fais en salle de gym.

— Je ne sais pas…

Après avoir insisté un peu, Laurie capitula. Elle se pencha pour desserrer les freins du fauteuil roulant, et adressa à Ross un sourire qui cachait clairement sa déception.

— Bon, alors allons déjeuner, d'accord ?

Ce fut la mine un peu sombre qu'elle empila sandwichs et boissons sur le plateau de la cafétéria, puis guida Ross et Adam vers le vaste espace de restauration en plein air. Elle trouva une table et s'assit. Adam feuilletait son catalogue, la déconvenue des photos apparemment oubliée. Laurie attira gentiment son attention.

— Écoute-moi, Adam. Je sais exactement ce que tu peux et ne peux pas faire. Je sais que tu as besoin d'un fauteuil roulant pour venir ici, parce que c'est trop pour toi de marcher dans tout le salon. Mais je sais aussi que tu pourrais monter ces marches, si tu le voulais.

— C'est pas grave, fit Adam, haussant les épaules.

— Eh bien, pour moi, ça l'est, parce que je veux te voir aller mieux. Je sais que tu mourais d'envie de monter sur le podium et te faire prendre en photo.

Elle avait décidé d'affronter le garçon. Elle avait travaillé dur pour établir une relation avec lui, et il lui faisait confiance. Si elle pensait que c'était le bon moment, alors ça l'était, songea Ross.

— Supposons que je tombe.

— Tu ne tomberas pas. Ross et moi ne te laisserons pas faire.

— Mon pied… il n'est pas encore guéri.

— Non, en effet, ça va prendre du temps. Mais tu peux monter ces marches, on l'a fait ensemble en salle de gym.

Adam resta silencieux, secouant la tête.

— Je crois savoir pourquoi tu ne veux pas.

Ross vit une lueur de détermination dans les yeux de Laurie, elle ne renoncerait pas maintenant.

— Non, répondit le garçon. Tu ne sais vraiment pas.

— Je sais combien le sport peut être difficile parfois. Mais une chose que j'ai apprise, c'est que tu ne peux pas ne pas essayer sous prétexte que tu pourrais échouer. Si tu ne peux plus courir, ce sera difficile à gérer. Mais si tu ne fais pas les choses que tu *peux* faire, ce sera encore pire.

Ross éprouva un vague embarras. Laurie parlait-elle également de lui ? Il écarta cette idée. Elle savait ce qu'il ressentait et elle l'acceptait.

— Laisse-moi te dire un truc. J'ai failli abandonner à un moment donné et ruiner toutes mes chances de revenir un jour à l'aviron de compétition. Mais il y a une chose dont je suis sûre.

Le bavardage ambiant s'estompa soudain. Si Laurie n'avait pas l'attention d'Adam, elle avait celle de Ross. Elle utilisait ses propres espoirs et peurs pour atteindre le garçon, cela demandait du cran et de l'engagement.

— Quoi ?

Elle sourit, et se pencha vers Adam.

— Je sais que quoi que je puisse ou ne puisse pas faire dans le futur, j'aurais essayé de réaliser mes rêves. Si j'échoue, c'est tout autant une preuve de courage que si je réussis.

Ross ravala la boule qui obstruait sa gorge. Peut-être que si quelqu'un lui avait tenu ce genre de propos durant les jours sombres après le départ d'Alice, il se serait senti un peu mieux. Pas très bien, la douleur de l'échec aurait été aussi vive. Mais d'une certaine façon, légitimée par le fait qu'il s'était permis d'espérer.

— Je ne sais pas ce que je ferai si je ne peux pas reprendre la course. Je ne suis vraiment doué pour rien d'autre.

— Tu trouveras quelque chose. Je sais reconnaître un gagnant quand j'en vois un, dit Laurie avec un sourire ferme.

— D'accord. On va essayer.

— Super. Alors tu pourras faire signer *mon* programme, hein ?

13

Laurie avait ramené Adam au pied du podium, et il s'était maladroitement mis debout. Puis il se produisit quelque chose qu'elle n'avait visiblement pas prévu. La femme qui représentait son avatar s'avança au bord de l'estrade et leva son épée en signe de salut. Les autres personnages, voyant ce qu'elle faisait, l'imitèrent aussitôt.

Ross sourit au garçon, qui redressa un peu les épaules. Lentement, précautionneusement, ils montèrent les marches. Adam s'accrochait à son bras mais il n'avait pas besoin de ce soutien. Juste de la confiance. Et son attention était fixée sur l'estrade, où le groupe d'artistes costumés l'attendait.

Lorsqu'il l'atteignit, la femme s'agenouilla, tendant la garde de son épée vers lui. C'était un peu trop théâtral, mais Adam rougit de plaisir, et jeta un regard fier à Ross.

— Je la prendrais si elle me l'offrait, lui murmura Ross.

— Attendez !

Laurie les dépassa, brandissant son téléphone, et les personnages, habitués aux gens qui voulaient des photos, se figèrent aussitôt dans des postures guerrières. C'était parfait. Adam sourit, et Laurie mitrailla autant qu'elle put.

Puis Adam s'empara de l'épée et, appuyé au bras de Ross, il fut conduit de l'autre côté du podium, qui était une reconstitution d'un intérieur de château. Ross le guida vers un trône très tarabiscoté et l'aida à s'y asseoir.

Tandis que les personnages se rassemblaient autour du trône

et, apparemment rompus à l'exercice, prenaient différentes poses, Laurie enchaîna avec d'autres photos. Adam était maintenant aux anges. Ensuite, pendant que les artistes signaient à tour de rôle le programme du garçon, Ross s'empara du téléphone de Laurie.

— Vas-y. Il voudra des photos de vous deux avec vos avatars.

— Il passe un si bon moment. Je vais pleurer dans une minute si je ne fais pas attention...

Cela signifiait tant pour elle. Et Ross était si fier d'elle.

Les artistes ne semblaient pas pressés et tout le monde se tenait en retrait pour laisser à Adam plus que son temps alloué pour les photos. La bravade ordinaire d'un ado de seize ans semblait à tout moment sur le point de craquer.

— Il y a d'autres personnes qui attendent...

Adam rendit l'épée à la guerrière. Elle se pencha et l'embrassa sur la joue ; Ross vit ses oreilles devenir écarlates.

— Tu as toutes les photos que tu veux ?

Son doux accent de Newcastle collait mal à son apparence guerrière.

— Oui. Merci beaucoup.

Adam la regarda partir, puis se tourna vers Laurie.

— Je veux rentrer maintenant.

— Tu es sûr ? Il n'y a rien d'autre à voir ?

— J'ai fait tout ce que je voulais faire. Plus, même...

Adam, perché sur le trône, considéra l'immense salle depuis son point d'observation.

— OK. Juste une dernière photo. Pousse-toi un peu.

Laurie s'assit sur le large siège à côté du garçon, et tendit son téléphone pour un selfie.

— Souris, Adam. C'est à ça que ressemble la victoire.

— Qui savait que ces conventions faisaient si mal aux pieds ? dit Laurie en s'écroulant sur le lit de Ross.

— Un petit massage ?

— Oh ! Ross. Tu es tellement adorable. Je suppose que tu ne pourrais pas d'abord te déshabiller, n'est-ce pas ?

— Ha ha. Non. Une chose à la fois.

— Vraiment ? Moi je sais faire deux choses à la fois. Je t'ai dévoré de mon regard lubrique toute la journée.

L'idée plut visiblement à Ross.

— Ah oui ? J'aurais bien aimé que tu le dises. Je te croyais focalisée à 100 % sur l'objectif de faire sortir Adam de son fauteuil. Tu as fait du bon boulot, d'ailleurs.

Elle sourit à ce souvenir.

— C'était si gentil de la part des gens du stand, pas vrai ? Tout ce lever d'épées et les photos.

— C'était génial. Et j'étais si fier de toi. Tu as un vrai talent pour motiver ces jeunes, tu sais.

— Je me disais que j'adorerais pouvoir faire plus ce genre de choses. Travailler aux urgences de médecine générale est formidable, et c'est compatible avec mon emploi du temps, mais je n'ai pas l'occasion de suivre les patients comme je le fais ici.

Il s'assit sur le lit et lui prit un pied qu'il posa sur sa cuisse.

— Ce n'est pas justement le problème ? Tu peux adapter ce genre de soins à long terme à tes horaires d'entraînement ?

Il commença à masser le pied de Laurie, qui soupira.

— Comme c'est agréable. Tu as des doigts merveilleux, Ross. Et, non, je ne suis pas sûre que ce type de travail soit possible pendant la saison d'aviron. Mais je ne ferai pas éternellement de la compétition.

Elle était sans doute folle de penser ainsi. De se demander s'il y avait une place pour elle ici avec Ross, à exercer un métier qu'elle aimait. De penser qu'il voulait même qu'elle reste, il était si convaincu qu'une nouvelle relation finirait aussi mal que sa précédente.

— Pour le moment, tu fais de la compétition. Tu auras tout le temps quand tu prendras ta retraite, et ça pourrait ne pas être avant quelques années.

— Oui, je suppose. Je devrais en profiter tant que je peux.

— On devrait tous les deux. Chaque jour et chaque nuit.

Il reposa son pied sur le lit et s'avança pour l'embrasser.

Si seulement elle pouvait le persuader qu'elle serait heureuse sans famille. Mais comment le pourrait-elle alors qu'elle-même ne savait pas si c'était vrai ? Les choses avaient tellement changé, si rapidement, qu'elle avait besoin d'un temps de rattrapage. Peut-être Ross avait raison, lâcher prise était peut-être le seul moyen de les sauver tous les deux de la douleur.

— Toutes les nuits ? Tu es sûr de pouvoir tenir le rythme ?

— Regarde-moi. *Tu* es sûre que tu peux ?

— Je ne peux que faire de mon mieux.

Elle l'attira vers elle, sentant son poids la plaquer sur le lit. C'était ainsi entre Ross et elle – la puissance de leurs corps-à-corps amoureux pouvait tout faire disparaître sauf l'instant présent. Et il était là, maintenant.

Ross regardait Tamara traverser, en compagnie de Laurie, l'allée gravillonnée menant de l'entrée du parc à la clinique. Sa démarche s'était énormément améliorée maintenant que sa prothèse avait été réajustée, et elle gagnait chaque jour en confiance. Laurie le héla. Comme si elle ne s'attendait pas à le voir là, sur un banc devant le bâtiment, et comme si son arrivée avec Tamara n'était pas parfaitement orchestrée.

— Belle journée, fit Laurie avec un grand sourire en s'asseyant sur le banc.

— Oui. Je crois qu'il va faire plus chaud qu'hier.

— Tu as raison.

Cela suffisait sans doute sur la météo. Tamara s'était installée entre eux, et allait soupçonner qu'il se tramait quelque chose s'ils en rajoutaient. Laurie avait si soigneusement planifié tout cela pour Tamara, et Ross était aussi impatient qu'elle.

Un bruit de moteur attira l'attention de l'adolescente. Timing parfait. Un minibus remontait de l'entrée du parc dans leur direction. Contrastant avec l'aspect plutôt cabossé du véhicule, sa remorque transportait trois canots étincelants.

Laurie observait le visage de Tamara alors que le minibus s'arrêtait devant eux. Un homme en descendit, étirant ses jambes, suivi de deux femmes. Les portes latérales s'ouvrirent, et trois autres hommes sautèrent sur le gravier.

— Ils sont perdus ? dit Tamara.

Un des hommes se détacha du groupe et vint vers eux. Mais Tamara ne quittait pas les bateaux des yeux. Il s'agissait à l'évidence d'embarcations très différentes de celles de la clinique, leurs châssis légers et leurs lignes graciles étaient à la pointe de la technologie en matière de navigation.

— Salut, fit l'homme. Je cherche Tamara.

À présent, cette dernière lui accordait toute son attention, et le fixait bouche bée. Laurie lui donna un coup de coude.

— C'est moi, Tamara.

— Ah, bonjour. Je m'appelle Grant Levelle. On a entendu dire tu pourrais être intéressée pour venir ramer avec nous.

— Oh oui ! S'il vous plaît...

Tamara fut debout avant que Ross puisse l'aider. Grant sourit jusqu'aux oreilles.

— Super. Tu veux que je te présente les autres ?

Tamara acquiesça, et il fit un signe de tête à Laurie avant se diriger d'un pas lent vers le minibus avec la jeune fille.

— Quand est-ce qu'il va le lui dire ? demanda Ross, tandis que le groupe entourait Tamara et que chacun se présentait.

— Eh bien... maintenant, je crois, répondit Laurie.

Elle sourit ; Grant se pencha et retroussa la jambe de son jogging pour révéler sa propre prothèse.

Tamara le considéra, les yeux brillants. Grant la prit par le bras et l'écarta du passage, pendant que le reste du groupe commençait à desserrer les sangles qui fixaient les bateaux sur la remorque. Il lui expliquait apparemment ce qui se passait, et Tamara était suspendue à ses lèvres.

— Tu as vu son visage ? dit Laurie à Ross.

— Oui. À mon avis, tu lui fais un immense plaisir. Pourquoi tu ne les rejoins pas ?

— Je ne veux pas la bousculer. C'est son cadeau.

Laurie observait aussi attentivement que Tamara l'équipe détacher les bateaux. C'était sa vie. Ses coéquipiers. Elle les avait laissés derrière elle pour venir ici, et Ross voyait dans son regard à quel point ils lui manquaient. Il se leva.

— Je devrais aller les accueillir. Et leur indiquer où sont les sandwichs et les boissons.

Laurie bondit sur ses pieds et le conduisit vers le groupe. Il serra la main de chacun, les remerciant d'être venus. Laurie embrassa les deux femmes, plaisanta avec les hommes et rit quand ils suggérèrent qu'elle se la coulait douce ces dernières semaines et qu'ils verraient plus tard à quel point elle n'avait plus la forme.

Un sentiment tiraillait Ross, comme un souvenir perdu depuis longtemps. Le seul enfant à l'école qui ne faisait pas partie d'un groupe parce qu'il vivait trop loin des autres. Il ne faisait pas partie de ce groupe non plus. Il fourra ses mains dans ses poches, s'excusa de devoir aller voir comment les choses se passaient dans la cuisine, et partit.

Sam se tenait aux portes principales de la clinique avec un groupe de patients et de membres du personnel, observant ce qui se passait. Quand elle le vit, elle lui emboîta le pas.

— Elle est dans son élément, n'est-ce pas ?

— Oui. Tu as vu la tête de Tamara quand Grant lui a montré sa prothèse ?

Ce regard, Ross le chérirait longtemps. Le moment où l'avenir d'une adolescente semblait s'ouvrir devant ses yeux.

— Oui, je l'ai vu. Ça valait la peine… Mais en fait, je parlais de Laurie, dit Sam en le fixant pensivement.

Quelque chose de glacé s'enroula autour du cœur de Ross. Sam avait raison, le visage de Laurie s'était illuminé de la même manière lorsqu'elle avait salué ses coéquipiers. Rappel brutal que sa vie n'était pas ici, avec lui.

— Oui. C'est une belle journée pour Laurie aussi.

*

C'était bon de revoir tout le monde, et d'assister à l'activité quotidienne de ceux qui prenaient l'aviron au sérieux, du déchargement des bateaux de la remorque à leur mise à l'eau. C'était aussi une sacrée tentation. Par une belle journée pareille, Laurie avait envie de se dégourdir les épaules et de sentir la traction des rames. Mais elle se contenta d'aider Grant à ajuster pour Tamara l'un des sièges coulissants sur l'embarcation à trois places. Puis Ross vérifia avec la jeune fille que sa position ne soumettrait pas sa jambe à une tension à laquelle elle n'était pas encore prête.

— Qui est ce gars, et qu'a-t-il fait à Laurie Sullivan ? demanda Grant en s'asseyant près d'elle sur l'herbe.

— Il ne m'a rien fait.

Enfin, ce n'était pas tout à fait vrai. Ross et elle s'étaient fait mutuellement beaucoup de choses fort plaisantes, mais Grant ne parlait pas de ça.

— Quelqu'un l'a fait, insista Grant. La kiné ?

Il désigna Sam du menton.

— Non. J'ai établi mon propre protocole et je m'y tiens. Pas d'aviron pendant encore deux semaines.

— On ne peut pas te tenter ? demanda Grant, moqueur.

— Non. Et n'essayez même pas. J'ai besoin de réparer cette hanche correctement. Ensuite, je serai de retour.

— Très bien. Et entre-temps, tu déniches des talents ?

— Mais non ! Tamara ne se consacre pas à l'aviron, c'est juste pour le plaisir, et quelque chose qu'elle peut faire en ce moment. Je sais que tu connais la valeur de cela.

Grant avait eu le même parcours que Tamara, et il avait choisi le sport qu'il voulait pratiquer. Laurie savait qu'il était toujours disposé à aider les autres à faire de même, et c'est pourquoi elle l'avait appelé. L'équipe revenait d'Écosse, et Grant avait persuadé quelques-uns d'entre eux de s'arrêter pour la journée avec des bateaux d'entraînement.

— Bien sûr. Je n'aurais juste jamais cru t'entendre dire une phrase comme : « L'aviron c'est du plaisir. Je ne vais pas sur l'eau avant d'être en pleine forme. »

— Eh bien, c'est une facette de moi que tu n'avais pas vue avant, n'est-ce pas ? Je suis aussi médecin…

Grant, apparemment convaincu, hocha la tête. Laurie n'était pas certaine de l'être autant. En fait, elle se sentait différente. Elle avait toujours la même envie de l'eau, mais il y avait d'autres choses aussi. Des choses qui occupaient la case qu'elle réservait habituellement à l'aviron.

Peut-être qu'elle perdait la niaque. Peut-être que son père avait raison, que trop d'autres éléments dans sa vie émousseraient sa détermination et nuiraient à sa concentration. Même maintenant, elle regardait Ross plutôt que les bateaux qui flottaient sur l'eau. Elle revint à Grant.

— Tu as déjà fait des coupures dans ta carrière. C'était difficile ? De revenir ?

Elle s'était persuadée que ceci n'était que de délicieuses vacances. Radieuses, dans cet endroit paisible et optimiste que Ross avait bâti. Et Ross lui-même, bien sûr. Elle avait habilement esquivé la question de la reprise de la compétition, parce que cela l'aurait empêchée d'en profiter.

— Non. Je suis revenu meilleur. Plus fort, parce que je savais exactement ce que je voulais.

— Je pense que ce sera pareil pour moi.

Son ton devait manquer de conviction car Grant tiqua.

— Tu es sûre de ça ? Ta hanche s'améliore, n'est-ce pas ? Tu n'envisages pas de prendre ta retraite ?

Elle gloussa.

— Pas tant que tu es encore là pour que je te batte.

— Dans tes rêves.

Ross avait fini de parler à Tamara et il les rejoignit d'un pas vif. Il s'assit sur l'herbe à côté de Laurie.

— Vous êtes bien ici, dit Grant. Belle étendue d'eau.

— Vous serez toujours bienvenus si vous passez dans le coin. Si vous m'appelez avant, on vous trouvera où dormir.

Ross décocha un regard à Laurie. Peut-être était-ce une invitation particulièrement destinée à elle.

— Merci, dit Grant. Tamara est prête ?

— Elle brûle d'impatience, répondit Ross.

— Alors on y va.

Grant s'avança vers Tamara et lui offrit le bras pour l'aider à marcher. Au lieu de se renfrogner comme elle le faisait d'habitude dans ces cas-là, la jeune fille se mit à bavarder avec excitation, un sourire éclatant sur les lèvres.

— Grant s'est fait une amie pour la vie, dit Ross.

— Il s'implique beaucoup pour aider les jeunes, il excelle avec eux.

— C'est pile ce dont elle a besoin. Quelqu'un qui lui montre qu'elle peut faire tout ce qu'elle veut. Mais en fait, se reprit-il, c'est *toi* qui l'as aidée à voir ça.

— Je ne faisais que mon boulot.

— Non, Laurie. Tu faisais bien plus que ton boulot.

— J'ai repensé à notre discussion de l'autre soir. Tu sais, mon désir de continuer ce genre de travail.

Il s'allongea sur le dos, les yeux fixés sur le ciel.

— Ah oui ? Et tu es arrivée à une conclusion ?

— Oui, et tu as raison, je ne peux pas encore être un véritable coach, mais je peux commencer à mettre en place un cadre. Quelque chose que je peux développer, dans le but d'y consacrer plus tard tout mon temps.

— Ça pourrait marcher. Une sorte d'association bénévole, avec une grande capacité de croissance.

— Exactement. Ce serait un réseau pour des adolescents. On pourrait commencer par un site web où ils trouveraient des informations sur de bons entraîneurs et de bons soins médicaux. Ce qui compterait c'est ce qu'ils veulent, pas ce que les autres veulent pour eux. On serait totalement à leur écoute, à l'écoute de *leurs* attentes.

— Et tu pourrais en définitive leur assurer une transition du sport vers autre chose si c'est ce qu'ils veulent vraiment ? Ou une transition vers un autre sport si c'est leur choix.

— C'est ça. On serait leurs avocats.

— Il y a beaucoup de potentiel.

— Je commencerais doucement, en prenant des contacts et en mettant des choses en place. Et quand je me retirerai de l'aviron, j'y consacrerai plus de temps de manière régulière.

— Tu devrais en parler à Sam. Elle serait vraiment intéressée par l'idée, mais la première à dire qu'elle n'a pas ton instinct de tueuse.

— Moi ? protesta-t-elle. Un instinct de tueuse ?

— Tu sais ce que je veux dire. Tu as l'audace de pousser les gens hors de leur zone de confort pour que ça marche. Sam est plus subtile, elle n'est pas moins engagée mais elle te tuera avec gentillesse plutôt que de te foncer dessus avec un bélier. Il faut de tout, et ensemble, vous seriez imparables.

Voilà ce que Ross faisait si bien. Mettre les gens ensemble. Voir comment différentes approches pourraient fonctionner en harmonie au lieu de s'opposer.

— Je pourrais compter sur ton soutien ?

Elle osait à peine le lui demander. Ce serait une façon de garder une forme de contact avec Ross.

— Toujours. Si la clinique peut t'aider d'une manière ou d'une autre, il te suffit d'appeler.

Ce n'était pas son propos. La clinique pouvait l'aider, mais c'était Ross lui-même qu'elle voulait réellement.

— Et toi, Ross ? Tu m'aideras ?

Il serra les lèvres, et elle frissonna soudain.

— Je ne peux pas. Tu en connais les raisons, et ce n'est pas que je ne veuille pas. Si tu le fais, ça doit être pour toi et pour les jeunes que tu veux aider.

— J'ai l'intention de créer une association, pas une agence matrimoniale. Tu veux aider ces jeunes aussi, je le sais.

Ce n'était qu'une demi-blague. S'il pensait que cette idée était son moyen de rester en contact avec lui… ce n'était pas le cas, elle voulait vraiment le faire. Mais si l'un des corollaires était qu'elle gardait Ross sur sa liste de diffusion, et peut-être dans sa vie aussi, c'était une idée qui plaisait soudain énormément à Laurie.

Il acquiesça, et un bref instant, elle se laissa aller à l'idée qu'il pourrait faire partie de son avenir.

— C'est vrai. Mais je suis désolé, Laurie, on ne peut pas le faire ensemble.

14

Ross regardait Sam et Laurie diriger le groupe mamans-bébés. Sam avait amené Timothy, lequel prenait très au sérieux le fait d'être un peu plus âgé que la plupart des autres enfants. Debout près de sa mère, il reproduisait les exercices qu'elle montrait, visiblement accoutumé à les faire.

Laurie évoluait avec bonheur au milieu du groupe, aidait ceux qui en avaient besoin, corrigeait une posture, redressait un dos. Une petite fille commença à s'agiter, et Laurie s'adressa à sa mère avant de soulever l'enfant dans ses bras.

Un mois plus tôt, Ross n'en aurait pas cru ses yeux. Laurie, souriant à la petite sur sa hanche, la distrayant afin que sa maman puisse faire ses exercices en paix.

— Celui-ci doit se faire à deux, annonça Sam. Laurie !

La mine un peu contrite, Laurie ramena l'enfant, à qui sa maman promit qu'elle retournerait jouer avec Laurie dès qu'elles auraient terminé cet exercice ensemble.

Ross tourna les talons.

Il avait beaucoup réfléchi à ce qu'elle avait dit l'autre jour. Cela avait semblé une sorte d'invitation, un moyen de rester en contact et d'explorer l'idée de poursuivre leur relation. Peut-être même de la mener plus loin... Chaque fois qu'il en caressait l'idée, il ressentait un immense bonheur, combiné à un désir physique qui le paralysait presque.

Mais en l'observant à présent... Laurie mûrissait et s'épanouissait. Qui savait ce que lui réservait l'avenir, ou si elle changerait d'avis sur le fait de ne pas vouloir de famille à elle ? Autant qu'il arrête de se poser la question. D'essayer de penser à la façon dont il pourrait partager sa vie avec elle. Car la seule chose qu'il ne voulait *pas* partager avec Laurie, c'était la douleur et le chagrin de vouloir un enfant et de ne pas pouvoir le concevoir. Elle méritait mieux que cela.

Lorsque Ross entendit la porte-fenêtre du balcon s'ouvrir, il s'était résigné à ne rien changer à leur arrangement. Il ne restait que quelques jours avant le départ de Laurie, et bien qu'ils n'en aient pas fixé la date, elle avait réduit son travail à la clinique. La prendre dans ses bras rendit la perspective qu'elle parte bien plus facile à supporter car alors il perdait de vue tout ce qui n'était pas le baiser qui s'ensuivrait. De fait, elle l'embrassa avec une telle passion qu'il décida que le dîner pouvait attendre.

— J'ai réfléchi, dit-elle, s'asseyant dans la cuisine.

Bon, le *sexe* pouvait attendre, songea Ross, et il servit deux verres de vin avant de s'installer face à elle.

— Hum, autant me jeter à l'eau, fit-elle avec un petit sourire nerveux qui l'inquiéta brusquement. Je sais que tu as des réserves quant à la poursuite de notre relation, Ross. Mais sache que, si tu es d'accord pour qu'on tente le coup, c'est sincèrement ce que je souhaite.

Le plaisir du moment s'évapora tandis que s'ouvrait un abysse sous ses pieds. Seule Laurie était capable de renverser aussi complètement son univers. Son ébahissement dut se voir sur son visage car elle le fixait à présent.

— Dis quelque chose. S'il te plaît.

Il lui pressa la main en un geste qu'il espérait rassurant.

— Rien ne me rendrait plus heureux, chérie. Mais je ne crois pas que ce soit une bonne idée.

Peut-être en resterait-elle là. Ou pas. Une des choses qu'il adorait chez elle, c'était sa capacité à dire exactement ce qu'elle pensait.

— Pourquoi ? C'est une manière de dire que tu ne veux pas de moi ?

— Jamais je ne cesserai de vouloir de toi, Laurie. Ce que je dis, c'est que toi et moi ne pourrons jamais avoir une famille, et je ne te demanderai pas de renoncer à cette possibilité pour moi.

— Et si je m'en fiche ? Et si… et si je t'aime ?

Il savait qu'il l'aimait aussi. C'était la seule explication à l'intense tristesse qu'il l'envahissait à la pensée de ne pas passer le reste de sa vie avec elle. Il pouvait donner son amour à Laurie, mais elle méritait tellement mieux.

— Sais-tu seulement ce que tu feras à cette heure l'an prochain ? Ce qui comptera pour toi ? Parce que si on reste ensemble, je ne suis pas sûr de pouvoir te laisser partir.

Elle se mit à faire les cent pas, avec cette énergie qu'il aimait tant.

— Alors, ne me laisse pas partir, Ross.

— Tu soutiens que tu peux être heureuse sans perspective d'avoir un jour des enfants ?

Elle s'immobilisa soudain et le dévisagea. Il sentit son cœur se durcir. C'était le seul moyen qu'il avait pour se résoudre à repousser Laurie.

— Tu ne peux pas juste me faire confiance, Ross ? Tu ne peux pas croire que je puisse l'accepter ?

— C'est en la vie que je n'ai pas confiance.

— Oh ! fit-elle avec frustration. On contrôle nos propres vies, non ? Qu'en est-il du fait de ne pas abandonner ?

— Et qu'en est-il du fait d'affronter les faits ? Ou de faire de son mieux avec ce que l'on a, d'ailleurs ?

La colère éclata dans ses beaux yeux.

— Très bien. Fais de ton mieux avec ce que tu as, alors. Ne pense pas à autre chose parce que c'est trop dur d'essayer.

Cela fit mal. Tous les sentiments liés à son mariage refirent surface. Les regards réprobateurs d'Alice quand elle découvrait qu'il l'avait encore déçue ce mois-là.

— Grandis, Laurie. Tu peux penser que tu peux te surpasser et accomplir tout ce que tu veux dans la vie, et tu as peut-être raison. Mais ça ne te donne pas le droit d'attendre de moi que j'accomplisse l'impossible.

Ses yeux s'écarquillèrent d'indignation.

— Ce n'est pas ce que je dis, Ross. Je dis, prenons ce que nous avons maintenant et faisons-en quelque chose de bien.

— Et moi je te dis qu'on ne peut pas.

Les lèvres de Laurie se mirent à trembler. Si elle pleurait, il n'était pas sûr de pouvoir la laisser partir, mais elle se ressaisit soudain, redressa le dos et lui lança ce regard vide qui lui interdisait tout accès à ses sentiments.

— C'est fini entre nous, alors, murmura-t-elle.

Puis elle se retourna et quitta la cuisine. Ross sursauta quand la porte de l'appartement claqua derrière elle.

Ça aurait dû être une équation facile. Deux valises à l'arrivée, deux valises au départ. C'était ainsi que Laurie voyageait, sans jamais rapporter plus que ce qu'elle avait pris avec elle. Mais l'équation ne fonctionnait pas, cette fois.

Il y avait ses vêtements. Ils ne posaient pas de problèmes, malgré deux T-shirts au logo de la clinique et le fruit d'une virée shopping avec Ross, des sandales pour remplacer celles qu'elle avait gorgées d'eau, et une jupe qui lui avait plu et qu'il l'avait encouragée à acheter. Cela entrerait facilement. Le bouchon de la bouteille de champagne qui avait été si amusante à boire, et dans lequel Ross avait inséré une pièce de monnaie pour porter chance, ne prenait pas beaucoup de place non plus. Elle aurait peut-être dû le jeter, car il lui rappelait trop de souvenirs, mais elle n'en avait pas envie. Elle avait déjà si peu de choses de lui à garder.

Il y en avait tellement d'autres, cependant. La bande dessinée qu'Adam avait dessinée pour elle. Les deux plumes jaunes qui s'étaient envolées de son T-shirt lorsqu'elle l'avait ôté le soir de la journée sportive de l'école, et qui étaient désormais soigneusement pressées dans le programme comme des fleurs entre les feuilles d'un livre. La casquette d'aviron que Tamara lui avait offerte et que Laurie avait promis de porter lors de sa prochaine compétition, et le dossier rempli de lectures utiles que Sam lui avait donné lorsque Laurie avait suggéré qu'elles collaborent sur des idées pour la future association. Des dessins des enfants du groupe mamans-bébés.

Enfin, les livres que Ross lui avait prêtés. Ça, c'était plus facile. Elle n'en avait lu que quelques-uns, mais les laisserait tous car elle n'aurait pas l'occasion de les lui rendre plus tard.

« *Tu sais que c'est fini quand elle commence à séparer ses livres et sa musique des tiens...* »

Grant avait dit cela lorsqu'une des nombreuses petites amies qu'il avait eues avant son mariage l'avait quitté. Cette pensée fit mouche maintenant. Jamais Laurie n'avait laissé une relation aller assez loin pour en passer par ce processus incroyablement triste de quitter quelqu'un et trier des objets.

Des larmes lui piquèrent les yeux. C'était un nouveau type de douleur et il était difficile de prétendre qu'elle ne la ressentait pas.

Ce n'était nullement la première fois qu'ils se disputaient, deux caractères forts qui aimaient les bras de fer et encore plus l'ultime réconciliation. Mais cette fois c'était différent. Ross avait raison, et en même temps un peu tort. Il avait dit qu'il ne pouvait pas lui donner ce dont elle avait besoin, mais en vérité c'était elle qui ne pouvait pas lui donner ce dont il avait besoin. Elle ne pouvait pas lui faire croire que s'aventurer dans des eaux inconnues avec elle ne mènerait pas au désastre. Son amour n'était pas suffisant pour cela.

Maintenant, elle pouvait pleurer si elle le voulait, et peut-être que cela soulagerait le poids qui oppressait sa poitrine. Elle avait contribué à détruire la meilleure chose qui lui soit arrivée et il n'y avait aucun retour en arrière possible. Il valait peut-être mieux partir, mais elle avait l'impression que cette perte allait tout éclipser à partir de maintenant.

Ross avait remisé le dîner au congélateur et, affalé dans un fauteuil, il fixait le mur devant lui.

Pourquoi ne s'était-il pas jeté aux pieds de Laurie pour la supplier de rester ?

Parce que cela aurait été mal, voilà pourquoi. Il n'y avait plus rien à dire, plus d'amour à faire et plus d'au revoir. C'était la fin, revenir en arrière ne ferait que retarder l'inévitable et l'empirer. Si le reste de sa vie devait être vécu sans Laurie, il devait l'accepter et passer à autre chose.

Mais malgré lui, il veilla tard, ruminant dans l'obscurité, et il se réveilla tôt le lendemain matin, tout engourdi après s'être endormi sur le canapé.

Le bruit d'une voiture dans l'allée de gravier le conduisit à la fenêtre. Laurie avait commandé un taxi, et le chauffeur l'aida à charger ses valises dans le coffre.

Ross ferma les yeux. Ses lèvres formèrent les mots :

Au revoir, mon amour. Sois heureuse.

— Ross !

Il n'y avait qu'une personne susceptible de provoquer cette exaspération chez Sam, et il sourit instinctivement. Puis se rappela une fois de plus que Laurie était partie. Cela faisait presque un mois maintenant, et ce pathétique sentiment de perte semblait ne jamais vouloir décroître.

Il inspira et invita Sam à s'asseoir. Sam et Laurie travaillaient ensemble sur le projet destiné aux adolescents, et il avait aidé Sam autant qu'il le pouvait. Il souffrait en l'entendant parler de Laurie, mais c'était le seul fil qui les reliait encore, et il s'y accrochait avec avidité.

— Qu'est-ce qui se passe, Sam ?

— J'adore cette femme, mais elle me rend folle !

Si seulement il avait l'occasion qu'elle le rende fou lui aussi… Mais il savait qu'elle ne reviendrait pas.

— Vas-y, je t'écoute, dit-il, s'efforçant de se concentrer.

— Tu connais le nageur Phil Jacques ? Oui, bien sûr, oui, tout le monde le connaît. Laurie est allée le chercher pour une table ronde sur l'entraînement sportif des adolescents.

— C'est bien, non ? C'est exactement ce dont vous avez besoin – le soutien de quelques noms connus.

— C'est génial. Mais tu sais quand c'est ? Dans deux semaines. Pour la conférence à Birmingham où on pensait aller.

Ross avait prévu de passer quelques jours à Birmingham pour assister à la conférence et rendre visite à des patients potentiels.

Il ne savait que penser de l'idée de partager une ville avec Laurie, mais son cœur savait comment réagir. Il se mit à battre la chamade.

— Ça se passera en public et ce sera enregistré pour la radio. Laurie a invité d'autres personnes, elle va profiter de l'occasion pour présenter le nouveau projet. Elle a fait tout ça en moins d'un mois.

Bravo. Il la reconnaissait bien là.

— Tu sais que rien ne l'arrête quand elle décide quelque chose. Alors… où est le problème ? Tu n'es pas contente ?

— Je suis ravie. Seulement… elle veut que j'anime le débat. Et ça m'angoisse affreusement.

Sam était la meilleure kiné qu'il connaissait, et elle était formidable avec ses patients. Elle avait plus qu'assez de connaissances pour animer un débat sur le projet qu'elles montaient en commun, et Ross devinait que c'était la façon de Laurie de saluer l'énorme travail que Sam avait accompli. Sauf qu'elle sous-estimait la timidité de Sam lorsqu'il s'agissait de parler en public.

— Je suppose que tu ne pourrais pas te concentrer sur le fait que tu le mérites, n'est-ce pas ? Ou que tu es la personne idéale pour le faire, et que tu seras formidable ?

— Devant un auditorium rempli de gens ? Enregistré pour la radio ? Non, impossible. Tu ne pourrais pas t'y coller ?

— Tu veux dire m'attribuer tout le mérite de ton travail ? Je ne suis pas tout à fait à l'aise avec ça, non.

Il n'était pas non plus à l'aise à l'idée de s'inviter dans le débat de Laurie. Qu'est-ce qui serait le pire, se retrouver au cœur d'une dispute avec elle ou recevoir de plein fouet son regard vide et professionnel ?

— Mais tu nous as vraiment aidées. Tu m'as donné cette longue liste de contacts et tu as écrit des lettres de présentation à tout le monde. Tu mérites un peu de crédit pour ça.

— Simple coup de main. C'est vous deux qui pilotez ce projet.

— Mais c'est une occasion fantastique pour Laurie de parler de sa propre expérience, des pressions que peuvent subir les adolescents dans le sport, et elle ne peut pas animer le débat en même temps. S'il te plaît, Ross.

Il devait suggérer quelque chose.

— Bon, réfléchissons. Qu'est-ce qui te préoccupe le plus ?

— Eh bien, quoi dire. Quand le dire, poser des questions ou non, ou si je dois simplement présenter les gens et les laisser faire… Laurie me demande de diriger la discussion. De tirer le meilleur de chacun.

Il savait ce que Laurie voulait dire.

— Très bien, donc poser des questions. On va faire une liste des invités et préparer des questions pour chacun d'eux, d'accord ?

Sam savait quels points devaient être soulignés, il fallait juste l'empêcher de paniquer.

— Oh ! tu veux bien ? Mais je leur demande quand ?

— On va s'entraîner. On rassemblera quelques personnes de la clinique, et on simulera des débats. Ça marche ?

— Oui, formidable ! Tu crois que j'en suis capable ?

— Honnêtement ? Tu vas cartonner, Sam.

— Et Laurie sera là, bien sûr. Tu viendras, n'est-ce pas ?

Il en mourait d'envie. Juste pour revoir Laurie, même si c'était à distance dans un auditorium bondé. Pour constater qu'elle avançait, car il ne devait se raccrocher qu'à ça.Que Laurie soit heureuse, parce qu'il ne pouvait pas s'imaginer lui-même être à nouveau vraiment heureux.

— Je vais voir, répondit-il d'un ton évasif.

— Voir quoi ? La même chose que Laurie allait voir quand je lui ai suggéré de t'inviter ? Je sais que vous étiez proches, Ross… Vous vous êtes disputés, n'est-ce pas ?

Il n'y avait aucune raison de le nier. Sam n'était pas aveugle, et c'était une bonne amie. Elle avait géré une situation difficile avec sa facilité habituelle, le laissant soutenir le projet sans jamais demander pourquoi il passait par elle sans contacter directement Laurie.

— C'est compliqué, Sam.

— C'est assez ironique. Je te connais depuis longtemps, et c'est la première fois que tu penses que *compliqué* est une raison de ne pas faire quelque chose. Laurie est pareille. Plus c'est compliqué et stimulant, plus elle aime.

— Comment va-t-elle ?

Poser la question n'était pas juste vis-à-vis de Sam, mais il ne pouvait pas s'en empêcher.

Elle réfléchit une seconde.

— Je sais que tu as besoin de savoir, alors je vais te le dire. Juste cette fois, parce que je ne servirai pas d'intermédiaire. Elle va bien. Sa hanche est en très bon état et elle est en train de retrouver sa pleine forme. Elle travaille sans arrêt, comme toi... Je vois la même chose chez vous deux. Ce qui s'est passé entre vous a brisé vos deux cœurs.

Il acquiesça. Sam le fixait, le regard plein d'espoir. Prenant une profonde inspiration, il lâcha :

— Elle m'a dit qu'elle m'aimait, qu'elle voulait qu'on essaye de construire une relation ensemble.

— Et tu as dis non, compléta Sam en souriant tristement.

— Oui. Parce que je ne peux pas être à nouveau responsable de la destruction des rêves de quelqu'un.

— Tu n'as pas ruiné les rêves d'Alice, Ross. Elle a eu tort de te mettre ça sur le dos. Mais tu as tort de repousser Laurie. À l'évidence, elle est au courant de ton problème de fertilité et elle voulait quand même être avec toi. Tu te prives d'une chance d'être heureux, ne fais pas ça !

Ce petit discours trottait clairement dans la tête de Sam depuis un certain temps, et maintenant elle l'avait envoyé, aussi se leva-t-elle et quitta le bureau.

Ross resta debout, regardant le lac. C'était la vue qui l'aidait habituellement à réfléchir aux difficultés qui se présentaient, mais là, elle ne l'aidait pas.

Il avait accepté ce que la vie lui avait offert et s'en était accommodé. Maintenant, il devait prendre des risques pour obtenir ce qu'il voulait vraiment.

15

Laurie était sublime. Elle portait un chemisier en soie crème sur un pantalon noir, et sa chevelure flamboyante donnait à cette tenue raisonnable un côté incroyablement sexy.

Mais elle était nerveuse. Même du fond de l'auditorium, Ross voyait qu'elle lisait un topo sur le projet et butait parfois sur les mots. Sam, elle, s'avéra parfaite. Avec un sourire enthousiaste, elle lui posa la question qu'ils avaient préparée ensemble, celle à laquelle il savait que Laurie voudrait répondre. Cette dernière se détendit un peu, la suite coula de source, ponctuée de quelques relances pertinentes de la part de Sam.

La présentation se termina sous un tonnerre d'applaudissements, et les gens se massèrent autour de Laurie. Il aurait dû partir. Mais il ne bougea pas, son désir de la regarder encore au centre de l'attention de tous le lui interdisait.

Il vit Sam scruter le public lorsque les lumières s'allumèrent. Elle lui demanda d'un geste de la main de descendre sur la scène pour féliciter Laurie. Il secoua la tête. Ce n'était pas le moment.

Mais Laurie s'était retournée vers Sam, et suivit son regard. Elle leva la tête vers lui et, durant un instant, ils furent les deux seules personnes dans l'espace bondé. Puis elle arbora cet air froid et impassible qui disait à Ross qu'elle luttait avec ses émotions autant que lui.

Il devait vraiment partir maintenant. La laisser là, sous les feux de la rampe, accomplir ce qu'elle était venue faire. Il se leva, cherchant la sortie la plus proche.

Ross était là. Laurie en fut malade d'excitation, puis horrifiée qu'il quitte l'auditorium dès qu'elle l'avait vu. Ce n'était pas son genre, de tourner le dos à une confrontation, aussi embarrassante fût-elle, et au lieu d'en chercher les raisons, elle se concentra sur les échanges avec les gens autour d'elle.

Cela prit un certain temps. Il y eut des questions, des manifestations de soutien, et quelques appels à l'aide. Les fiches de contact se remplirent rapidement, comme Sam et elle l'avaient espéré. Si elle avait suivi Ross, que lui aurait-elle dit ? Sa douleur d'être séparée de lui ? Qu'elle l'aimait ? Ou aurait-elle simplement menti en affirmant qu'elle avait réussi sans lui, qu'elle n'avait pas besoin de lui ?

Finalement, il ne resta plus que Sam et elle sur la scène tandis que l'équipe de captation remballait son matériel. Elles se congratulèrent mutuellement, et retournèrent pour la conférence à la réception de l'hôtel, où Jamie attendait avec Timothy. Laurie s'excusa gentiment lorsque Jamie lui proposa de se joindre à eux pour déjeuner et, soulagée de se retrouver seule, gagna l'ascenseur.

Elle avait besoin de réfléchir. Ross était là et cela *devait* signifier quelque chose. Sa chambre d'hôtel avait le double avantage d'être un endroit où elle pouvait décider quoi faire et où il pourrait la trouver s'il le voulait…

Laurie ôta ses chaussures, résolue à ignorer la possibilité que Ross demande son numéro de chambre à la réception. Il avait quitté l'auditorium et n'était clairement pas impatient de la voir. Elle appela le service d'étage et commanda un café.

On frappa à la porte après quelques minutes et Laurie ouvrit, s'attendant à l'employé du service d'étage.

Ross. Toujours aussi délicieusement beau. Plus que jamais. Laurie n'était pas grande connaisseuse d'hommes en costume, mais il portait le sien à merveille.

— Tu attends quelqu'un ? demanda-t-il, avec un geste indiquant qu'il pouvait revenir.

— Non ! Enfin, oui, juste le service d'étage.

Elle était prête à l'attraper et le faire entrer de force dans la chambre, mais ce ne fut pas nécessaire. Leurs regards se croisèrent, et cette synchronisation magique qu'ils avaient toujours partagée se mit en marche. Elle s'éloigna de la porte au moment même où Ross s'avança. Plus rien d'autre ne comptait, ils respiraient le même air.

— La présentation était fantastique. Très inspirante. Tu as travaillé dur.

C'est ça qu'il était venu dire ? Elle ravala sa déception.

— Merci. Sam m'a sauvé la vie plusieurs fois. Tu es ici depuis longtemps ?

— Je suis arrivé tard hier soir.

— Et tu envisages de partir quand ?

— Pas avant de t'avoir parlé.

Le monde parut soudain baigné de lumière. Puis elle fut dans ses bras. Comment c'était arrivé, s'en fichait. Elle entendit la porte claquer lorsque Ross la referma, et se blottit contre lui, humant son odeur.

— Laurie... Tu m'as tellement manqué.

— Pas autant que tu m'as manqué...

— Tu veux qu'on fasse la compétition ?

Il lui sourit et toutes les choses qu'elle voulait lui dire se perdirent dans le feu doux et dansant de ses yeux.

— Oui. Faisons ça.

Il l'embrassa, avec toute la passion et le désir qu'elle-même éprouvait. Un bonheur éclatant la priva de toute autre pensée que celle de sa présence et qu'il la tenait dans ses bras. Et quand elle l'embrassa en retour, elle sentit la douce réponse de son corps contre le sien.

Maintenant, seul l'obsédait le lit, et les quelques mètres qui les en séparaient. Peut-être n'y arriveraient-ils même pas. La passion et les baisers de Ross chassaient tout le reste de sa tête. Si elle n'avait que ces moments avec lui, elle les prendrait et affronterait les conséquences plus tard.

Elle fit glisser la veste de ses épaules, et il l'enleva. Lentement, délibérément, elle desserra sa cravate, pendant que le désir montait entre eux, plus enivrant que jamais. Il l'embrassa avec une avidité qui lui fit tourner la tête.

Un nouveau coup à la porte, et une voix annonçant que cette fois, c'était vraiment le service d'étage, les fit se séparer d'un bond coupable. Elle ouvrit, fouilla dans sa poche pour trouver un pourboire, puis attrapa le plateau, le jetant sur la crédence avant de se retourner vers Ross.

Trop tard. Le moment était passé. Elle le voyait sur son visage. Il avait changé d'avis. Mais alors il lança :

— Ce n'est pas pour ça que je suis venu, Laurie. Je suis venu pour parler. Te dire que je t'aime. Si tu peux me pardonner et m'aimer aussi, alors il faut qu'on s'asseye et qu'on réfléchisse à ce qu'on va faire.

Il n'y avait qu'une tasse. Aucune importance, mais Laurie se concentrait sur des détails idiots parce qu'elle était incapable d'appréhender l'énormité de ce que Ross venait de dire. Elle repoussa la tentation de se jeter dans ses bras car il avait raison. Il fallait qu'ils discutent. Elle versa le café d'une main tremblante, but une gorgée et lui tendit la tasse.

— Je t'aime aussi. Pardon d'être partie sans dire adieu.

— Mais non. Je t'ai fait fuir, et c'était mal de ma part. Je ne voyais pas comment on pourrait être ensemble et je pensais que c'était mieux ainsi. Je suis désolé.

Il prit une gorgée de café, lui rendit la tasse et s'assit sur le lit. Elle le rejoignit, le cœur battant à tout rompre.

— Maintenant qu'on s'est débarrassés de ça, on fait quoi ?

Tout dépendait de lui. Elle n'avait pas réussi à trouver un plan qui pourrait fonctionner. Elle devait se fier à lui pour trouver les réponses qu'elle n'avait pas, et soudain, cela ne semblait pas si impossible.

— Je sais que je ne suis une bonne perspective pour personne..., fit-il d'un air malheureux.

— Il se trouve que tu es celle que je veux. Je n'ai aucune envie de changer ça, même si je le pouvais.

— Je ne peux pas le changer non plus. Tu es la seule femme que je désirerai jamais, et je t'aime de toute mon âme. L'idée que tu puisses m'aimer aussi m'a donné le courage de venir ici te demander ce que je ne devrais pas te demander...

— Demande, Ross. Je veux l'entendre.

Il hocha la tête, lui prit la tasse des mains et la posa de côté. Puis il se mit sur un genou devant elle.

— Laurie, je veux prendre tes espoirs et tes rêves et les réaliser pour toi. Tout ce que tu as toujours voulu, ou que tu voudras, parce qu'ils sont plus importants que tout pour moi. Acceptes-tu de prendre les miens et de me les confier ?

Elle la voyait. La voie de Ross, une route claire qui menait à leur avenir ensemble. Il n'était peut-être pas capable de faire confiance à la vie, mais il savait qu'il pouvait lui faire confiance à elle.

— Donne-moi tes rêves. Je prendrai soin d'eux et je ne les laisserai pas te blesser ou te décevoir à nouveau. Je te donnerai les miens, parce que je sais qu'ils sont en sécurité entre tes mains.

Il battit des cils, comme s'il n'arrivait pas à croire ce qu'il entendait.

— Tu es sûre ?

— Oui ! Écoute ce que je te dis pour une fois, d'accord ?

— D'accord, j'écoute, dit-il en souriant. Si je promets de toujours t'écouter, de toujours t'aimer et de faire de mon mieux pour te rendre heureuse, m'épouseras-tu ?

Des larmes remplirent les yeux de Laurie, qui ne fit aucun effort pour les chasser. Ce n'était plus la peine. Elle l'enlaça.

— Oui, Ross. Je t'épouserai.

D'une voix étranglée par l'émotion, il déclara :

— Je ne te laisserai pas partir cette fois. Ferme les yeux.

Elle obéit. Il y eut une pause, puis elle sentit qu'il lui passait une bague au doigt. Ensuite, il l'embrassa.

— Tu peux la regarder maintenant...

— Elle est jolie ? Ça paraît lourd.

— J'ai mis du temps à la choisir. Rien n'aurait été assez bien pour toi, mais j'ai pris la plus belle que j'aie pu trouver.

— Alors je l'adore. Je vais la regarder. Pour l'instant, je te regarde, toi, ça fait trop longtemps que je ne t'ai pas vu.

— Tu es coincée avec moi maintenant, ça n'arrivera plus. Notre monde a changé, Laurie. Avec ton amour et le mien, tes rêves et les miens. Rien ne nous arrêtera désormais.

Épilogue

Quatre ans plus tard.

Cette année, ils avaient choisi Munich. La même suite d'hôtel que celle que Ross avait réservée pour les Championnats du monde trois ans plus tôt. Avec le même jacuzzi dans lequel se prélasser ensemble et la même vue sublime sur la ville.

— Comment je m'en sors, comme soigneur ?

Ross tendit une flûte de champagne à Laurie. C'était la même question qu'il posait chaque année, pour l'anniversaire du jour où ils avaient remis leurs rêves entre les mains l'un de l'autre.

— Magnifiquement, répondit-elle en souriant. Chaque année, je me demande comment tu surpasseras la précédente, mais tu y parviens toujours.

— Tu ne t'attendais pas à autant d'endurance ?

Elle se blottit dans ses bras et l'embrassa avec fougue.

— Pas à ce point. Je n'aurais jamais cru que quelqu'un puisse m'aimer aussi bien. Ni être un tel coach en aviron.

— Je n'ai fait que t'encourager. Victoire à la clé ou pas.

— C'est ce qui fait la différence. Et tu m'as encouragée au point de perdre la voix la dernière fois qu'on était ici.

— Ça valait le coup. Jamais je n'oublierai ton expression quand tu es montée sur le podium pour recevoir ta médaille d'or. Ni quand tu as réalisé mon rêve en m'épousant.

— Hé ! Tu me piques mon rêve ? Le jour du mariage d'une fille est censé être *son* rêve.

— Ha ha. Dommage. C'était mon rêve aussi. Mais tu peux partager, pas vrai ?

— Avec toi ? Tout, répondit-elle en l'embrassant.

Il en était ainsi, désormais. Si la nouvelle extension de la clinique, qui allait devenir un centre d'entraînement pour jeunes athlètes et abriter l'association que Sam et Laurie géraient ensemble, avait été l'idée de Laurie, Ross y avait également mis tout son cœur. Il avait pris soin de ses rêves et les avait adoptés comme les siens.

Un son leur parvint de la chambre, et Ross leva la tête.

— On dirait que notre rêve préféré s'est réveillé. Je vais la chercher.

Laurie ne se lassait jamais de l'observer avec leur fille. Depuis l'encadrement de la porte, elle le vit soulever Penelope de son berceau, enveloppée de la courtepointe pour bébé que sa grand-mère lui avait confectionnée. C'était le plus beau rêve de tous, la chance sur mille qui s'était produite au moment où ils s'y attendaient le moins.

— Papa...

Penelope savait comment mener son père par le bout du nez. Il suffisait d'un seul mot.

— Coucou, Penelope. Tu veux venir voir ce qu'on fait ?

— Papa... veux jouer.

— Tu veux jouer ? Avec moi ?

Penelope rit, tendant ses petits doigts vers lui.

— Tu as entendu ça ? Sa première phrase. Presque...

Sa voix était un peu rauque, comme si une boule obstruait sa gorge. Laurie s'autorisa un sourire. Cela faisait deux semaines qu'elle répétait ces mots à Penelope, et la petite fille avait enfin décidé de les dire au moment le plus parfait.

— C'est toi qui lui as appris à dire ça ? demanda Ross d'un ton suspicieux.

—Moi ? Je ferais une chose pareille ?

— Certainement, riposta-t-il avec un petit rire en l'attirant de la main. Et je t'aime pour ça.

— Je t'aime aussi, Ross. Tous mes rêves sont réunis ici.

Elle se blottit contre lui. L'odeur chaude de son corps, ainsi que le sublime parfum de bébé de Penelope, l'enveloppèrent dans un cocon de bonheur.

Il l'embrassa sur la joue, tendre rappel de ce que la nuit lui réserverait une fois Penelope à nouveau endormie. Une pensée folle et improbable commença à se former…

— Tu te demandes parfois… si une chance sur mille pourrait se reproduire ? On pourrait essayer la FIV…

— Mettre mon monde sens dessus dessous une fois ne te suffit pas ? Tu crois que je peux survivre une seconde fois ?

Ces moments, quand ils avaient regardé ensemble le test de grossesse, et qu'elle avait essuyé ses larmes avec des doigts tremblants, avaient été parmi les meilleurs de sa vie. Ils suffisaient, mais Laurie avait appris à en vouloir plus, tout en sachant que cela n'arriverait peut-être jamais.

— La FIV est une option. Bien que je préfère de loin la méthode traditionnelle. Tu tables sur mille fois ? Ou mille nuits complètes… ? fit-il avec un sourire malicieux

— Sur des nuits. Statistiquement, ça fait beaucoup plus de chances, répondit-elle avec un frisson de plaisir anticipé. Le voyage en vaut la peine, même si on n'arrive pas à destination.

— Entièrement d'accord.

Il l'embrassa encore et elle sentit le petit corps de Penelope se tortiller entre eux.

— Papa… veux jouer, papa.

— On ferait mieux d'aller jouer avec elle maintenant.

Laurie fit mine de bouger, mais Ross la serra contre lui.

— Je veux d'abord faire un autre pacte avec toi. Que jamais nous n'arrêtions de rêver.

Ils auraient toujours plus à faire ensemble, et Laurie avait hâte de découvrir ce qui les attendait.

— Marché conclu, Ross. Comme toujours.

1

Le tournage de la série documentaire sur le service d'oncologie du Belfast Community Children's Hospital — l'hôpital pour enfants de Belfast —, commençait le matin même, et l'unité de production mobile installée sur le parking était en pleine effervescence.

Jessica Halliday, la productrice, se trouvait devant les écrans quand le Dr Campbell passa sous la caméra télécommandée du hall de l'hôpital. Alors que tous les écrans affichaient simultanément son profil altier, elle comprit pourquoi les femmes de l'équipe de production — et même certains hommes — affublaient cet homme du surnom de « chéri de ces dames ».

Avec ses cheveux noirs ondulés, son regard d'un bleu intense et son menton volontaire recouvert d'une barbe de deux jours, Rob Campbell était un régal pour les yeux. Les manches retroussées de sa chemise enserraient des biceps impressionnants, et son pantalon moulant faisait ressortir des cuisses musclées.

Ce colosse de plus d'un mètre quatre-vingts avait l'air bâti pour jouer au rugby plutôt que pour tenir la main d'un enfant malade. Pourtant, en tant que consultant en oncologie pédiatrique, il constituait un lien essentiel entre les patients, le personnel du service et l'équipe de tournage. Dommage qu'il ait tant hésité à donner son feu vert pour la série documentaire !

Lors de la réunion qui avait eu lieu avec la production, il avait fait part de son inquiétude concernant le respect de la vie privée de ses patients. Malgré le vote du conseil d'administration qui avait donné son accord pour qu'ils filment et, malgré la promesse de l'équipe de tournage que ses membres sauraient se montrer compatissants et respectueux envers tous, il avait ignoré ostensiblement leur présence.

Elle ne s'était pas adressée directement à lui durant les quelques jours où ils avaient été sur place pour préparer le tournage, préférant construire une relation avec les familles des enfants malades. Elle avait obtenu le consentement écrit de celles qui avaient accepté de participer et ne voulait pas mettre en péril ces acquis.

Elle avait tout intérêt à le rallier à leur projet.

Pour elle, c'était bien plus important que les indices d'écoute ou la sécurité de son emploi. Le cancer avait tenu dans sa vie une place énorme, et c'était encore le cas. Non seulement il lui avait volé son enfance, mais les séquelles du traitement l'avaient poursuivie jusqu'à l'âge adulte en déclenchant chez elle une ménopause précoce. Au moment où elle retrouvait enfin toute sa féminité, la maladie lui avait décoché sa dernière flèche en l'empêchant d'être une femme à part entière. Le cancer avait éloigné son fiancé qui n'avait pas supporté la perspective d'avoir une épouse stérile. Il lui avait aussi confisqué son rêve d'avoir un enfant à elle à choyer.

Mais, après tout, qu'importe ? Il ne pouvait pas s'emparer de son esprit — pas plus que n'importe qui d'autre tant qu'elle pourrait l'empêcher.

Le moyen le plus simple de dissiper les craintes du Dr Campbell, qu'ils tourmentent les enfants en cherchant à tout prix une bonne histoire, serait de lui expliquer qu'elle-même avait survécu à une leucémie précoce. Cela donnerait du poids à ses arguments quand elle lui expliquerait qu'elle voulait avant tout attirer l'attention du public sur le travail incroyable effectué dans ce service.

Si cette série télévisée apportait plus de fonds à l'hôpital et pouvait venir en aide ne serait-ce qu'à un seul enfant, cela valait la peine d'avoir à revivre son propre cancer… En même temps, elle exposerait sa vulnérabilité. Or, la dernière fois qu'elle l'avait fait, elle avait dû le payer au prix fort.

Adam, l'homme avec lequel elle avait cru passer le reste de sa vie, n'avait tout simplement pas été capable de gérer ses problèmes de santé : il avait rompu leurs fiançailles dès que ses défaillances, en tant que femme, avaient été connues.

Comment lui en vouloir ? Quand un homme demande en mariage une femme pleine de vie, ce n'est pas pour épouser sa version décrépite. Avec le recul, il n'aurait probablement pas été l'homme qu'il lui fallait. Il avait bien fait de se démettre pendant qu'il en était encore temps. Elle devait se faire une raison, sa stérilité empêchait toute relation durable avec un homme. Ce serait égoïste de sa part de demander cela à quelqu'un, il fallait tout simplement qu'elle arrête d'en rêver.

Les bouffées de chaleur et autres changements d'humeur avaient été d'autant plus difficiles à gérer avec la pensée obsédante qu'elle n'aurait jamais d'enfant. Mais elle avait finalement accepté les transformations de son corps grâce à son travail, l'aménorrhée définitive qui avait suivi et son destin d'éternelle célibataire. Sa carrière avait comblé le vide qu'une famille aurait dû remplir. Les programmes de télévision étaient ses bébés, elle chérissait chacun d'eux. Chaque production qui était un succès contribuait à lui donner de la valeur à ses propres yeux. En fait, aucun homme ne pourrait jamais la satisfaire autant que les récompenses obtenues pour son travail !

Tout bien réfléchi, même cet oncologiste récalcitrant ne parviendrait pas à la persuader de divulguer cette information personnelle concernant son passé médical. Cela risquait de se retourner contre elle. Elle avait eu trop de mal à rejeter loin derrière elle les souffrances qu'elle avait subies pour s'en servir maintenant pour arriver à ses fins.

Comme elle voulait donner le meilleur départ possible au tournage, elle avait fait des recherches sur le Dr Campbell. Il était en charge de la collecte de fonds destinée à financer un scanner IRM pour l'hôpital des enfants. Sa passion n'était donc pas éloignée de la sienne ! Pourquoi ne profiterait-il pas de leur présence pour promouvoir sa cause ? Elle lui en parlerait, et ils établiraient peut-être à cette occasion une relation plus harmonieuse.

C'était le début de la matinée, le meilleur moment pour effectuer une reconnaissance des lieux, quand tout était relativement calme.

Après avoir appliqué généreusement du gloss sur ses lèvres et avoir fait bouffer ses boucles auburn, elle se déclara prête à rencontrer sa cible. Elle avait appris très jeune à affronter bille en tête chaque obstacle sur son chemin, et Rob Campbell ne ferait pas exception.

Avec cette idée en tête, elle quitta le local de l'unité de production en pleine effervescence et partit à la recherche de son nouveau challenge.

Cependant, lorsqu'elle franchit l'entrée de l'hôpital, son sentiment de confiance perdit un peu de son authenticité, et une sensation de désastre imminent l'envahit à mesure qu'elle s'enfonçait dans le labyrinthe des couloirs, silencieux à l'exception du claquement de ses talons aiguilles sur le sol carrelé.

Cela n'avait pas grand-chose à voir avec l'excitation d'un premier jour de tournage, mais plutôt à sa phobie des hôpitaux, restée profondément ancrée en elle.

Certes, l'intérieur clair et aéré de l'hôpital moderne était à mille lieues de la bâtisse imposante de style victorien qu'elle avait fréquentée pendant son traitement. A la place des sombres couloirs, les murs de l'aile où elle se trouvait étaient décorés de fresques colorées dans le but de distraire les enfants malades. Cependant, en dépit de ces différences, l'éclairage fluorescent et l'odeur d'antiseptique la ramenaient malgré elle à l'époque angoissante où elle n'avait pas le contrôle de son destin.

Se sentant prise d'une vague de nausée, elle dut s'arrêter et s'appuya contre le mur, s'efforçant de respirer calmement pour maîtriser son estomac rebelle.

Inspirer. Compter jusqu'à cinq. Expirer. Tâcher de ne pas gerber sur ses escarpins à semelles rouges qui lui avaient coûté un bras. Continuer jusqu'à ce que son cerveau se remette à fonctionner normalement. Après tout, elle était une visiteuse adulte, cette fois, et non plus la pitoyable petite malade qui avait résidé ici autrefois...

Pour plus de sûreté, elle retira ses chaussures et prit pied avec soulagement sur le sol frais.

Dès qu'elle avait entendu parler de ce projet, elle avait sauté sur l'occasion d'y participer, sans tenir compte de son expérience personnelle — ou peut-être à cause d'elle.

Sans l'implication du personnel qui s'était occupé d'elle, elle n'aurait jamais atteint l'adolescence, et encore moins l'âge de vingt-huit ans. Elle était maintenant en mesure de rendre un peu de ce qu'elle avait reçu. Elle avait remplacé le mari et les 2,4 enfants de la moyenne nationale par un CV impressionnant et une excellente réputation sur le plan professionnel, et elle pouvait se permettre de mettre en lumière une cause qui en valait la peine. Rien ni personne ne l'en empêcherait — et certainement pas ce médecin peu commode qui ne savait rien d'elle.

La porte à deux battants du couloir s'ouvrait et se refermait au gré des allées et venues du personnel, lui laissant apercevoir l'insaisissable consultant dans son environnement naturel. Les infirmières s'agitaient autour du Dr Campbell comme des groupies autour d'une rock star et, elle était prête à le parier, plusieurs d'entre elles espéraient retenir son attention pour des raisons autres que professionnelles.

Mais même si le physique et la position sociale de Rob Campbell attiraient la moindre femelle dans un rayon de plusieurs kilomètres, elle devait pour sa part rester concentrée sur son projet. Pas le temps de se laisser distraire par un superhéros, aussi sexy soit-il.

Elle se secoua mentalement et prit une profonde inspiration pour se donner du courage avant de se diriger vers l'homme en question, ses escarpins à la main. Sachant que n'importe quelle infection pouvait constituer un danger pour ceux qui se trouvaient de l'autre côté, elle s'arrêta devant l'appareil mural pour se passer du gel désinfectant sur les mains avant d'entrer dans la salle.

Le Dr Campbell était au poste des infirmières et lui tournait le dos — de quoi décourager toute tentative d'approche. Il lui fallut s'armer de courage pour continuer d'avancer.

— Qu'est-ce que vous voulez ? demanda-t-il d'un ton rogue,

sans même lever les yeux de la fiche médicale qu'il était en train d'étudier.

Elle reconnaissait bien là le professionnel important et occupé, habitué à envoyer paître les importuns de sorte que seuls les plus courageux osent persévérer. Elle-même utilisait parfois cette méthode.

L'ayant observé à distance pendant qu'il allait et venait dans la salle, elle savait qu'il pouvait se montrer doux et tendre, mais il n'avait à l'évidence aucune intention de sympathiser avec elle de sitôt. Heureusement, elle avait connu pire qu'un médecin mal embouché et elle avait survécu.

— Bonjour, je m'appelle Jessica Halliday et suis un des producteurs de la série documentaire ayant pour cadre votre hôpital. J'aurais aimé échanger rapidement quelques mots avec vous avant que le tournage ne commence.

— Impossible. J'ai un emploi du temps très chargé ce matin — à supposer que j'aie estimé utile de vous parler.

Sa voix grave et bourrue, agrémentée d'un accent écossais, aurait pu réduire certaines femmes à un tas d'hormones ou les faire fondre en larmes, mais elle était d'une autre trempe et n'avait pas pour habitude de tomber en pâmoison devant le premier venu.

Quoique... Quand il s'était tourné vers elle, un léger frisson s'était emparé d'elle au moment où il avait daigné la gratifier de son regard bleu métallique.

S'il lui en coûtait un peu de mettre sa fierté de côté, elle n'était pas contre l'usage de la flatterie pour arriver à ses fins.

— Il est important que les téléspectateurs voient ce qui se passe ici, aussi bien du point de vue du personnel que des patients, insista-t-elle. En tant que responsable du service, votre contribution est essentielle pour l'émission. Je suis persuadée que ce serait bénéfique pour tout le monde de travailler ensemble.

— Je suis persuadé que de nombreux hommes seraient prêts à faire des pieds et des mains pour vous satisfaire, madame Halliday...

Le regard du médecin se promena sur elle tandis qu'elle sentait, horrifiée, un frisson d'excitation lui parcourir la peau.

Certes, elle avait l'habitude de lire l'admiration dans les yeux des hommes lorsqu'ils se posaient sur sa silhouette mince, maintenue en forme par une vie très active. Mais elle n'était certainement pas disponible pour ce genre de type.

— La téléréalité ne m'intéresse absolument pas, ajouta-t-il sèchement. Si j'ai consenti à ce que vous filmiez, je n'en suis pas plus heureux pour autant. Ces pauvres gosses en voient déjà de toutes les couleurs, ils n'ont pas besoin de se retrouver devant une caméra avec un micro sous le nez. A présent, si vous voulez bien m'excuser, j'ai des patients à voir.

Là-dessus, il lui tourna le dos et se remit à consulter ses fiches.

Cette fin de non-recevoir était pour elle un véritable camouflet. Depuis sa rupture avec Adam — qui avait été un gros choc pour elle —, elle acceptait mal d'être rejetée. Pour sa propre estime, elle avait besoin de retenir l'attention de cet homme.

Sans plus réfléchir, elle posa la main sur son bras.

Elle fut surprise par la sensation de chaleur intense qui se dégagea sous ses doigts. Mais avant qu'elle ait pu ouvrir la bouche, Rob Campbell se dégagea d'une secousse et s'écarta d'elle comme si elle était contagieuse.

Cette fois, elle ressentit cela comme un affront. Pour elle qui veillait toujours à être habillée de façon impeccable et coûteuse, et s'offrait régulièrement des soins de beauté pour faire bonne impression — et se sentir bien dans sa peau par la même occasion —, c'était une injure faite à sa personne. Et cet affront, il n'y avait qu'une façon de le laver : en exposant des faits.

— Je regrette que vous perceviez de cette manière ce que nous essayons de faire ici, répondit-elle d'un ton calme et assuré. Pour votre gouverne, il ne s'agit pas de téléréalité, mais d'une série documentaire basée sur des faits réels. Comme nous vous l'avons expliqué auparavant, notre intention est de rapporter avec précision les méthodes de travail pratiquées dans cet établissement et de montrer à quel point les maladies graves affectent la vie de tous. J'interviewerai le personnel et les patients, aussi allons-nous devoir établir un calendrier… Je sais qu'il y a une pièce inutilisée dont nous pourrons nous servir, et ce serait super si nous pouvions organiser chaque matin une réunion entre votre équipe et la mienne. J'espère que nous allons trouver le moyen de travailler ensemble, docteur Campbell, car j'aimerais sincèrement aider à...

— Je crains que vous ne vous mépreniez en nous voyant comme des sortes de collègues, coupa-t-il. Ma tâche ici ne consiste pas à vous faciliter le travail, mais à m'assurer que mes patients reçoivent le meilleur traitement possible. Et dans leur intérêt, j'espère que vous ne vous mettrez pas en travers.

Sur ces mots, il la quitta en glissant les fiches sous son bras, sans qu'elle ait eu le temps de mentionner le scanner.

Mais au bout de quelques pas, il fit volte-face, comme s'il avait senti qu'elle le maudissait dans son dos.

— Et, s'il vous plaît, remettez vos chaussures et essayez de vous comporter en professionnelle !

Elle le suivit en clopinant, tout en tentant désespérément d'enfiler ses escarpins, s'efforçant de faire passer son métier avant son ego qui venait de prendre un sérieux coup. Comme elle était le lien entre les gens dans ce type de production, elle n'avait pas l'habitude de s'énerver. Au contraire, elle était celle qui restait calme en cas de crise.

Jusqu'à maintenant. Parce que, là, ses émotions étaient en vrac. Autant mettre cela sur le compte de l'environnement hospitalier plutôt que sur celui de cet homme en particulier.

— J'essaie justement d'être professionnelle. Si vous vouliez seulement coopérer...

Il se retourna et haussa un sourcil moqueur en la regardant trébucher sur ses hauts talons comme une femme éméchée à la sortie d'une boîte de nuit, puis il remit à marcher sans répondre.

Décidément, elle avait sous-estimé la force d'opposition de cet homme. La tension qu'il dégageait risquait d'être nettement visible devant la caméra. Elle devait y remédier, et vite.

— Je voudrais aider à la collecte de fonds pour le scanner, lança-t-elle.

Le Dr Campbell s'arrêta net et lui fit face.

— Comment ça ?

Elle avait bien fait de s'obstiner. Cela lui avait permis de découvrir son talon d'Achille. Au moins, maintenant, elle avait une ouverture pour amorcer une conversation plus courtoise. Ou pas.

— Pendant l'émission, on pourrait faire défiler en bas de l'écran l'adresse où les téléspectateurs enverraient directement leurs dons. Est-ce que vous avez un site web ?

— Oui, mais je vous soupçonne de le connaître déjà, répondit-il en plissant les yeux.

Encore raté. A présent, il la voyait comme une sorte d'intrigante.

Elle haussa les épaules.

— Vous ne pouvez tout de même pas me blâmer de faire des recherches. Et cela pourrait donner une impulsion importante à votre démarche.

— Vous voulez dire, si je joue le jeu ?

— Il semble que nous soyons partis du mauvais pied, docteur. Je ne suis pas là pour mettre la pression sur les gens afin qu'ils fassent comme je l'entends. Je m'efforce juste d'agir correctement auprès des familles. De toute façon, l'annonce concernant le scanner apparaîtra, que nous nous entendions ou pas. J'ai déjà produit des émissions excellentes dans de pires circonstances.

Mais elle se serait volontiers passée de cette animosité latente de la part du beau médecin, alors qu'elle était déjà suffisamment touchée sur le plan émotionnel.

— Ne le prenez pas personnellement, répondit-il, comme s'il avait lu dans ses pensées. Je suis toujours très protecteur envers mes patients, comme vous devez vous en douter.

— Naturellement. Mais je vous assure que nous sommes du même côté. Si on repartait de zéro ? Je m'appelle Jessica, dit-elle en lui tendant la main.

La Terreur des Highlands commençait enfin à se détendre. Il la gratifia d'un sourire capable de capturer le cœur de n'importe quelle femme en période d'ovulation. Heureusement pour elle, Jessica ne se laissait plus entraîner aussi facilement. Son cœur à elle restait soigneusement à l'écart de ses rapports avec les hommes, toujours superficiels. C'était sa seule défense contre la peine qui s'ensuivrait inévitablement si elle s'impliquait trop dans ce domaine. Brèves et détendues, c'était ainsi que devaient être ses relations amoureuses. De cette manière, elle ne se sentait pas obligée de devoir révéler à un moment ou à un autre son incapacité à devenir mère.

— Rob.

Il la fit sursauter en claquant sa large main dans la sienne, tendue en signe de trêve.

— En tant que producteur, je suis assez versée dans le domaine des recherches de supporters financiers, ajouta-t-elle. Je vais voir ce que je peux faire par rapport à votre projet. J'ai également parlé au directeur, et si vous et les autres administrateurs êtes d'accord, nous aimerions filmer certaines de vos actions pour trouver des fonds. Vous pourriez même faire un commentaire sur le sujet ?

Elle savait qu'elle poussait les limites de leur toute nouvelle entente un peu loin, mais elle n'en était pas arrivée là sans prendre de risques. Et puis, ils auraient besoin de traiter d'autres sujets pour contrebalancer les moments difficiles chargés en émotion. Pour en avoir beaucoup visionné sur le Net, elle savait que, pendant les collectes de fonds, les moments de détente et de rires ne manquaient pas, quels que soient les problèmes rencontrés par les bénévoles chez eux ou à l'hôpital.

— Nous verrons, dit-il sans s'engager davantage.

Mais au moins, il avait cessé de se montrer hargneux. Et elle considérait cela comme une victoire.

Rob ne pouvait guère aller plus loin. Il avait fait part de ses objections au conseil d'administration de l'hôpital et à la jolie rousse qui avait pris en charge l'organisation de toute cette folie. Il n'avait plus qu'à ravaler ses réticences et son opinion sur les médias.

Ce matin, il s'était préparé psychologiquement à se battre pour limiter la place que tout ce cirque prendrait dans le service. Auparavant, il avait aperçu à plusieurs reprises la productrice en train de rassurer le personnel et de leur expliquer, chiffres à l'appui, tous les bienfaits que l'hôpital tirerait de leur émission.

Le manque d'émotion dont elle avait fait preuve sur un sujet aussi sensible pour la plupart des gens l'avait amené à la cataloguer comme un de ces reporters trop zélés, obsédés par la réussite.

Il faut dire que Jessica Halliday avait tout fait pour apporter de l'eau à son moulin en débarquant ici habillée comme pour un mariage — *son* mariage —, avec cette robe courte de dentelle blanche qui n'était pas la tenue la plus appropriée dans une salle d'hôpital. Quant à ses escarpins couleur chair, il ne doutait pas qu'ils fassent tourner en vrille le personnel masculin de la santé et de la sécurité. Un seul faux pas sur ces talons aiguilles et elle allait se retrouver aux urgences.

Il n'arrivait toujours pas à décider si cette femme correspondait ou non à l'idée préconçue qu'il se faisait des médias. Le fait qu'elle ait dressé une liste de ses demandes, sans se préoccuper du planning journalier du service, ne plaidait pas en sa faveur. En effet, le cancer ne rentrait malheureusement pas dans le cadre d'un calendrier préétabli, et c'était à elle de s'adapter, non l'inverse.

Peut-être avait-il été un peu prompt à juger son caractère, mais il était très susceptible pour tout ce qui touchait à la vie privée, et il craignait par-dessus tout l'intrusion d'enquêteurs qui — même sans le vouloir — pouvaient faire de votre existence un enfer.

Cinq ans après la mort de sa femme et de sa fille, il ne s'était toujours pas résigné à accepter leur perte dans cet accident de voiture qui s'était étalé à la une des journaux. Son chagrin était encore aggravé par la pensée obsédante qu'il était responsable de la disparition de sa famille.

Si seulement il ne s'était pas disputé avec Leah ! Si seulement il ne l'avait pas laissée sortir de la maison en étant furieuse contre lui ! Si seulement il les avait suivies, elle et Mollie ! Alors, peut-être que le pire aurait été évité et qu'elles n'auraient jamais croisé le chemin de ce voleur de voiture débile. Comme celui-ci s'était enfui et n'avait pas été retrouvé, on ne connaîtrait jamais en détail les circonstances du drame.

Il avait été tellement submergé par le soutien de sa famille et de ses amis qu'il n'avait jamais été capable d'avouer la vérité à quiconque — à savoir que c'était lui qui était à blâmer, et qu'il ne méritait pas une once de leur compassion. Comment manifester sa responsabilité dans les événements, alors que tout le monde était déjà rempli de chagrin ? Son sentiment de culpabilité n'avait fait que l'étouffer davantage lorsque les journaux s'étaient emparés de l'histoire, faisant de lui une victime alors qu'il en était tout autrement. Une sorte de cri primal lancinant s'était alors tapi au fond de lui, l'empêchant de trouver la paix.

Choisissant alors la facilité, il avait tout laissé derrière lui et quitté l'Ecosse.

Bien sûr, ce n'était pas la faute de Jessica Halliday s'il était aussi méfiant envers la presse, mais elle s'était montrée habile dans ses recherches, et il ne faudrait sans doute pas beaucoup de temps à Jessica pour découvrir la tragédie qu'il avait gardée secrète depuis qu'il avait pris son poste dans cet hôpital. Il ne supporterait pas que l'on remue encore son passé — tout ça pour booster la carrière d'une seule personne.

Cependant, elle avait raison de vouloir faire de la publicité à la collecte de fonds qui en avait bien besoin. Ils étaient loin d'avoir atteint leur but de 2 000 000 de livres. Alors, même s'il fallait pour cela faire l'hypocrite, il accepterait toutes les offres d'aide. Il était d'ailleurs indéniable que cela avait pesé dans la décision des familles de participer à l'émission, car elles désespéraient d'obtenir ce scanner si précieux pour le service. Une fois qu'il serait là, les diagnostics et les traitements seraient plus rapides, et ce serait moins perturbant pour les enfants.

— En réquisitionnant la pièce de stockage, nous aurions assez d'espace pour que les parents et le personnel puissent s'exprimer librement à propos de certains aspects du traitement, sans perturber personne autour d'eux. Puis-je vous inscrire pour une interview ? demanda Jessica, toujours sur la brèche.

C'était à chaque fois la même chose, avec ces gens-là : donnez-leur une main, et ils vous prennent le bras.

— J'ai vraiment un emploi du temps très chargé, répondit-il. D'ailleurs, il faut absolument que je commence mes tournées.

Il fit un pas pour tenter de lui échapper et aller vérifier l'état de ses petits patients, avant de discuter plus tard de l'évolution de leur état avec le reste de l'équipe.

Malheureusement pour lui, la jeune femme ne l'entendit pas de cette oreille et se mit à le suivre comme son ombre sur ses hauts talons.

— Je note tout de même que vous acceptez, dit-elle d'un ton ferme. Il vous suffit de nous appeler lorsque vous disposerez de quelques minutes. Notre équipe de techniciens est dès maintenant installée dans la grande salle, prête à commencer. Nous avons pensé que ce serait une bonne idée de vous filmer pendant que vous parlez avec nos petites stars. Je me suis déjà présentée aux enfants, mais ce sera plus facile pour eux s'ils voient un visage familier, ils seront plus confiants devant les caméras.

« Tenace », c'est le terme qu'il aurait choisi pour la décrire. Du moins, c'est le plus poli qui lui venait à l'esprit. Il l'aurait également employé pour qualifier sa défunte femme, de même que « têtue, ambitieuse, égoïste, irresponsable et affreusement irremplaçable ».

Ce jour fatal, ils s'étaient disputés parce qu'il lui avait reproché de négliger leur fille pendant qu'elle poursuivait son rêve. Les deux adultes qu'ils étaient auraient dû être capables de communiquer correctement et de trouver un arrangement pour faire garder leur enfant. Au lieu de cela, Leah s'était esquivée pour tenter d'aller dénicher des contrats de mannequinat, emmenant dans son sillage une petite fille de quatre ans qui se mourait d'ennui. S'il avait mieux géré la situation et pris conscience plus tôt des difficultés de sa femme à assumer la maternité...

Instinctivement, il se secoua pour dissiper le nuage noir qui menaçait de le recouvrir comme chaque fois qu'il pensait à la perte qu'il avait subie.

Les années passées n'avaient rien fait pour alléger sa peine, mais ici, il n'y avait pas de place pour elle. Si ses petits patients étaient capables d'afficher une mine courageuse face à ce qu'ils traversaient, il le pouvait aussi. Après tout, ces enfants n'avaient rien fait pour mériter leur épreuve, alors qu'il entretenait lui-même sa propre souffrance. Il aurait dû être là pour sa famille quand elle en avait eu besoin. Point.

— Alors ? Nous pouvons commencer ? demanda Jessica, le ramenant à la réalité.

— Bon, d'accord.

Il pouvait au moins faire les présentations entre ses patients et l'équipe de tournage. Ainsi, il serait là pour s'assurer que Jessica et Cie ne dépassent pas les limites et ne perturbent personne. On ne peut supporter que jusqu'à un certain point les sourires de sympathie et les regards apitoyés. Même avec les meilleures intentions du monde, le fait d'attirer l'attention du public sur leur tragédie personnelle pouvait briser certains de ses petits protégés. Il était le mieux placé pour savoir lesquels étaient assez forts pour mettre leur âme à nu ou trop fragiles pour supporter d'être mis en lumière.

En fait, il lui venait à l'esprit la famille qui pourrait tous les scotcher.

Dès que les caméras furent prêtes à tourner, il alla s'asseoir sur le lit de Max, un garçon de sept ans, certain que rien ne pourrait le déstabiliser.

— Tu viens jouer aux voitures avec moi ? demanda son petit patient préféré, en lui tendant un pick-up rouge choisi au milieu de l'impressionnante collection d'autos miniatures qui recouvrait le lit.

— Je ne peux pas rester longtemps ce matin, répondit-il. Il faut que je fasse faire le tour de la salle à cette dame. Mais je reviendrai te voir plus tard.

En privé.

— Elle va me faire passer à la télé ?

— Oui. C'est ce que tu veux ?

Allait-il avoir le signe que toute cette entreprise était trop dure à supporter, même pour son petit champion ?

— Attends ! dit le petit garçon en levant la main.

Toute l'équipe se figea sur place, retenant son souffle.

— On peut faire une pause si tu préfères, Max, intervint Jessica, proposant une solution pratique.

Rob lui jeta un regard noir.

A l'évidence, elle avait l'habitude d'être *la* personne responsable. Eh bien, lui aussi.

— Est-ce que tout va bien, Max ? s'enquit-il à mi-voix, en se penchant.

Les écrans des moniteurs affichant les signes vitaux de l'enfant n'avaient pas bougé. Il ne s'agissait donc pas d'un problème physiologique. Mais celui-ci n'avait qu'un mot à dire, et tout prendrait fin dès cet instant.

Max s'assit tout droit sur son lit.

— Je veux juste être sûr que je suis bien coiffé pour la caméra, dit-il en montrant son crane lisse. Les stars de la télé doivent être à leur avantage pour plaire aux filles !

Rob ne put s'empêcher de sourire en voyant Max se tordre de rire à cette plaisanterie, une des plus basiques qui circulent parmi les enfants en chimiothérapie

Certes, savoir plaisanter comptait pour beaucoup dans la guérison, mais parfois l'humour noir pouvait surprendre, voire mettre mal à l'aise.

Il s'attendait à voir les yeux de la productrice s'arrondir d'horreur. Au lieu de cela, ses yeux bleu-vert se mirent à pétiller, et ses jolies lèvres roses s'élargirent en un franc sourire.

— Ne t'en fais pas, toutes les filles vont se mettre en quatre pour te séduire, Max. Peut-être aimerais-tu dire quelques mots à tes futurs fans ?

Finalement, Jessica Halliday n'était pas la peau de vache qu'il avait cru. Elle prenait son temps sans se soucier de son timing, qui devait pourtant être très serré aussi.

Comme un vrai pro, le petit garçon s'arrêta de rire et fixa directement l'œil de la caméra.

— Salut, je m'appelle Max. J'ai sept ans, et j'aime les voitures et les milk-shakes à la fraise.

— Excellent. Personnellement, je préfère ceux au chocolat.

Jessica n'apparaissait pas à la caméra, mais nul doute qu'elle savait s'y prendre pour tirer le meilleur de ses sujets.

Et elle avait bon goût pour les milk-shakes.

— Est-ce que vous voulez voir ma sonde centrale ?

Max abaissa le devant de sa chemise d'hôpital pour montrer le long tuyau inséré dans sa poitrine pour administrer les doses de chimio. Il le faisait avec un tel naturel que l'on ne pouvait pas en être choqué ni s'apitoyer sur lui.

Tous les enfants qui se trouvaient ici savaient qu'ils étaient malades et que c'était pour eux le moyen d'aller mieux. C'était aussi simple que ça. Les adultes avaient beaucoup plus de mal à accepter la situation. Les parents de Max, qui l'avaient rejoint près de son lit, semblaient contents de le voir s'amuser avec les caméras, mais le chemin avait été long et douloureux pour en arriver là.

— Waouh ! C'est cool. Peux-tu m'expliquer à quoi ça sert ?

En douceur, Jessica parvenait à obtenir plus d'informations. Comme Max et sa famille avaient l'air détendu par rapport à ces questions, Rob ne jugea pas utile d'intervenir, à moins que l'on ait besoin de son avis.

— Les infirmières mettent le médicament là, et quelquefois, elles prennent aussi du sang.

Apparemment, le tuyau de plastique n'était pas plus effrayant pour lui que les jouets qui l'entouraient, même s'il souffrait probablement des redoutables effets secondaires de la chimio. A l'évidence, pour le petit garçon comme pour tant d'autres de ses patients, cela faisait simplement partie de la vie. C'était un scénario qu'aucun parent ne souhaiterait pour son enfant, mais c'était néanmoins la meilleure des solutions. Cela, il doutait que ses nouveaux visiteurs puissent réellement le comprendre.

— Tu es un garçon très courageux, Max. Docteur Campbell, pouvez-vous nous en dire davantage sur son état ?

La caméra se fixa sur lui.

D'un mouvement de tête, Rob désigna M. et Mme Gardner, au cas où ceux-ci auraient souhaité intervenir en premier.

— J'interviewerai les autres membres de la famille plus tard, dit Jessica. Pour le moment, j'apprécierais votre avis professionnel.

Avec le regard aigu de la productrice sur lui, aucune chance de pouvoir s'esquiver. Il se trouvait sous le feu des projecteurs, que cela lui plaise ou non.

Il inspira profondément et s'éclaircit la gorge.

— Max est atteint du sarcome d'Ewing au tibia droit. C'est une forme rare de cancer des os que l'on trouve habituellement chez des garçons plus âgés, voire adolescents. Vous êtes juste un sur un million. C'est bien ça, mon pote ?

Max claqua la paume de sa main contre la sienne.

— Exact.

— Il a très bien réagi à la chimiothérapie et doit être opéré d'ici quelques heures pour que l'on retire ce qu'il reste de la tumeur, conclut Rob.

Le Dr Campbell se doutait que la personnalité de Max, aussi vive qu'attachante, le mettrait en haut de la liste de la productrice. Ce drame allait toucher aussi bien les producteurs que les téléspectateurs. Il espérait de tout son cœur que Max aurait la fin heureuse que tout le monde souhaitait — à savoir une ablation totale de la tumeur préservant le membre, sans aucune perte de sa fonction.

Mais même dans ce cas, il n'y avait aucune garantie que le cancer ne revienne pas, ni qu'une amputation ne soit pas nécessaire un jour. Heureusement, dans son métier, on avançait étape par étape, et pour l'instant le traitement de Max se déroulait comme prévu.

— Cette opération aura-t-elle lieu sous le contrôle d'une équipe pluridisciplinaire ? demanda Jessica.

Une nouvelle preuve des recherches qu'elle avait effectuées. Les avait-elle étendues à sa vie privée ?

Il ressentit aussitôt une sensation familière au creux de l'estomac, comme à chaque fois qu'il craignait qu'on lui parle de ce qui était arrivé à Leah et Mollie — pas question de se laisser questionner sur ce sujet, il ne voulait pas de pitié !

— Oui. Le programme du traitement de Max a été établi sur mesure pour lui, sous la supervision des chirurgiens, infirmières, pharmaciens et de tous les autres professionnels de santé ayant pris part à son traitement, répondit-il rapidement.

Puis il se leva brusquement sans se préoccuper des caméras et de leur angle de vision.

Ils pourraient toujours corriger ça au montage. Après tout, il avait fait ce qu'on attendait de lui. Et, plus important, il avait vérifié que Max n'était pas inquiet avant de se faire opérer.

— Si vous avez d'autres questions, Maria, l'infirmière en chef, pourra vous répondre. Il faut maintenant que je continue mes visites.

Il pouvait compter sur ce moulin à paroles de Max pour occuper l'équipe jusqu'à ce qu'il ait pu voir tranquillement le reste de ses patients.

— Mais...

Pendant une seconde, Jessica fut tentée de repousser le Dr Campbell sur le lit afin que l'on puisse terminer la séquence.

Décidément, ce type semblait décidé à saboter son travail ! Alors qu'elle pensait qu'il avait enfin accepté leur présence, il s'était de nouveau refermé. Elle commençait à se demander s'il n'en avait pas après elle personnellement, après l'avoir vu se montrer aussi adorable avec Max.

Rob Campbell avait changé de ton à la seconde où elle avait mentionné l'équipe pluridisciplinaire. Peut-être n'appréciait-il pas qu'on le questionne sur ses méthodes ?

En tout cas, il n'avait absolument aucune raison de la traiter comme une sorte de voyeuse morbide !

En réalité, elle avait passé elle-même tellement de temps dans un service d'oncologie qu'elle était pratiquement devenue experte dans les procédures. Il lui avait juste fallu un moment pour s'habituer à voir tous ces jeunes enfants reliés à des moniteurs et des perfusions, et malgré la présence des techniciens, elle avait été soulagée que le médecin l'accompagne à travers la salle.

Pour elle, cet endroit était si fortement associé à la douleur et à la maladie qu'elle avait oublié qu'elle y avait connu aussi de bons moments. Max lui avait rappelé les crises de rire et les véritables amis qu'elle avait eus ici malgré le cancer — auquel quelques-uns n'avaient pas réchappé.

— Max, je reviendrai plus tard pour t'accompagner en salle d'opération, ajouta Rob.

Pourquoi ne s'adressait-il pas à elle avec cette même voix douce teintée d'accent écossais ?

— On pourrait peut-être faire votre interview pendant que vous êtes là ? dit-elle.

Pour l'instant, elle pouvait continuer avec Max et des parents, mais si elle ne parvenait pas à retenir le médecin pendant plus de cinq minutes, les deux mois à venir risquaient de se révéler particulièrement longs.

Le regard bleu perçant se posa brièvement sur elle.

— Nous verrons.

— Le Dr Campbell est un de mes meilleurs amis, assura Max. Chaque fois que je dois faire un séjour ici, il m'apporte une nouvelle voiture.

Elle sentit son cœur fondre malgré la douche froide provoquée par le beau médecin.

— Inutile de me lécher les bottes, Max, dit ce dernier avec un petit sourire. Tu sais très bien que tu l'auras bientôt, ta Lamborghini gris métallisé avec ton nom dessus.

Ensemble, ces deux-là étaient trop mignons.

Elle comprenait très bien que le personnel développe des relations étroites avec les enfants — elle-même s'était attachée aux infirmières qu'elle voyait alors chaque jour. Mais il était rare que quelqu'un de la position du Dr Campbell montre aux malades un tel intérêt. Avait-il lui-même un fils ? Elle ne savait rien de sa vie personnelle.

Il lui tournait déjà le dos pour s'éloigner, quand son instinct de bull-terrier lui rappela qu'elle voulait son nom sur son agenda avant qu'il ne parte.

De nouveau, elle posa une main sur son bras.

— Alors, est-ce qu'on peut la programmer, cette interview ?

Les muscles de son bras bougèrent sous ses doigts, et elle eut du mal à rester concentrée.

Inutile de le nier, Rob Campbell lui faisait de l'effet. Il y avait avec lui une alchimie explosive. Malheureusement, un coup d'œil sur son alliance lui confirma qu'il était marié.

Il pencha la tête sur le côté, la regardant comme s'il était en train de déceler en elle une nouvelle maladie incurable.

— Pourquoi ai-je l'impression qu'il y a peu de gens capables de vous dire non ?

Elle sentit un frisson courir sur sa peau, et son cœur battit plus vite.

— En fait, il y en a, répondit-elle. Seulement, je choisis de l'ignorer.

C'était précisément ce qu'elle allait faire à propos des vagues de chaleur que cet homme déjà pris déclenchait en elle.

2

Coincé dans une longue file de voitures presque à l'arrêt, Rob mit en marche en soupirant l'air conditionné de son propre véhicule.

Il faudrait un club de gym ouvert vingt-quatre heures sur vingt-quatre au sein de l'hôpital. Ce genre d'endroit ferait fortune et constituerait un havre de paix pour ses membres soumis à des horaires changeants et sujets aux insomnies.

La veille, il était resté à l'hôpital après l'opération de Max pour s'assurer que le petit garçon ait une présence amie à son réveil. Une fois chez lui, la fatigue n'avait pas eu raison de ses cauchemars familiers.

S'il n'avait pas assisté à l'accident, il ne cessait de s'imaginer la scène : la terreur de sa fille, sa femme criant son nom juste avant l'horrible choc… Parfois, il se réveillait en croyant entendre Mollie pleurer dans la chambre à côté — un son qui lui brisait le cœur. Une fois sorti du lit, il se rendait compte que son esprit lui avait encore joué un tour cruel.

A cause de son entêtement et de la stupidité d'un voleur de voiture, il ne pourrait plus jamais consoler sa fille…

Il accueillait souvent avec soulagement les premiers rayons de l'aube, qui annonçaient le début d'une nouvelle journée où le travail occuperait largement ses pensées. C'était pendant les périodes où il ne travaillait pas — par exemple au milieu d'un embouteillage, comme à présent — que son esprit vagabondait, de nouveau hors de contrôle.

Alors qu'il se frayait enfin un chemin dans le trafic matinal, il aperçut une silhouette connue sur le bord de la route. Jessica Halliday, sa robe de soie grise remontée jusqu'aux cuisses, courait derrière un bus, pieds nus.

Il ralentit pour mieux profiter du spectacle.

Cela faisait la deuxième fois qu'il la voyait avec des escarpins ridicules à la main. Aujourd'hui, ils étaient argentés. Il aurait parié qu'elle avait des chaussures assorties à chacune des tenues que contenait sa garde-robe.

Arrivé à sa hauteur, il abaissa la vitre.

— Vous devriez vraiment investir dans des chaussures plates.

Jessica cessa de courir et afficha un air désinvolte que contredisaient sa respiration haletante et ses joues rouges. Elle pencha la tête de côté, et des mèches de cheveux auburn roulèrent sur son épaule.

— Allez-vous rester à ricaner toute la journée, ou bien vous conduire en gentleman et me prendre avec vous ?

Même si elle était la dernière personne avec qui il avait envie de passer du temps, il pouvait difficilement la laisser en plan alors qu'ils se rendaient au même endroit.

Avant d'ouvrir la portière, il éteignit son lecteur MP3 — elle n'avait pas besoin de savoir qu'il aimait la musique de variétés populaire.

La prochaine fois, il vaudrait mieux faire comme s'il ne l'avait pas vue, ça lui permettrait d'éviter de suffoquer en respirant son parfum épicé.

— Je ne pensais pas que vous étiez du genre à utiliser les transports publics, observa-t-il.

Les vêtements coûteux de Jessica et tous les accessoires assortis qu'elle arborait ne collaient pas avec l'épaisse fumée qui se dégageait du bus roulant devant eux. Elle aurait certainement été plus à l'aise dans une voiture de sport décapotable roulant à travers les rues de Monaco, ou dans un autre endroit aussi chic.

— Je n'ai jamais pris le temps d'apprendre à conduire. Par ailleurs, les bus roulent en ville toute la journée à des heures régulières, et je n'ai pas besoin de chercher une place de parking.

C'est ma faute si je suis en retard. J'ai mal dormi, et je n'ai pas entendu le réveil ce matin.

En se penchant dans l'habitacle étroit pour remettre ses escarpins, Jessica lui posa tout naturellement une main sur la cuisse et s'y agrippa pour garder son équilibre.

Ce geste intime bien qu'innocent déclencha en lui une vague de chaleur inattendue.

Il n'aurait pas cru réagir de manière aussi primitive ! Tout ça parce qu'il se trouvait à côté d'une femme quasi inconnue à qui il n'avait pas adressé la parole jusqu'à ces dernières vingt-quatre heures !

Il ne vivait pourtant pas comme un moine, il avait eu quelques aventures. Mais il observait toujours trois règles : personne au travail, pas plus d'une nuit, et des rapports strictement physiques. Ses partenaires étaient mises au parfum dès le départ, si bien qu'il pouvait repartir ensuite sans complications sur le plan émotionnel. Ainsi, aucune femme ne devenait suffisamment proche pour qu'il envisage de remplacer un jour Leah dans sa vie.

Jessica était attirante, elle réussissait dans son métier et avait l'air incroyablement tactile… L'ennui, c'est qu'il ne s'offrait que des aventures d'une nuit. Or, il allait revoir la dame en question à l'hôpital pendant plusieurs semaines. En d'autres circonstances, il aurait sans doute agi différemment et encouragé une exploration plus fouillée de sa personne. Mais là, il ne ferait que courir au-devant de problèmes.

Tandis que Jessica lui racontait qu'elle n'avait pas eu le temps de prendre de petit déjeuner, il remua sur son siège mal à l'aise.

Par chance, elle retira sa main au moment où la situation risquait de devenir inconfortable pour tous les deux. Il passa la cinquième vitesse en se dirigeant vers l'autoroute, et un silence gêné s'installa à l'intérieur de la voiture.

Parler de l'hôpital était le plus sûr moyen de ne pas s'égarer sur une voie dangereuse.

— Je… Euh… Vous serez sans doute contente d'apprendre que l'opération de Max a été un succès. Le chirurgien a réussi à enlever toute trace de tumeur.

— Je le savais déjà, mais merci quand même.

— Oh ! Est-ce que vous avez continué à le filmer ? demanda-t-il.

Il n'avait pourtant pas vu de caméras près de la salle d'opération, et c'était une information qu'une infirmière lui aurait certainement donnée.

— Non, répondit-elle. Mais j'ai reçu hier soir un texto de sa mère, Maggie. Je suis en contact avec la plupart des parents pour avoir des nouvelles des enfants. Vous savez, tout le monde ne pense pas que je suis le diable incarné.

Il n'en revenait pas qu'elle ait réussi à se rapprocher ainsi des familles, que celles-ci l'aient incluse aussi vite dans leur cercle de confiance… Si elle disait la vérité, cette information sur la santé des enfants ne servait même pas pour l'émission. Il allait devoir réviser son opinion sur elle. A cause de ses idées préconçues sur le monde des médias, il avait jugé impossible qu'elle s'investisse de manière authentique et sincère auprès de ces enfants. S'il en était autrement, il fallait peut-être qu'il commence à se montrer gentil avec elle.

Du moins, au travail.

— Je suis ravi que vous montriez un réel intérêt pour les familles, mais j'espère que vous comprendrez que l'on ne peut pas vous laisser aller et venir à votre guise. Il n'est pas question de retarder des traitements pour se conformer à votre planning.

Après tout, Jessica Halliday était déjà privilégiée d'avoir accès à la grande salle. Il persistait à se montrer dur pour maintenir certaines limites, afin de ne pas risquer d'être dépassé par la situation.

En fait, il avait peut-être réussi à asseoir son autorité auprès de l'équipe de tournage, mais il avait aussi fait ce qu'il fallait pour éviter qu'une relation de travail relativement harmonieuse puisse s'installer avec eux. Tout ça parce qu'il ne pouvait pas supporter sans flipper de se trouver aussi près d'une autre femme.

Jessica s'était raidie sur son siège, les mains posées sur les genoux.

— Je peux vous assurer que je prends mon travail très au

sérieux, dit-elle. Mon timing est en général scrupuleusement respecté. Mon retard de ce matin ne se reproduira pas.

— Tant mieux. N'y a-t-il pas quelqu'un qui pourrait vous emmener en voiture le matin ? demanda-t-il.

Pourquoi cherchait-il à en savoir davantage sur sa vie ? Après tout, qu'elle ait un compagnon ou qu'elle vive chez ses parents, cela importait peu.

— Je suis célibataire et redécouvre les joies de l'indépendance... Et vous ?

Il avait décelé dans sa voix l'amertume d'une femme qui a connu une rupture difficile et n'est pas pressée de revivre une relation. Mais, encore une fois, il n'avait aucun désir de connaître les détails de cette rupture, ni de se retrouver à échanger des confidences avec une parfaite étrangère.

Aussi décida-t-il de se présenter comme un célibataire par force. Il n'avait pas choisi de se retrouver seul, mais il n'aimait pas l'étiquette de veuf, qui amenait trop de questions indiscrètes.

— Il n'y a donc pas de Mme Campbell pour vous embrasser après vous avoir préparé des sandwichs, le matin quand vous partez au travail ?

L'ironie de Jessica trahissait ce qu'elle pensait du genre de femme qu'il avait épousé.

Elle était loin du compte. Leah avait toujours été un esprit libre que le fait de devenir une épouse et une mère n'avait pas étouffé. En fait, des deux, il avait été celui à qui la vie de famille avait le mieux convenu. Mais il ne l'admettrait pas devant une femme qui avait défié son autorité et l'avait contraint à faire des concessions. Une femme qui n'était pas si différente de celle qu'il avait perdue.

— Plus maintenant, répondit-il d'un ton bref, en s'efforçant de contenir les émotions qui s'agitaient en lui.

Involontairement, il resserra les mains autour du volant et appuya le pied sur l'accélérateur pour arriver à l'hôpital le plus vite possible.

Il n'allait pas se mettre à ressasser sa peine avant même d'arriver au travail, c'était déjà bien assez de le faire à la fin de la journée ! S'il mêlait vie privée et vie professionnelle, il serait complètement démoli chaque fois qu'une famille lui rappellerait la sienne. Et quel but lui resterait-il dans l'existence, s'il ne pouvait pas exercer son métier correctement ?

— Est-ce qu'elle a oublié de beurrer vos tartines une fois de trop ?

Le sujet était trop grave pour qu'il ait envie de plaisanter.

— Elle est morte.

Il n'eut pas besoin de tourner la tête pour savoir que Jessica était restée bouche bée. Ces mots produisaient toujours le même effet quand on le forçait à les prononcer.

Mais, curieusement, au lieu de déclencher de nouveau en lui un sentiment de tristesse, cet aveu lui procura un certain soulagement. Ce n'était plus aussi douloureux. Durant ce bref instant, il avait pu être lui-même, cesser de faire semblant d'être un homme pour qui tout va bien. Comme s'il avait exhalé les toxines du passé en une profonde expiration purifiante.

Il aurait dû partager ce secret depuis longtemps. Il savait que Maria et beaucoup d'autres étaient curieux de le voir avec une alliance alors qu'aucune épouse ne se manifestait jamais. Mais il n'avait jamais été tenté d'entrer dans les détails. Ça n'aurait fait qu'amener d'autres questions auxquelles il n'était pas prêt à répondre.

Il y avait quelque chose de lui qu'il reconnaissait en Jessica Halliday, et qui le mettait à l'aise en sa compagnie. Quelque chose de dangereux.

Jessica se serait volontiers giflée.

Elle n'aurait jamais fait de commentaires aussi stupides si elle avait su que Rob était veuf. En réalité, elle l'avait surtout fait pour se rappeler qu'il n'était pas disponible. Parce que sa libido avait fait une remontée en flèche quand elle avait senti sous ses doigts les muscles puissants de sa cuisse.

Et voilà qu'elle craquait pour un homme en deuil !

— Je suis navrée.

— Merci, dit simplement Rob.

Il gardait les yeux fermement fixés sur la route, ne lui laissant pas la possibilité de lire en lui.

Elle ne ferait pas subir l'épreuve des caméras à un médecin qui venait de perdre sa femme et n'était pas encore remis de son chagrin. Elle se promit d'interroger à ce sujet Maria Dean, l'infirmière en chef qui, contrairement à Rob, semblait toujours heureuse de lui parler...

Rob gardait les mâchoires contractées, malgré cela, elle tenta d'en savoir davantage.

— Votre femme était-elle d'ici, ou écossaise aussi ?

Ce n'était pas une question trop indiscrète, et cela pouvait lui indiquer si son deuil était récent, puisqu'il portait toujours son alliance.

Les muscles de la mâchoire de Rob saillirent, et elle put presque entendre ses dents grincer.

— Leah était d'Edimburgh comme moi.

Cela indiquait probablement qu'il était venu en Irlande du Nord après la mort de sa femme, dont elle connaissait à présent le prénom. On progressait.

— Est-ce que je peux vous demander...

— Pouvons-nous arrêter là-dessus, s'il vous plaît ?

Cette fois, il tourna son regard bleu vers elle, lui faisant comprendre, sans la moindre équivoque, que le sujet était maintenant tabou. Il n'avait probablement aucune envie de lui raconter ce qu'il était arrivé à Leah.

— Bien sûr. Désolée.

Et elle l'était vraiment. Désolée qu'il ait perdu sa femme, et surtout qu'elle lui ait tout remis en tête.

Le reste du trajet s'effectua en silence, Rob manifestement perdu dans ses souvenirs, et elle peu désireuse de dire un mot qui le bouleverse davantage.

Si les rôles avaient été inversés, elle n'aurait pas du tout apprécié que quelqu'un fouille dans son passé et rouvre d'anciennes blessures. Même si son ex était toujours bien vivant, les souvenirs qu'elle avait de lui n'en étaient pas moins douloureux. Chaque fois qu'elle pensait à Adam, elle se rappelait ses propres manquements avec lui. Ce n'est que récemment qu'elle avait réussi à se libérer de ce sentiment de culpabilité. C'est pourquoi son travail était aussi important pour elle. Elle avait fini par se rendre compte que, si elle avait raté l'épreuve de sélection pour le mariage et la maternité, elle pouvait encore réussir les autres aspects de sa vie.

Rob vivait peut-être quelque chose de semblable, se reprochant des événements qu'il n'avait probablement pas été en mesure de contrôler ? Peut-être venait-elle de trouver quelqu'un comme elle, une sorte d'âme-sœur qui avait aussi focalisé toute son énergie sur sa carrière plutôt que de risquer son cœur dans une autre relation sérieuse ?

Cette pensée la réconforta, malgré le silence embarrassant qui régnait toujours entre eux.

L'atmosphère commença à s'alléger lorsque le bâtiment en verre de l'hôpital fut en vue. Rob devait être aussi pressé qu'elle d'aller travailler.

Elle détacha sa ceinture et posa la main sur la poignée de la portière.

— Merci de m'avoir amenée. Je vais vous quitter ici.

Si elle le laissait respirer un peu pendant quelques minutes, peut-être oublierait-il qu'elle avait fait la seule chose qu'elle s'était promis de ne jamais faire : s'immiscer dans sa vie privée. Puisque c'était lui le chef ici, elle allait devoir déployer tous ses efforts pour le convaincre qu'elle n'était pas la fille de Satan et qu'elle ne cherchait pas à étaler la souffrance des gens pour s'amuser.

Depuis Adam, Rob était le premier homme qu'elle avait envie de convaincre qu'un cœur sensible battait sous son épaisse carapace de productrice.

— Est-ce bien Jessica Halliday que j'ai vue arriver avec vous ce matin ? demanda Maria.

— C'était ma B.A. de la journée, grommela Rob en parcourant son planning. N'allez pas y voir autre chose !

Il préférait avertir l'infirmière avant qu'elle ne commence à échafauder des plans.

Depuis son arrivée ici, il avait dû supporter plusieurs tentatives de sa part pour le recaser. Maria était sûrement animée de bonnes intentions, mais il ne voulait pas oublier. Leah, Mollie et le chagrin lié à leur souvenir faisaient partie de lui. Il ne souhaitait pas faire comme si rien n'était jamais arrivé. Sa femme et sa fille méritaient qu'il se souvienne d'elles et qu'il vive avec ce sentiment de culpabilité jusqu'à la fin de ses jours.

Cependant, il ne pouvait pas en vouloir à Maria qui avait été sa bouée de sauvetage dans l'océan du désespoir. Quand il était arrivé ici, leur dévouement commun envers les patients les avait immédiatement rapprochés, mais il ne lui avait pas parlé de l'accident, pas plus qu'à ses autres collègues, alors qu'il était évident pour tout le monde qu'il était seul. Dans l'intérêt du service, il valait mieux qu'il soit perçu par tous comme un pilier inébranlable dans les épreuves qu'ils traversaient dans leur travail, plutôt que comme un autre parent éploré.

— Pourtant, répondit Maria qui ne se laissait pas décourager si facilement, Jessica est une femme jeune, célibataire et séduisante.

Et pas du tout du genre à se fixer. La femme idéale pour une aventure sans lendemain s'ils en avaient eu envie tous les deux. Mais il y avait quelque chose en elle qui mettait tous ses sens en alerte.

— Je ne dis pas le contraire, mais vous oubliez de préciser qu'elle est aussi indiscrète et terriblement énervante.

Il la connaissait à peine, et elle lui avait déjà soutiré plus d'informations sur sa vie privée que tous ses collègues réunis !

— Ah, ah ! Je vois que vous l'avez déjà dans la peau, dit Maria avec un petit sourire entendu.

— Absolument pas !

Il l'avait effectivement dans la peau — à la limite de l'irritation. Mais Maria n'avait pas besoin de le savoir. Il ne tenait pas à ce que quelqu'un d'autre se mêle de ses émotions.

— Je l'ai rencontrée plusieurs fois pour la préparation du tournage, poursuivit l'infirmière. C'est une femme qui ne craint pas de dire ce qu'elle pense ni de poser des questions difficiles. C'est cela qui vous fait peur ?

Hum. Maria le connaissait un peu trop bien.

— Je n'ai rien contre les femmes qui savent ce qu'elles veulent, répondit-il d'un ton faussement léger, espérant ainsi clore le sujet.

Mais Maria posa sa main sur la sienne.

— Ne renoncez pas à l'amour, Rob. La bonne personne est là pour vous, quelque part.

Il dut faire un effort pour ne pas la repousser.

Il avait eu la bonne personne, et celle-ci n'était plus là. Personne ne pouvait rien y changer.

Jessica sentait son cœur battre fort dans sa poitrine et son estomac réclamer quelque chose de plus substantiel que les deux cachets contre le mal de tête avalés le matin.

En plus du petit déjeuner, elle avait sauté le repas de midi et avait eu une conversation plutôt tendue avec le directeur de la programmation au sujet du contenu de l'émission. Celui-ci voulait plus de séquences personnelles sur Rob afin que les téléspectateurs puissent établir un lien avec lui.

Autant lui demander de filmer le monstre du Loch Ness !

Pour clore le tout, la fin de journée allait être particulièrement difficile.

Malheureusement, avec le cancer, les soins palliatifs concernent tous les âges. Elle avait parlé avec les parents de la petite Lauren O'Neill pour s'assurer qu'ils étaient prêts à raconter devant la caméra le cas de leur fille, une histoire qui ne finirait pas bien. Le traitement pouvait aider la petite patiente à se sentir mieux à court terme, mais il ne pourrait pas la guérir. Cette enfant — presque un bébé — n'aurait pas de seconde chance dans sa courte vie.

Elle-même n'avait pas besoin d'avoir des enfants pour comprendre l'immense détresse de cette famille. Elle s'était mise d'accord avec le directeur pour traiter les deux aspects, l'ombre comme la lumière, s'ils voulaient reproduire la réalité du service. Mais, au fond de son cœur, elle souhaitait surtout occulter l'aspect destructeur du cancer.

Finalement, la famille avait pris la décision de parler de l'état de Lauren, dans l'espoir qu'un traitement serait trouvé un jour. Quant à elle, elle n'avait qu'à se répéter qu'elle devait rester émotionnellement neutre.

Plus facile à dire qu'à faire, songea-t-elle en se massant les tempes.

Quand elle déboucha dans le hall de l'hôpital pour retrouver l'équipe de tournage, une odeur de café et de gâteau lui chatouilla les narines.

Quelques parents avaient installé un étal dans le foyer principal et vendaient des gâteaux faits maison et des friandises dans le but de faire rentrer de l'argent pour l'achat du scanner. Des tables et des chaises étaient disposées çà et là. Rob Campbell était là, une boîte pleine de sucreries à la main, en train de plaisanter avec les mamans.

Le milieu de la télévision générait rarement ce genre d'altruisme, et elle trouva cela rafraîchissant. Une fois de plus, il dépassait le cadre de ses attributions. Elle regrettait d'autant plus d'avoir été aussi stupide ce matin en faisant une intrusion dans sa vie privée. C'était quelqu'un de bien, et cela faisait longtemps qu'elle n'avait pas rencontré un homme comme lui.

Elle se dirigea vers l'étal, bien décidée à s'excuser, mais ses jambes refusèrent soudain de la porter. Une sensation de lourdeur s'empara de tout son corps, et, impuissante, elle se sentit tomber. La dernière image qu'elle eut avant de sombrer fut celle de Rob se précipitant vers elle.

— Jessica ?

Perdue dans un épais brouillard, Jessica entendait quelqu'un au loin qui l'appelait.

— *Jessica ?*

Elle n'avait pas envie de sortir de son paisible sommeil, et elle se blottit davantage dans la chaleur qui l'entourait.

— Pouvez-vous me faire le plaisir d'ouvrir les yeux, chérie ?

Elle fronça les sourcils.

— Allez-vous-en.

— Je le ferai dès que nous serons debout.

— Quoi ?

Malgré la confusion qui l'habitait, elle aurait juré avoir entendu Rob lui murmurer des mots doux à l'oreille pour la ramener à la vie.

— Vous vous êtes évanouie.

Clignant les yeux, elle vit le visage du beau médecin à quelques centimètres à peine du sien.

Elle ne comprenait pas ce qu'elle faisait dans ses bras, mais ce n'était pas pour lui déplaire. Le torse ferme de Rob était pressé contre elle, et sa large main lui soutenait le dos, si bien qu'elle était totalement enveloppée dans ses bras musclés.

— Est-ce que vous pouvez vous lever ?

Elle fit un effort pour se concentrer.

— Désolée, je ne sais pas ce qu'il s'est passé, dit-elle en le repoussant pour se libérer de son étreinte et mettre fin à la scène embarrassante qu'elle avait générée.

— Vous devriez vous asseoir.

Il la soutint jusqu'à ce qu'elle soit installée sur une des chaises du café improvisé.

— Je vais bien, assura-t-elle, bien que la tête lui tourne encore un peu.

Elle détestait faire preuve de faiblesse, surtout si elle dépendait d'un homme pour la secourir.

— Penchez-vous et mettez la tête entre vos jambes, puis respirez profondément.

Elle s'exécuta uniquement parce qu'il était médecin et qu'elle avait du mal à recouvrer entièrement sa lucidité.

Rob lui frotta le dos pendant qu'elle inspirait.

— Vous avez la tête qui tourne ?

— Un peu, répondit-elle, sentant la large main accompagner sa respiration.

— Quand avez-vous avalé quelque chose de substantiel pour la dernière fois ?

— Euh… J'ai bu une tasse de café ce matin en prenant des cachets contre le mal de tête. Ensuite, j'ai eu des tas de choses à faire, et…

— Ceci explique cela. Vous ne pouvez pas vous nourrir que de café et d'adrénaline. Je comprends que vous ayez besoin de mettre toute votre énergie dans votre travail, mais il est important de recharger les batteries de temps en temps.

— Bien, docteur.

— Vous devez faire remonter votre taux de sucre dans le sang. Il faut absolument que vous observiez une pause.

S'accroupissant devant elle, il lui prit un pied puis l'autre pour lui retirer ses talons aiguilles, et elle eut l'impression de vivre la même scène que Cendrillon à l'envers.

La chemise blanche de Rob était entrouverte. Du haut de sa chaise, elle bénéficiait d'une vue plongeante sur sa peau mate. Puis il se redressa et rejeta en arrière avec douceur quelques mèches tombées sur son visage…

Troublée, elle réprima un frisson et sentit tout son être rester en suspens, comme si elle s'attendait à recevoir le baiser magique du conte.

Mais le prince charmant saisit le verre d'eau que lui tendait une des bénévoles, y trempa le coin d'une serviette et continua de lui caresser les cheveux.

— Qu'est-ce que vous faites ? dit-elle en rejetant la tête en arrière, se rendant enfin compte qu'ils n'étaient pas seuls.

Qu'allaient donc penser tous ces gens ? Tout cela n'était pas très bon pour sa crédibilité au sein de l'hôpital.

— Vous avez de la crème dans les cheveux.

— Oh.

— Vous avez écrasé mes gâteaux au passage, ajouta-t-il avec un sourire, en désignant du menton le sol à côté d'eux.

Recouvert des restes colorés de divers cupcakes, l'endroit ressemblait à une scène de crime.

Elle tenta de rassembler ses idées confuses.

Se retrouver assise ici, impuissante et dépendante de Rob Campbell, lui rappelait le temps où son sort était entre les mains des médecins, où toutes les décisions la concernant étant prises par eux. Certes, cela avait été dans son intérêt, mais depuis, elle s'était battue pour regagner son indépendance, et elle n'entendait pas se soumettre aussi facilement — même si le médecin en face d'elle aurait pu figurer le mois de juin dans le calendrier des plus beaux mâles de l'année.

— Merci d'être venu à mon secours, dit-elle d'un ton redevenu ferme.

— Qu'est-ce qu'un homme pourrait faire d'autre en voyant une jolie femme s'effondrer à ses pieds ?

Etant donné leurs rapports, elle doutait fort qu'elle soit son type. Et puis, Rob Campbell était voué à faire partie d'un couple, alors que son destin à elle l'entraînait dans une tout autre direction. Il serait vain d'imaginer un rapprochement quelconque entre eux.

— Désolée de vous faire perdre vos illusions, mais mon malaise n'était dû à rien d'autre qu'un manque de nourriture.

D'ailleurs, elle avait encore du mal à croire qu'elle avait perdu connaissance. Sans doute avait-elle brûlé excessivement vite trop de calories dans l'effervescence de ce début de tournage.

— Je vais vous apporter un thé et un cupcake, mais je vous conseille de faire rapidement un vrai repas, dit Rob en se dirigeant vers l'étal.

Elle le regarda s'éloigner, désabusée.

En fait, il la traitait comme n'importe quel patient qu'il souhaitait voir guérir. A l'avenir, elle prévoirait d'avoir sur elle quelque chose à grignoter, afin d'éviter que cette situation embarrassante ne se reproduise.

Mais au moins cet incident avait-il adouci son attitude envers elle, bien qu'il en ait coûté à sa dignité. Rob était compatissant, passionné, dévoué... Tout ce qu'une femme souhaite trouver chez un compagnon pour la vie.

Heureusement pour elle qu'elle n'en cherchait pas, sinon elle aurait été en grand danger de tomber amoureuse.

3

Jessica grignota le gâteau au chocolat que Rob lui avait apporté et sirota son thé, se sentant peu à peu redevenir elle-même.

— Ça va mieux ? lui demanda Rob lorsqu'elle eut jeté son assiette et son gobelet en carton dans la poubelle.

— Oui, merci. Il faut que je regagne la salle, je ne voudrais pas faire attendre les O'Neill.

Dans son travail, on n'avait pas de pitié pour les productrices surbookées qui oubliaient de manger. Le succès de l'émission reposait sur ses épaules. Elle était responsable de tout ce qu'il se passait devant et derrière l'écran. L'étape suivante dans la progression de sa carrière était le poste de producteur exécutif. Elle serait alors à la tête de ses propres productions, de la conception jusqu'à la finition. Car elle voulait également être responsable de la sélection et de la commercialisation des programmes, y compris les pièces de théâtre et les documentaires...

Donc, elle n'allait sûrement pas se laisser déstabiliser par ce genre d'incident.

— Ah, oui, répondit Rob. Les O'Neill m'ont dit que vous faisiez une séquence sur eux. Je vais vous accompagner.

Elle leva le menton, vexée qu'il puisse croire qu'elle était quelqu'un d'insensible.

— C'est inutile. Je vous promets de faire constamment preuve de respect et de compassion.

— Ravi de l'apprendre. Mais c'est surtout à vous que je pense.

La tête lui tourna légèrement tandis qu'elle affrontait le regard de Rob fixé sur elle.

— Je vous assure, ce n'est pas la peine.

Il était normal qu'il lui montre de la sollicitude après son évanouissement, mais elle ne pouvait s'empêcher d'être troublée par ses paroles. Elle était tellement habituée à se battre seule qu'elle avait oublié ce que cela faisait d'avoir quelqu'un qui veille sur vous. Pour son propre bien, mieux valait ne pas s'habituer à cette situation, car elle n'était là que pour quelques semaines, et il y avait longtemps qu'elle n'était plus une petite chose délicate qui avait besoin d'un homme pour se sentir en sécurité.

D'un geste ferme, elle enfila ses escarpins.

— Je ne veux pas que l'on me tienne pour responsable si vous retombez dans les bras d'un autre homme sans méfiance, plaisanta Rob en s'effaçant pour la laisser passer.

— Cela n'arrivera plus... Bien que ce soit tentant si je suis ensuite gavée de gâteau au chocolat.

Elle évita de mentionner la tentation encore plus grande de se retrouver serrée dans ses bras.

— Je suis sérieux, vous devez faire attention.

Comme elle ouvrait la bouche pour protester, Rob l'arrêta d'un sourire.

— Je sais, je sais. Il ne vous arrivera rien. A présent, est-ce qu'on peut y aller ?

Il se montrait si courtois qu'elle s'attendait presque à ce qu'il lui offre le bras. Elle n'avait plus d'autre choix que de l'accompagner.

Et, pour être honnête, quand elle entra dans la salle, elle fut contente de l'avoir à ses côtés pour la soutenir.

En s'adressant à M. et Mme O'Neill, debout à côté du lit de Lauren, Jessica avait la bouche sèche et le cœur lourd.

Tout avait été fait pour rendre la chambre d'hôpital aussi gaie que possible, depuis les cartes de vœux de bon rétablissement qui tapissaient les murs jusqu'aux ballons multicolores et aux jouets qui remplissaient tout l'espace disponible.

Elle se gratta la gorge avant de commencer.

— Pouvez-vous me résumer le parcours médical de Lauren ? demanda-t-elle doucement.

Elle admirait la force et le courage qu'ils avaient de partager leur histoire durant ce qui était probablement la pire période de leur vie.

Leur total dévouement envers leur enfant lui rappelait ce que ses propres parents avaient dû traverser. Elle s'était toujours focalisée sur la façon dont son traitement l'avait affectée, *elle*. Mais eux aussi avaient dû connaître l'enfer en la voyant souffrir, vomir, perdre ses cheveux. A l'époque, ils ignoraient si leur fille unique parviendrait à l'âge adulte. La famille O'Neill n'aurait pas ce réconfort.

— On a diagnostiqué une tumeur au cerveau chez Lauren juste après son deuxième anniversaire, raconta Mme O'Neill tout en caressant la main de sa fille. Elle a subi une opération importante, suivie d'une radiothérapie et d'une chimio.

Lauren lui souriait, alors que l'on voyait bien qu'elle était très faible. L'amour que la mère et la fille éprouvaient l'une pour l'autre était presque palpable.

Malgré les circonstances tragiques, Jessica éprouva un pincement de cœur à la pensée qu'elle ne connaîtrait jamais la relation mère-fille. Elle ne pouvait qu'imaginer la force de l'amour que l'on éprouve pour son enfant.

Le silence régnait maintenant dans la chambre, et elle sentit que tout le monde hésitait à entrer davantage dans les détails de la maladie de Lauren.

— Pouvez-vous me dire ce qu'il s'est passé après le traitement initial ?

Elle ne s'attendait pas à voir M. et Mme O'Neill sourire en replongeant dans le passé.

— On lui a retiré la tumeur entièrement, et elle s'est bien rétablie, répondit Mme O'Neill. Nous avons passé seize mois mémorables à rattraper le temps perdu, en faisant toutes les choses les plus agréables que nous avions ratées pendant la chimio. Tu as adoré le zoo, n'est-ce pas, ma chérie ? demanda-t-elle tendrement en caressant la tête de sa fille.

— C'étaient les singes que je préférais, répondit la faible voix enrouée de Lauren, encore tellement remplie d'émerveillement que Jessica sentit son cœur se serrer.

Il y avait tellement de choses que la petite fille ne découvrirait jamais ! Malgré les séquelles qu'elle avait gardées, Jessica se rendait compte de sa chance.

— Et papa t'en a même acheté un, renchérit Mme O'Neill en désignant un singe rose aux longs bras à l'angle du lit.

— Est-ce qu'il a un nom, Lauren ? demanda Jessica.

— Pinky, répond la fillette en souriant jusqu'aux oreilles.

— Lauren est retombée malade peu de temps après, poursuivit sa mère. Le cancer était de retour, et cette fois la tumeur s'était logée dans la colonne vertébrale. On nous avait dit que s'il revenait...

La jeune femme fut prise d'un sanglot, mais elle n'eut pas besoin de finir sa phrase pour que Jessica comprenne qu'il n'y avait pas de guérison possible.

Elle-même était bien placée pour connaître la cruauté d'un faux espoir. Après six mois de rémission, elle avait rechuté. La période de répit, pendant laquelle elle avait pu vivre comme n'importe quelle fille de onze ans, avait été brève. Puis les fêtes d'anniversaire et les après-midi entre copines avaient été de nouveau remplacés par les rendez-vous à l'hôpital et les traitements. Encore maintenant, la crainte de voir sa santé décliner de nouveau la poursuivait.

— Lauren suit un traitement pour lui permettre de mieux supporter son état, afin qu'elle puisse rentrer chez elle, enchaîna Rob, probablement pour permettre à Mme O'Neill de se ressaisir. Nous allons faire un autre scanner dans quelques semaines pour vérifier si la chimio a ralenti la croissance de la tumeur.

Cela signifiait que l'on ne pouvait rien faire d'autre pour Lauren que lui rendre ses derniers jours plus supportables et lui permettre des moments de qualité avec sa famille.

Ne souhaitant pas voir se prolonger le supplice de la famille, Jessica fit un signe pour que l'on arrête de filmer.

Comment Rob faisait-il pour gérer de tels instants au quotidien et continuer de fonctionner ? On ne peut pas toujours conjurer le stress en avalant son propre poids en chocolat. Il faut avoir atteint un certain niveau de détachement pour ne pas être trop affecté par un bébé impuissant et vulnérable, relié à des machines bruyantes et à des moniteurs. Ce détachement, même une productrice au cœur dur en serait incapable.

Elle ne voulait pas montrer des choses qu'elle risquait de regretter plus tard. Des commentaires pourraient être ajoutés au montage une fois qu'elle aurait pris un peu de distance avec les événements. Mais, pour l'instant, regarder ce couple murmurer des mots tendres à leur innocente petite fille dont la vie s'enfuyait, c'était à la limite du supportable — exactement ce que Rob craignait.

— Merci très sincèrement de nous avoir autorisés à vous parler, dit-elle aux parents. Et, Lauren...

Elle aurait voulu leur adresser des mots de réconfort, mais il n'y aurait ni amélioration ni seconde chance.

Etouffant un sanglot, elle sentit les larmes qu'elle avait tenté désespérément de retenir lui monter aux yeux.

— Jessica reviendra te voir plus tard, Lauren, enchaîna Rob. Il faut qu'elle aille finir de préparer son émission de télévision pour que tu deviennes une vraie star.

Il réussit à amener le sourire aux lèvres de la fillette, alors que tout ce que Jessica avait vu, c'était de la tristesse.

Deux fortes mains se posèrent sur ses épaules, et elle ne résista pas quand il l'entraîna hors de la chambre.

Dans d'autres circonstances, elle se serait dégagée de son étreinte, mais en son for intérieur elle devait reconnaître que Rob avait raison : cela n'aiderait personne si elle restait à pleurnicher près du lit, alors que ceux qui étaient le plus affectés par cette situation réagissaient beaucoup mieux qu'elle. C'était la force d'une famille — se soutenir les uns les autres pour traverser les jours les plus sombres. Quelque chose qu'elle n'aurait jamais.

Comme un automate, elle suivit Rob le long du couloir, ne sachant même pas où ils allaient.

Elle aurait tant voulu pouvoir faire quelque chose pour Lauren ! Mais elle n'était évidemment pas dans le bon état d'esprit pour être d'une quelconque utilité.

— Je suis tellement triste pour eux...

— Nous sommes tous tristes. Mais ils ont besoin que nous soyons forts pour qu'eux-mêmes puissent rester forts. Si vous craquez, ils craquent aussi. Vous comprenez ?

Elle hocha la tête en se mordant la lèvre, s'efforçant de se ressaisir.

Lorsqu'elle était journaliste avant d'entrer à la télévision, elle avait vu et entendu les pires choses et avait toujours réussi à rester professionnelle. Mais voir tant d'innocence touchée par le même fléau qui avait gâché sa vie l'avait transformée en un tas de gelée tremblotante.

— Je ne voulais pas les perturber, murmura-t-elle.

Rob aurait mieux compris sa réaction s'il connaissait son histoire. Et si elle-même avait mesuré à quel point le sujet la touchait, elle aurait évité de mettre beaucoup de monde mal à l'aise, elle y compris.

— Nous devons essayer de rester le plus optimiste possible, nous concentrer sur les aspects positifs et prendre les journées les unes après les autres, sinon on deviendrait tous fous, dit-il doucement. Lauren est toujours parmi nous, et elle ne souffre pas. On ne peut pas en espérer plus actuellement.

Jessica hocha la tête.

Elle détestait se sentir impuissante à aider, habituée qu'elle était à une position de pouvoir.

Pour l'instant, la seule chose qu'elle contrôlait était sa vie personnelle, et elle avait bien l'intention que ça continue, sinon elle finirait encore comme une victime de la vie.

Rob était toujours plus dérouté par l'attitude de Jessica

Sa première impression sur celle-ci se révélait de plus en plus fausse. Malgré sa position, elle n'était pas du genre à masquer ses sentiments. Il l'avait entendu dans sa voix, lu dans ses yeux. Sa réaction n'était pas inhabituelle pour quelqu'un qui arrivait dans ce service. Simplement, il ne s'était pas attendu à cela de sa part.

Lors de leur rencontre, elle lui avait fait croire qu'elle était uniquement dédiée à son travail. Il n'avait pas imaginé qu'elle ferait preuve de compassion ni qu'elle dévoilerait cet aspect de sa personne. Or, cette femme semblait porter son cœur en écharpe. Tout le contraire de lui, qui déguisait ses émotions afin que personne ne puisse lire en lui et s'entourait de mystère pour empêcher les autres de trop s'approcher ou de le juger.

En l'espace de vingt-quatre heures, il avait déjà vu cette femme irritée, vulnérable, triste. Il était curieux de la voir heureuse et enthousiaste.

— Est-ce que ça va ? demanda-t-il en se tournant vers elle.

— Je vais bien...

Sa voix anormalement haut perchée et le tremblement de sa lèvre inférieure affirmaient le contraire : elle n'allait pas bien, même si elle ne tenait pas à en parler.

Pas question de la laisser retourner travailler dans cet état. Personne ne devait montrer sa propre détresse au milieu de la salle des enfants.

— Dans mon bureau, tout de suite, ordonna-t-il, les mâchoires serrées.

Et il l'entraîna derrière lui.

Il existait des moyens de rester détaché, et il devait en faire profiter Jessica Halliday. Ce moment de répit permettrait à celle-ci de se reprendre avant de retourner donner des ordres à ses sous-fifres. Il l'aurait fait pour n'importe quel membre du personnel.

A la minute où il eut refermé la porte derrière eux, Jessica fondit en larmes.

— J... je... suis... désolée, bredouilla-t-elle entre deux sanglots.

— Il ne faut pas. Vous êtes simplement humaine.

Lui-même avait donné un morceau de son cœur à chaque petit enfant qui avait franchi les portes de son service. En fait, il était plutôt satisfait de voir Jessica Halliday réagir émotionnellement. Les enfants malades signifiaient donc plus pour elle que des indices d'écoute et des parts de marché, c'était tout ce qu'il voulait savoir.

Prenant une boîte de mouchoirs, il la lui tendit.

Il fut remercié par un sourire humide, et peu à peu les reniflements diminuèrent.

— Je ne suis pas comme ça d'habitude, assura-t-elle.

— Nous avons tous nos moments.

Il avait versé une larme pour chaque enfant qu'ils avaient perdu, mais en privé. Cela avait été un peu plus difficile pour ceux qui lui avaient rappelé sa propre fille. Il songea au joli sourire de Mollie — le même que celui de sa mère —, et sentit une boule se former dans sa gorge.

Il ne pouvait s'empêcher de penser à la façon dont la petite fille aurait évolué. Serait-elle restée la fille à son papa ? Aurait-elle été gênée d'être vue avec lui une fois adolescente ?

Jessica s'était remise à pleurer.

Quelque part, il l'enviait de pouvoir exprimer aussi ouvertement des émotions qu'il s'efforçait de garder enfouies en lui. Dans ces moments-là, il se demandait souvent si les auxiliaires médicaux qui avaient été là pour Leah et pour Mollie avaient pleuré pour elles, si quelqu'un avait pris le temps de les réconforter.

— Laissez-vous aller, dit-il en lui entourant les épaules de son bras.

Après une légère hésitation, Jessica accepta son épaule pour pleurer, et les larmes trempèrent sa chemise.

Il lui frotta le dos en se disant qu'il aurait peut-être dû mieux la préparer à l'atmosphère de la salle. Mais il n'avait pas pensé qu'un être sensible se cachait derrière sa profession.

Elle sentait bon : un mélange de chocolat, de thé et de parfum épicé — idéal pour créer l'ambiance d'un foyer.

Pendant quelques secondes, avec Jessica dans ses bras, il fut tenté de croire qu'il pourrait de nouveau former un couple, partager ses craintes avec une femme, trouver auprès d'elle un réconfort mutuel...

Et ensuite ? Il faudrait qu'il parle de sa famille et de la façon dont il l'avait déçue. Pire encore, il risquait de répéter la même erreur et de détruire d'autres vies.

Il jeta un coup d'œil à Jessica.

Certes, c'était tentant de rester dans cette bulle et de se protéger de la cruauté du monde extérieur, mais il y avait là un sérieux danger de franchir un interdit.

Jessica Halliday n'était pas une patiente, ni à proprement parler un membre du personnel. Pourtant, il se préoccupait de ce qu'elle était en train de traverser. Voilà qui ne correspondait guère à l'une de ses trois règles de base concernant toute femme séduisante et célibataire : pas d'attachement émotionnel.

— Dès que j'aurai fini mon service, je vous ramène chez vous, décida-t-il tout haut.

Il pouvait tout de même avoir de l'empathie tout en gardant une certaine distance.

— D'accord, murmura-t-elle, avant de sangloter de nouveau.

Il posa le menton sur sa tête et lui caressa les cheveux en attendant que la crise passe.

Il avait envie de la protéger comme il l'avait fait pour les femmes de sa vie. Il avait été là pour les bobos aux genoux de Mollie, il l'avait consolée quand elle pleurait, et cela lui avait été brusquement arraché.

Il avait envie que l'on ait de nouveau besoin de lui.

Jessica laissa l'équipe de production visionner les prises de vue de la journée, et alla se chercher sa dose de caféine.

Suivant la prescription de Rob, elle avait pris un déjeuner tardif, et elle avait l'intention de rentrer chez elle à une heure raisonnable. Ce n'était pas son habitude d'être aussi vidée par un tournage, et elle devait se remettre rapidement en selle avant que quelqu'un d'autre que le Dr Campbell ne s'en aperçoive.

Elle n'arrivait toujours pas à croire qu'elle avait craqué ainsi devant lui ! Sans parler de l'épisode de l'évanouissement. Rob Campbell savait se montrer rassurant, et elle devait admettre que, malgré sa réputation de femme de pouvoir, elle avait apprécié d'avoir son épaule pour pleurer. Mais elle ne s'abandonnerait jamais avec un homme plus longtemps que ces quelques minutes. C'était le seul moyen de préserver son cœur.

Elle était devant la machine à café, attendant que le gobelet en carton se remplisse, quand elle sentit une présence à son côté.

— Prête à partir ? murmura Rob près de son oreille.

L'onde de choc provoquée par la voix grave la parcourut tout entière, faisant plus pour la revigorer que tous les breuvages du monde.

Pendant quelques secondes, elle envisagea sérieusement de refuser sa proposition et de rentrer seule sous la pluie plutôt que d'accepter encore son aide. Il faudrait qu'elle ajoute des leçons de conduite à la liste des choses à faire avant d'entamer son prochain projet, de même que manger à horaires réguliers et éviter d'aborder certains sujets de trop près.

Tout pour éviter de se retrouver dans le rôle de la demoiselle en détresse !

Mais, s'il la raccompagnait chez elle, dans vingt minutes elle pourrait se blottir sur le canapé de l'appartement meublé qu'elle avait loué pour le temps du tournage, au lieu de rester dehors dans le froid à attendre le bus.

— Absolument, répondit-elle. Je prends juste mon café.

Rob avait posé la main au creux de ses reins pour l'encourager à le suivre, et ce léger contact la fit frémir.

Elle souleva le gobelet et, après en avoir vu le contenu, le déversa dans la machine.

— Tout compte fait, j'en boirai un chez moi.

Soit cet homme déclenchait en elle une sorte de réaction allergique, soit il y avait entre eux une incroyable alchimie.

Etait-elle la seule à éprouver cette sensation ?

Pendant le trajet, Jessica se confondit en remerciements.

— Merci de me ramener. J'espère que je ne vous détourne pas trop de votre route ?

— Ce n'est rien, répondit Rob avec désinvolture, comme s'il

était habitué à caracoler quotidiennement sur son cheval blanc pour ramasser les dames évanouies sur son passage.

Elle lui jeta un coup d'œil à la dérobée et admit en son for intérieur qu'il avait vraiment tout pour s'acquitter de cette mission. Avec lui, une femme ne pouvait que se sentir en sécurité. Mais elle ne voulait pas qu'il l'ajoute à la longue liste de celles qui recherchaient auprès de lui un partenaire pour la vie. Son intérêt pour les hommes était d'une durée beaucoup plus brève.

— Merci pour tout, dit-elle quand il s'arrêta devant son immeuble.

— Je vous en prie.

— Désormais, je vous promets de ne plus me servir de votre épaule pour pleurer. Je tiens aussi à payer le nettoyage de votre chemise. Et je vous dois un gâteau.

— Ce n'est vraiment pas nécessaire.

— Je suppose que vous avez déjà un abonnement au pressing pour tous les vêtements maculés de mascara et de larmes que vous leur apportez...

— Exactement. J'ai ma carte de fidélité dans celui qui est au coin de ma rue. D'ailleurs, ils me surnomment « Dr Bourreau-des-cœurs ».

Elle éclata de rire et enfouit son visage dans ses mains, laissant échapper un son proche du grognement du cochon.

Décidément, elle ne comptait plus les fois où Rob Campbell l'avait vue à son désavantage, se dit-elle en riant de plus belle.

— Eh bien, docteur Bourreau-des-cœurs, le moins que je puisse faire est de vous offrir une tasse de thé après tout ce que vous avez fait pour moi aujourd'hui.

Certes, elle contrevenait au règlement qu'elle avait établi — aucun homme chez elle —, mais une conversation autour d'un thé, ce n'était pas cher payé pour qu'elle puisse finir la journée dans un minimum de dignité.

Rob n'avait rien d'autre à retrouver qu'une maison vide. Cependant, l'invitation de Jessica alluma en lui tous les signaux d'alerte.

Aujourd'hui, leur relation était devenue plus amicale. Pourtant, malgré son amitié pour Maria, il n'avait jamais éprouvé le besoin de serrer celle-ci dans ses bras quand elle avait eu une mauvaise journée. En revanche, il y avait chez Jessica une fragilité qui l'interpellait, et pendant le bref moment de réconfort qu'il lui avait procuré, il en avait oublié ses propres défenses.

Beaucoup d'énergie lui était nécessaire pour prétendre que la vue de Lauren et des autres enfants ne l'atteignait pas. Mais il passait la journée avec d'autres professionnels de santé qui l'incitaient à garder son masque en place afin de maintenir une certaine distance émotionnelle avec les patients. Peut-être était-ce l'empathie de Jessica qui l'avait amené à baisser ainsi sa garde.

Il s'était dit que, une fois qu'il l'aurait déposée devant chez elle, il pourrait cesser de penser à elle. Mais si elle l'avait invité à prolonger la soirée, c'est peut-être qu'elle avait besoin de compagnie. N'importe qui à sa place aurait été secoué après la journée qu'elle venait de passer. Cela ne pourrait pas lui faire de mal de tendre pendant quelques minutes une oreille compréhensive au-dessus d'une tasse de thé.

— J'aurais fait la même chose pour n'importe qui d'autre, précisa-t-il. Mais si vous avez un ou deux cookies aux pépites de chocolat à m'offrir, je suis votre homme.

— Je vais voir ce que je peux faire.

Une fois dans le minuscule appartement, Jessica alla directement dans la cuisine, et il entendit quelque chose tomber.

En la trouvant penchée sur le carrelage en train de ramasser le contenu d'une boîte de biscuits, il ne put faire autrement que de remarquer ses fesses rondes et fermes soulignées par le tissu tendu de sa robe.

Il dit alors la première chose qui lui traversa l'esprit.

— En général, on recommande de plier les genoux pour éviter le mal de dos.

Sans répondre, elle s'appuya sur son bras pour se relever.

Ce contact inattendu lui donna presque une sensation de brûlure. Leurs regards se croisèrent et, pendant une seconde, il crut voir dans ses yeux turquoise le même désir qu'il ressentait.

Jessica rompit le charme en se grattant la gorge, et il se rappela qu'elle n'avait fait que lui offrir une tasse de thé.

Ils réussirent à préparer le thé sans se toucher, ce qui tenait du miracle étant donné le peu d'espace dans lequel ils évoluaient.

Le séjour dans lequel ils emportèrent la théière et les biscuits n'était guère plus spacieux que la cuisine.

Là où il s'attendait à trouver un décor impersonnel, il découvrait un intérieur rendu intime par la présence d'objets personnels colorés, aux antipodes de sa propre maison.

Il sirota son thé en survolant la vie de Jessica à travers les photos posées sur la table basse.

La rouquine aux cheveux courts et aux allures de garçon manqué avait cédé la place à la femme bien faite et glamour qui se tenait près de lui.

— Est-ce que ce sont vos parents ? demanda-t-il en désignant le couple entre deux âges qui l'entourait sur la photo occupant la place de choix.

Ils avaient l'air heureux ensemble, et cela lui rappela la relation étroite qu'il avait eue avec ses propres parents.

Il avait rompu tout lien avec eux après l'accident pour prendre un nouveau départ à Belfast. Cinq ans plus tard, il se rendait compte qu'il avait commis une erreur. Il avait agi dans un moment de folie — compréhensible après la perte qui l'avait anéanti — et n'avait fait qu'augmenter sa punition. Cette décision égoïste de tout quitter sans explication venait parfois le hanter. A présent, il ne pouvait plus prétendre avoir une famille.

— Oui, répondit Jessica en laissant courir un doigt sur la silhouette de son père. Papa est mort d'une crise cardiaque peu de temps après cette photo.

— Cela a dû être dur pour vous.

— Ça l'est toujours.

Elle retira ses chaussures et se blottit sur le canapé, l'air toute petite et perdue.

Sur la photo, elle ne devait pas avoir plus de onze ou douze ans, mais le chagrin était encore visible dans ses yeux.

Il tourna le dos à tous ces souvenirs et alla s'asseoir en face d'elle.

— Et votre maman ?

— Maman se porte bien, à part son arthrite. Elle m'a eue sur le tard, d'où quelques problèmes de santé liés à son âge.

Il n'avait même pas envisagé que la santé de ses parents ait pu se détériorer depuis son départ. Il était leur seul enfant et les avait laissés tomber à cause de sa stupide fierté. Malgré son envie de les revoir, il craignait de les bouleverser encore plus en faisant irruption dans leur vie sans crier gare.

— Est-ce qu'elle vit près de chez vous ?

— Oui. Elle habite à cinq minutes à pied de chez moi. Comme il ne reste plus que nous deux, on se soutient beaucoup.

La force du lien qui unissait Jessica à sa mère était évidente. La mort avait rapproché leur famille, alors qu'elle avait déchiré la sienne.

— Vous aussi, vous êtes une enfant unique ? demanda-t-il.

— Maman rêvait d'avoir une grande famille, mais le destin en a décidé autrement... Qu'est-il arrivé à votre femme ? demanda soudain Jessica.

Voilà, elle lui avait posé la question tant redoutée. Dans le confort de son séjour et du bavardage détendu qui marquait la fin d'une journée de travail, il avait oublié qu'il ne devait pas se laisser entraîner dans des histoires personnelles.

— Accident de voiture, répondit-il, laconique.

— Oh ! mon Dieu ! Je suis vraiment navrée.

Et voilà. Une fois de plus, il avait droit aux grands yeux apitoyés : *Dis-m'en davantage afin que je puisse pleurer avec toi.*

C'était justement la raison pour laquelle il ne voulait plus avoir cette conversation. C'était déjà suffisamment pénible que les gens le plaignent d'avoir perdu sa femme, il ne pourrait pas supporter leur compassion s'il leur parlait aussi de Mollie. Il ne méritait pas cette réaction.

Finissant sa tasse d'un trait, il se leva.

— Merci pour le thé, il est temps que je reparte.

Il vit Jessica se lever, mais il était déjà hors de la pièce avant qu'elle ne l'interroge encore et ne découvre qu'il n'était pas l'homme qu'elle croyait.

Jessica se mordit la lèvre.

Bon sang ! Elle était encore allée trop loin avec Rob. Elle avait juste voulu lui prêter une oreille attentive comme il l'avait fait pour elle. Sa mère ne voulait jamais évoquer son père avec elle — ça la bouleversait trop —, et elle n'avait pas une foule d'amis avec qui en parler. Cela lui avait fait du bien de se confier un peu à Rob, et elle avait voulu faire la même chose pour lui. Il était évident qu'il n'avait pas fait son deuil de sa défunte épouse puisqu'il refusait d'en parler, et elle n'avait pas le droit de chercher à obtenir de lui des informations, alors qu'elle-même enfouissait sa propre peine de cœur et ses secrets.

Ce serait dommage que la soirée se termine sur une note négative alors qu'elle commençait à s'habituer à son amitié. Elle tenait au moins à lui dire au revoir correctement.

— Rob, attendez !

Il s'arrêta, et elle se hâta de le rejoindre.

Face à face dans le couloir étroit, leurs pieds se touchaient presque. On n'entendait plus que le bruit de l'horloge murale qui ponctuait le silence, et elle eut du mal à trouver ses mots sous le regard bleu empli de peine et de frustration.

— Je ne voulais surtout pas vous mettre mal à l'aise. Vous avez subi une terrible épreuve, et je suis désolée de vous l'avoir rappelée. J'avais envie d'être là pour vous comme vous l'avez été pour moi aujourd'hui.

— Ce n'est rien, dit-il avec un sourire hésitant.

Pendant une seconde, elle eut la folle impression qu'il avait envie qu'elle le prenne dans ses bras.

Tic-tac, tic-tac.

— Merci encore pour tout, murmura-t-elle en levant la tête pour l'embrasser sur la joue. A demain...

Au même moment, il tournait la tête pour lui dire au revoir. Leurs bouches se rencontrèrent accidentellement.

Elle aurait pu s'excuser aussitôt et s'écarter, mais il avait les lèvres si douces qu'elle s'y arrêta un peu plus longuement qu'elle n'aurait dû.

Le bon sens la rattrapa vite : embrasser Rob Campbell alors qu'il n'avait fait que se montrer gentil avec elle était une impulsion stupide.

— Désolée...

Mais il posa la main sur sa taille et l'attira contre lui avant d'écraser sa bouche sur la sienne.

Elle retint sa respiration, sentant la tête lui tourner, lorsqu'il s'empara de sa lèvre inférieure.

Qui n'aurait pas adoré être embrassée par un médecin sexy dont les lèvres avaient un goût de thé sucré ?

Quand il glissa la langue dans sa bouche, elle se sentit devenir toute molle contre lui. Toutes ses zones érogènes se trouvèrent brusquement en alerte.

Elle n'aurait pas dû y prendre tant de plaisir. Il était en deuil, et elle était en vrac. Mais c'était si bon.

Rob agissait rarement de façon aussi spontanée. Pourtant, dès que leurs bouches s'étaient frôlées, cela avait entraîné une réaction en chaîne, et le côté rationnel de son cerveau avait été occulté au profit de son instinct primitif.

Jessica était si réactive, mêlant sa langue à la sienne... S'ils se retrouvaient dans la chambre à coucher, ce serait explosif entre eux. Il la désirait si fort que c'en était presque douloureux.

Pressée contre lui, elle était forcément consciente de son érection, et ses gémissements indiquaient qu'elle était prête pour l'étape suivante. Elle se fiait à lui avec son corps comme elle s'était fiée à lui avec ses émotions.

Mais il ne voulait pas des complications qui s'ensuivraient s'ils passaient la nuit ensemble. Jessica avait déjà partagé beaucoup de choses avec lui, et elle ne se contenterait pas d'une simple aventure d'une nuit. A un moment ou un autre, elle attendrait de lui plus qu'il ne pouvait lui donner. Ils étaient en train de commettre une erreur.

Peu à peu, il reprit contact avec la réalité et interrompit leur baiser.

— Qu'y a-t-il ? demanda Jessica, les yeux encore pleins de désir.

Il recula d'un pas.

— Je ne voudrais pas que cela devienne gênant pour nous au travail. La journée a été longue, et nous n'avons plus les idées très claires.

Elle lissa le devant de sa robe, évitant son regard.

— Vous avez raison. Nos émotions ont été mises à mal.

C'était mieux ainsi. Un baiser serait plus facile à oublier que des ébats passionnés dans un lit. Ils n'allaient pas passer le reste du mois à s'éviter à cause d'un simple malentendu. Tous deux avaient cédé à leur attirance réciproque au lieu de l'ignorer, mais il n'était pas trop tard pour remettre les choses en ordre. Il préférait toujours que la situation soit claire, éviter toute confusion.

— Donc, demain nous ferons comme si rien ne s'était passé et continuerons comme avant ?

— Bien sûr, répondit Jessica. Nous ne sommes pas des gamins, ce n'est pas un baiser qui va nous faire perdre la tête.

— Exactement.

Tous deux acquiescèrent avec conviction.

Si cela avait vraiment signifié si peu, ils n'auraient sans doute pas éprouvé le besoin de s'en expliquer. Mais mieux valait donner le change.

— On se voit demain, donc. Bonne nuit, Jessica.

Il ouvrit la porte et sortit avant de faire quelque chose qu'il pourrait regretter.

4

Le matin suivant, même l'information qu'un projecteur avait été endommagé ne parvint pas à assombrir l'humeur de Jessica.

Elle avait passé une partie de la nuit à revivre ce moment de cinéma — lorsque Rob l'avait attirée dans ses bras pour un second baiser.

Chaque fois qu'elle se remémorait cet instant, une douce chaleur lui emplissait la poitrine. Cela faisait longtemps qu'elle n'avait pas été embrassée aussi passionnément, qu'elle ne s'était pas sentie aussi désirable. C'était la preuve que l'attirance irrésistible qu'elle ressentait n'existait pas seulement de son côté, même s'ils s'étaient mis d'accord pour l'ignorer. Rob l'avait tout simplement traitée comme une femme normale. Elle pourrait facilement s'y habituer.

Quand la chimiothérapie l'avait privée de ses beaux cheveux, elle avait cru que personne ne la trouverait plus jamais séduisante. A l'âge où ses copines découvraient le maquillage et les garçons, elle avait été une créature pitoyable enchaînée à son lit de douleurs et pleurant toutes les nuits avant de s'endormir.

Adam avait été sa première relation sérieuse à l'âge adulte. Comme elle était en rémission à l'époque de leur rencontre, elle avait pu tout lui donner — jusqu'à ce que son corps la lâche de nouveau. La ménopause avait anéanti son énergie, sa libido et tout ce qui faisait d'elle la femme qu'elle était devenue. Adam l'avait alors abandonnée au moment où elle avait le plus besoin de lui.

Même une fois fiancés, ils n'avaient jamais parlé d'enfants, étant tous deux focalisés sur leur carrière. C'est du moins ce qu'elle avait toujours pensé. L'arrivée de la ménopause avait tout changé.

Son cycle avait toujours été irrégulier, mais quand ses règles avaient cessé pour de bon, elle s'était d'abord crue enceinte. Ironie du sort, elle s'était imaginé durant une brève période qu'elle allait être mère, qu'un petit être grandissait en elle. Le coup avait été d'autant plus rude lorsqu'elle avait découvert la vérité : après plusieurs tests de grossesse négatifs et toute une batterie d'examens, son médecin lui avait confirmé qu'elle subissait toujours les séquelles de la chimiothérapie : le dosage élevé de médicaments auxquels elle avait été exposée si longtemps avait eu raison du fonctionnement de ses ovaires.

En apprenant qu'elle ne pourrait jamais avoir d'enfant, ni Adam ni elle n'avaient été capables de supporter la nouvelle. A la différence que lui avait eu l'occasion de recommencer ailleurs. Elle ne pouvait pas lui en vouloir de l'avoir saisie.

Il lui avait fallu quatre ans pour digérer cet état de fait et ses conséquences. Depuis, elle avait eu quelques flirts, mais une relation durable n'était plus envisageable pour elle. Plus jamais elle n'avait laissé quelqu'un l'approcher autant, de crainte d'être rejetée lorsque les choses deviendraient sérieuses. Cela lui avait pris trop de temps d'apprendre à s'aimer de nouveau.

Mais avec Rob, elle était tout à fait partante pour une nouvelle soirée semblable à la précédente. Aucun des deux n'était prêt à envisager quelque chose de plus sérieux, occupés qu'ils étaient encore à panser les blessures de leur passé. Ça ne les empêcherait pas de prendre un peu de bon temps pendant la durée du tournage. Quelques baisers volés et autres étreintes passionnées sans attaches et sans rien attendre de l'autre, voilà qui lui semblait une perspective très agréable.

Elle avait espéré que Rob l'accompagnerait au travail ce matin pour qu'ils puissent discuter de ce qu'il s'était passé, mais elle ne l'avait vu nulle part. Apparemment, il avait commencé sa journée plus tôt que d'habitude.

En allant rejoindre l'équipe de tournage dans l'unité de cancérologie pour adolescents, elle comprit pourquoi.

Les ados atteints de cancer avaient leur salle à eux, dans laquelle régnait une atmosphère particulièrement détendue. Dans la partie commune décorée de couleurs gaies, on trouvait des canapés confortables et des consoles de jeux. Cela ressemblait davantage à un club de jeunes qu'à une salle pour enfants malades. Et là, au milieu, Rob était en train de disputer une partie de billard américain avec Cal, le garçon dont on devait filmer l'histoire aujourd'hui.

Elle serait volontiers restée des heures à regarder Rob, penché sur la table, ses fesses musclées tendant le denim noir. Mais l'équipe de tournage n'aurait pas été d'accord.

— Salut, vous deux, dit-elle en s'avançant.

— Salut, Jessica, répondit Cal en lui adressant un sourire rayonnant.

Ce beau garçon de seize ans avait déjà dû briser quelques cœurs avant de tomber malade. Et maintenant qu'il venait d'être autorisé à rentrer chez lui, la liste de ses conquêtes n'allait pas manquer de s'allonger.

— Hello, dit Rob, levant à peine la tête, visiblement concentré sur sa partie.

Ce n'étaient pas les retrouvailles auxquelles elle s'était attendue, même en présence d'une troisième personne...

Plutôt que de se focaliser sur ses propres états d'âme, elle se tourna vers Cal.

La véritable cause de sa présence était la guérison du jeune homme. Elle souhaitait de tout son cœur qu'il se rétablisse vite. C'était plus important qu'une romance qui, apparemment, n'avait existé que dans sa tête.

— Alors, Cal, comment te sens-tu, aujourd'hui ?

— Super bien, répondit-il. Dès que j'aurai gagné la partie contre le Dr Campbell, j'irai faire mes bagages pour retourner chez moi.

L'ado plein d'énergie qui se tenait devant elle n'avait rien à voir avec le garçon épuisé dont elle avait fait la connaissance une semaine auparavant, quand il se remettait lentement d'un virus. La chimio affaiblit tellement le système immunitaire qu'un simple refroidissement peut terrasser un patient.

Elle comprenait son impatience à retrouver son propre espace. Pour elle, le pire moment avait été le Noël qu'elle avait dû passer à l'hôpital, trop malade pour pouvoir dîner avec ses parents ou même ouvrir ses cadeaux. Le cancer prive les malades de bien plus que leur santé, il leur vole aussi leurs souvenirs d'enfance. Elle était heureuse de constater qu'au moins un de ces enfants pouvait retourner à une vie normale.

— Il va encore falloir que tu attendes un peu, car je ne suis pas prêt à te laisser gagner, répliqua Rob.

Cal retroussa ses manches et se remit à jouer, l'air plus déterminé que jamais. Cet entêtement avait dû lui servir dans son combat contre la maladie !

Rob se tourna vers elle avec un clin d'œil indiquant qu'il ne faisait que taquiner son jeune patient, et elle réprima un frisson.

C'était tout de même incroyable que cet homme soit capable de la mettre sens dessus dessous d'un simple clignement de paupière ! Si seulement c'était pour lui faire savoir qu'il pensait encore à leur soirée...

Puis Cal insista pour qu'elle joue à son tour et lui montra comment tenir la queue entre le pouce et l'index.

— Comme ça ?

Rob fit le tour de la table et se glissa derrière elle pour guider ses gestes, faisant augmenter sa température corporelle de plusieurs degrés.

Elle se tourna vers lui pour le remercier et trouva sa bouche à quelques millimètres de la sienne.

A en juger par le regard affamé qu'il jeta sur ses lèvres, ils étaient à deux doigts de répéter la scène de la veille.

— Voilà exactement les gens que je cherchais, dit une énergique voix féminine. Cal, il faut faire tes prélèvements sanguins avant que tu ne partes.

A l'entrée de Maria dans la salle, Rob s'écarta rapidement de Jessica, et les épaules de Cal s'affaissèrent.

— Et zut, soupira-t-il. S'il y a une chose que je ne regretterai pas, c'est bien ça.

Même si cela faisait partie de la routine des malades, ce n'était pas facile à supporter pour autant, Jessica s'en souvenait encore.

— Est-ce que tu veux qu'on le fasse ici ? proposa l'infirmière.

— Je préférerais dans ma chambre, comme ça, je pourrai m'allonger un peu.

Distraite par Rob, Jessica ne s'était pas rendu compte que Cal commençait à se fatiguer. Il suffisait d'une partie de billard pour vider un corps affaibli par la chimio, quelle que soit la force mentale du patient.

— Prends ton temps, lui dit-elle. Nous ferons venir l'équipe seulement quand tu seras prêt.

Elle pouvait s'organiser autrement en attendant qu'il se sente suffisamment bien pour affronter les caméras avec ses parents. En dépit de ce que certains pouvaient penser, le bien-être des jeunes interviewés avait la priorité sur son planning. C'était un des avantages d'être responsable du tournage, quand ils se trouvaient devant ce genre de problème sensible. Un producteur qui n'aurait pas vécu les mêmes épreuves ne serait peut-être pas aussi compréhensif.

Cal retourna dans sa chambre, suivi de Maria qui se retourna avant de gagner le couloir.

— C'est toujours d'accord pour ce soir, Rob ?

Ce dernier lui sourit en hochant la tête.

— Naturellement. Je ne raterais cela pour rien au monde.

— Parfait. On se retrouve là-bas à l'heure habituelle. Jessica, je vous appelle quand les parents de Cal seront arrivés, pour que vous puissiez tout installer.

— Merci, marmonna Jessica.

Rob et l'infirmière en chef avaient-ils une relation qui s'étendait en dehors de l'hôpital ? Dans ce cas, inutile de s'intéresser à lui… Mais alors, pourquoi l'avait-il embrassée de cette façon ?

Il fallait qu'elle en ait le cœur net avant de s'imaginer qu'elle avait peut-être une chance avec lui.

Rob bénit Maria en pensée.

L'interruption de l'infirmière avait été bénéfique, elle avait dissipé la tension sexuelle qui s'était créée entre Jessica et lui, alors qu'il ne savait toujours pas comment gérer celle de la veille.

Chaque fois qu'il avait Jessica Halliday dans ses bras, il manquait de perdre la tête. Il avait suffi à celle-ci d'apparaître, avec son look à la Audrey Hepburn, sa queue-de-cheval qui se balançait et ses battements de cils, pour qu'elle anéantisse tous ses efforts. C'était la raison pour laquelle il avait tenté de l'éviter.

Un gentleman lui aurait proposé de passer la chercher ce matin, pour lui éviter de prendre le bus. De même, un vrai gentleman ne lui aurait pas sauté dessus comme il l'avait fait la veille. Il s'était laissé emporter par son désir sans penser aux conséquences.

Durant cette soirée, ils avaient partagé beaucoup de choses — peut-être trop. Jessica en savait déjà trop sur lui pour être traitée comme une aventure d'une nuit, et il était impensable d'envisager autre chose. Même si elle était d'accord.

La prochaine fois qu'il aurait une aventure, il faudrait que ce soit avec quelqu'un qui soit uniquement à la recherche d'un frisson d'excitation. Il avait compris à ses dépens que la famille doit toujours passer avant le travail. Peut-être que si Leah et lui l'avaient compris plus tôt, il aurait encore sa fille. S'il avait un jour une seconde chance de devenir un époux et un père, il ferait en sorte que ce soit sa priorité. Seule une compagne avec un idéal semblable pourrait lui rendre ce sentiment de complétude, et ce ne serait certainement pas Jessica.

— Il faut que j'aille retrouver mes patients aux consultations externes, lui dit-il.

— Nous n'allons pas parler de ce qu'il s'est passé ? rétorqua-t-elle.

Il aurait dû savoir qu'elle ne le laisserait pas s'en tirer à si bon compte. Elle serait plutôt du genre à chercher la confrontation. Mais sa propre façon d'envisager une relation ne lui conviendrait pas. Il avait vu combien elle était sensible sous la surface.

— Ce n'était qu'un baiser, qui n'aurait pas dû arriver. Nous devons travailler ensemble, et je ne veux pas de complications. Mieux vaut en rester là, non ?

— Bien sûr, ne vous inquiétez pas, répondit-elle en relevant le menton. D'autre part, je vous ai entendu, Maria et vous, parler de vous retrouver.

— Vous n'avez tout de même pas cru que... Nous sommes amis, tout simplement. Elle m'a convaincu de faire une démonstration de premiers secours à sa troupe d'éclaireuses.

Même si ses rapports avec la religion étaient plutôt tendus depuis quelques années, il était souvent enrôlé pour participer à des manifestations confessionnelles. Bien que lui-même ne soit plus un parent, il appréciait ces occasions qui le maintenaient en contact avec ce rôle.

— Seriez-vous jalouse ? ajouta-t-il avec un petit sourire.

— J'ai cru que c'était pour ça que vous ne vouliez pas d'un flirt avec moi, répondit Jessica, rouge comme un coquelicot. Ça ne me regarde pas, de toute façon.

Mais il lisait clairement en elle.

— Maria est plutôt une sorte de grande sœur protectrice. Et, quoi qu'il en soit, je ne fréquente pas de collègues de travail de cette façon.

— Evidemment, dit Jessica en évitant de le regarder. Vous savez, le directeur de la programmation est toujours sur mon dos pour que l'on fasse plus de séquences sur la vie du personnel en dehors de l'hôpital. Est-ce que vous croyez que l'on pourrait vous filmer avec Maria lorsque vous travaillerez avec les éclaireuses ? Ça ferait un contraste intéressant entre votre travail à l'hôpital et votre temps libre.

La proposition de Jessica le prit par surprise, d'autant plus qu'elle les amènerait à passer encore plus de temps ensemble — ce qui allait à l'encontre de sa décision de garder ses distances avec elle. Comme ils n'étaient plus dans le cadre de l'hôpital, il avait le droit de dire non.

— Je ne serais pas à l'aise si une équipe me filmait, répondit-il prudemment. Et puis, ça distrairait les filles.

— Je vous promets d'opérer avec le minimum de dérangement. Quelques prises en début de soirée suffiront. Et je demanderai le consentement des parents avant de filmer, ajouta-t-elle en battant des cils.

Difficile de refuser. Il avait vu le contact que Jessica avait réussi à créer avec les enfants, et il devait pouvoir compter sur elle pour que cette opération soit menée à bien.

— Et puis, ça ne me ferait pas de mal de revoir mes notions de secourisme, ajouta-t-elle en dernier recours.

Il capitula.

— Dans ce cas, je vais en parler à Maria.

Quand elle se retrouva dans le hall de l'église, le badge « Visiteur » épinglé sur sa poitrine rappela à Jessica son statut, ainsi que le rôle éphémère qu'elle jouait dans la vie de Rob, et toutes sortes de pensées se mêlèrent dans sa tête.

Il lui avait clairement fait comprendre qu'il n'était pas intéressé, et c'était difficile de ne pas prendre ce rejet personnellement. En même temps, il s'était contredit dans ses actions. Ce soir, il n'avait apparemment rien contre sa présence. Bref, elle ne pouvait s'empêcher d'espérer qu'ils passent encore du temps ensemble.

Elle ne demandait pas une histoire d'amour, ni des promesses qu'il ne pourrait pas tenir. Tout ce qu'elle voulait, c'était de lui exprimer son désir et qu'il lui confirme le sien. Elle avait besoin de savoir qu'elle était capable d'éprouver de la passion et de l'inspirer à d'autres en dépit de ses insuffisances. Avec sa maladie, sa libido en avait pris un coup en même temps que sa confiance en elle, mais les deux semblaient en bonne voie de rétablissement avec l'aide involontaire de Rob.

Elle n'avait pas vu beaucoup d'hommes capables de parler à des enfants et de se mettre à leur niveau sans être condescendants, mais le rire de Rob indiquait qu'il faisait cela par plaisir, et non comme une corvée.

Avant ce tournage à l'hôpital, elle n'avait pas passé beaucoup de temps avec des enfants. C'était difficile pour elle de se retrouver avec eux en sachant qu'elle ne pouvait pas avoir de bébé. De par son travail, Rob avait au contraire beaucoup d'expérience avec les enfants. Ça se voyait dans sa façon de les mettre en train avec des jeux de société. Un homme désireux de fonder un jour une famille ne serait pas intéressé par une brève aventure…

Malgré la force intérieure qu'elle avait développée depuis que ses rêves de mariage s'étaient envolés, son désir de connaître un jour une vie familiale ne la quitterait sans doute jamais.

— Lorsque Rob arrive ici, on dirait une rock star, commenta Maria, qui avait abandonné son uniforme, mais organisait la soirée avec la même autorité qu'à l'hôpital.

— Est-ce qu'il vient souvent ?

— Oui, il nous aide souvent avec les enfants. Mais il n'avait encore jamais amené une amie, répondit Maria, laissant son regard aller de Rob à elle.

Il n'y avait pourtant aucune raison de s'exciter.

— Au fait, dit Jessica, un peu gênée, merci de m'avoir aidée à obtenir les consentements des parents si rapidement.

— Je vous en prie. A vrai dire, je suis surprise que Rob ait accepté la présence de l'équipe de tournage. C'est un homme très secret.

Elle pouvait comprendre le désir farouche de Rob de maintenir le contrôle sur toute information personnelle. Pour sa part, les quelques relations qu'elle avait eues dernièrement avaient été si superficielles qu'elle n'avait jamais eu à faire de révélations.

Rob était différent. Sans avoir l'air d'y toucher, il l'avait amenée à s'ouvrir à lui, et rien que pour ça, elle devrait s'enfuir en courant. Mais, tout au contraire, il lui donnait envie de rester et de mieux le connaître.

— Il doit se rendre compte que c'est important pour l'émission, répondit-elle. Je vous suis très reconnaissante à tous les deux de vous montrer aussi compréhensifs.

Après avoir fait quelques prises de Rob avec les enfants, elle put renvoyer l'équipe de tournage. Ils avaient suffisamment de quoi montrer le médecin sous un angle plus personnel, le directeur serait content.

Une fois l'équipe partie, Maria et elle restèrent les deux seules spectatrices. Quand Rob sortit des bandages et des attelles de sa trousse médicale, les filles se pressèrent autour de lui tel un essaim d'abeilles.

Il frappa dans ses mains pour faire taire leur bourdonnement excité.

— OK, les filles, mettez-vous par deux, s'il vous plaît.

Elles s'exécutèrent immédiatement.

— Il ne se rend pas compte de l'effet qu'il produit sur ces jeunes filles, dit Maria, avec le sourire d'une mère fière de son fils. Je suis sûre qu'il y en a plus d'une qui est amoureuse de lui.

Jessica laissa échapper un petit rire forcé, consciente qu'elle faisait partie du lot.

— Je vais vous montrer quelques techniques qui peuvent aider en cas d'accident, dit-il après avoir brièvement expliqué en quoi consistaient les premiers secours. Bien sûr, en cas de blessure grave, vous devez appeler le 999... A présent, j'ai besoin d'une volontaire.

Une douzaine de mains s'agitèrent en l'air.

— Jessica ?

Rob lui faisait signe d'approcher, et Maria la poussa fermement en avant.

Elle le rejoignit avec réticence, accueillie par le regard envieux de toutes les filles.

— Allongez-vous par terre devant moi, ordonna Rob.

— Pardon ?

— Je voudrais expliquer la PLS, la position latérale de sécurité, et je ne peux le faire que si vous vous allongez. S'il vous plaît, ajouta-t-il d'un air presque suppliant.

Heureusement, cette fois, elle était en jean.

— D'accord.

Elle s'agenouilla et sentit son cœur battre plus vite quand il s'agenouilla près d'elle.

— Essayez de vous détendre, dit-il en ouvrant doucement ses poings fermés et en étendant ses bras sur les côtés.

Il lui sembla que la température ambiante était montée de plusieurs degrés.

— J'ai un peu chaud, marmonna-t-elle.

— Effectivement, vous êtes rouge. Voulez-vous que je déboutonne votre chemise ?

Elle hocha la tête en se mordant la lèvre, car elle n'avait qu'une envie : qu'il la touche encore. Elle avait envie de flirter avec lui, de se rendre compte s'il était aussi immunisé qu'il voulait le paraître.

Quand il ouvrit son chemisier, elle retint sa respiration.

— Ça va mieux ?

— Beaucoup mieux, répondit-elle, alors qu'elle brûlait carrément à l'intérieur.

— Fermez les yeux, murmura-t-il contre son oreille. Vous êtes censée être inconsciente.

Elle obtempéra, mais tous ses autres sens furent réquisitionnés, et un frisson d'excitation la parcourut quand la fragrance boisée de l'after-shave de Rob l'enveloppa.

Cette séance était une douce torture.

Rob expliqua à leur public attentif que l'on utilisait la PLS pour les personnes inconscientes mais qui respiraient, et seulement si elles n'étaient pas blessées à la nuque ou à la colonne vertébrale.

— La première chose à faire est de vérifier si le patient réagit, en le secouant doucement et en l'appelant.

Il posa les mains sur ses épaules et la secoua.

— Jessica, est-ce que vous m'entendez ?

Comment faire semblant d'être inconsciente, alors que chaque partie de son corps frémissait à son contact ? Se retrouver aussi proche de lui était une incitation à faire n'importe quoi.

— S'il n'y a aucune réaction, appelez de l'aide et passez à l'étape suivante, qui consiste à contrôler les voies respiratoires. Avec un patient inconscient, on procède en inclinant la tête en arrière et en relevant le menton...

D'une main ferme, Rob joignit le geste à la parole et la plaça dans la position indiquée.

— Pour vérifier la respiration, observez si la poitrine se soulève et s'abaisse, sentez le souffle sur votre joue ou écoutez les bruits.

Le souffle de Rob était chaud sur sa joue. Peut-être que, si elle était convaincante dans son rôle, il lui ferait du bouche-à-bouche ?

Il détailla ensuite la position latérale que l'on devait donner au corps, en lui manipulant les membres pour illustrer sa démonstration.

Pour être aussi troublée, elle devait vraiment être en manque de contact physique avec l'autre sexe...

— La tête doit reposer sur la main libre, la bouche dirigée vers le bas au cas où le patient vomirait. Le menton doit être détaché de la poitrine et le genou est à angle droit avec le corps. En attendant l'ambulance, vérifiez encore la respiration.

Rob se releva, et elle eut une brusque sensation de froid.

— A vous, dit-il en se tournant vers les filles. Répétez le processus en commentant chaque étape. Auparavant, merci d'applaudir ma séduisante assistante.

Il lui tendit la main, et elle se retrouva debout à côté de lui, la main posée sur sa poitrine pour ne pas perdre l'équilibre. Quand elle le regarda, elle revit dans ses yeux le même désir que la veille.

Des applaudissements enthousiastes la ramenèrent à la réalité.

— Jessica, pouvez-vous me donner un coup de main pour superviser les filles ?

Pendant les vingt minutes qui suivirent, elle se mêla au groupe pour rappeler les positions, et il y eut beaucoup d'éclats de rire, si bien que les filles commencèrent à la traiter comme une des leurs.

Elle avait l'impression d'être une sorte de tante à qui l'on vient demander conseil au sujet des garçons ou de la mode. Leur innocence et leur sincérité étaient rafraîchissantes pour elle qui côtoyait le monde souvent cynique de la télévision. Elle avait oublié ce que c'était que de participer sans arrière-pensée à une activité à la fois amusante et profitable.

Soudain, elle eut l'impression que sa rupture avec Adam l'avait transformée en une sorte de monstre préoccupé uniquement de lui-même. Obnubilée par le besoin de se protéger pour éviter de souffrir à nouveau, elle ne s'était pas demandé comment elle pouvait aider les autres.

Rob avait connu une tragédie bien pire que la sienne, mais il ne s'apitoyait pas sur lui-même. En dehors de son travail si prenant, il se rendait utile à la société tout en décompressant. Il s'intéressait toujours à la vie des autres.

Y compris à la sienne.

5

Parmi le groupe excité des futurs secouristes, Jessica remarqua une jeune fille pliée en deux.

— Mademoiselle, je crois que Ciara ne se sent pas bien, dit sa partenaire au même moment.

— Ciara ? Est-ce que tu veux une chaise ? demanda Jessica en la rejoignant aussitôt.

En aidant la jeune fille à s'asseoir, elle remarqua sa pâleur de craie et vit qu'elle respirait difficilement, cherchant de l'air.

— Rob, on a besoin de vous ici, appela-t-elle. Maintenant !

Il fut près d'elles en deux secondes et s'agenouilla devant Ciara en prenant ses deux mains dans les siennes, tandis que Maria s'occupait de distraire le reste du groupe en sortant du jus d'orange et des biscuits.

— Tu vas respirer longuement, profondément, Ciara. Inspire, expire.

Au bout de quelques respirations, la panique de la jeune fille diminua.

— C'est très bien, dit Rob. As-tu ton inhalateur ?

Pendant que Ciara sortait l'appareil de sa poche, Jessica ouvrit de grands yeux.

Donc, il connaissait l'état de santé de cette jeune fille, ce qui en disait long sur ses relations avec la paroisse. Il était probablement beaucoup plus enclin à se faire des amis qu'elle ne l'avait cru.

Rob secoua l'inhalateur avant d'ôter le capuchon, afin que

Ciara prenne quelques bouffées pour soulager ses symptômes. Sa respiration se régulait lentement.

Jessica lui frotta doucement le dos.

Chaque crise d'asthme devait être une expérience effrayante pour Ciara. A cet âge, la maladie n'était pas facile à vivre, elle en savait quelque chose. Dans ces moments-là, on n'aspire qu'à une chose : se retrouver dans son lit.

— Je vais appeler ta mère, dit Rob. Nous allons te ramener chez toi — si Jessica est d'accord, ajouta-t-il en lui jetant un coup d'œil interrogateur.

Elle hocha la tête.

— On va te raccompagner chez toi, ma chérie.

Dans certains domaines, elle ne demandait pas mieux que de se soumettre à l'autorité de Rob Campbell, ce qui n'était pas le cas avec tout le monde. Rob était du genre à prendre les choses en main sans arrogance ni supériorité. Rien ne semblait l'ébranler. Elle aurait aimé avoir quelqu'un comme lui à ses côtés, lorsque le monde s'était écroulé sous ses pieds. Les choses auraient été différentes si elle avait eu un compagnon aussi solide auprès d'elle.

Rob mit fin à la séance après avoir obtenu la permission des parents de Ciara de la raccompagner. Il vérifia encore une fois son état et s'assura qu'elle était bien couverte avant de sortir avec elle dans la nuit.

Ce n'était pas la première fois qu'il était confronté à l'asthme de Ciara, mais là, il avait bénéficié du soutien de Jessica. Au lieu de s'affoler et d'augmenter ainsi la panique de la jeune fille, celle-ci avait gardé son calme en l'aidant à contrôler la situation. Et, cette fois, il n'y avait pas de caméra en train de tourner ni de patron à impressionner ni aucun enjeu financier. L'unique préoccupation de Jessica avait été le bien-être de Ciara.

Ce comportement envers les malades aurait fait d'elle un bon médecin si elle avait suivi cette voie ! Non, toutes les personnes travaillant dans les médias n'étaient pas dépourvues d'humanité...

Durant le trajet en voiture, Jessica se retourna fréquemment vers Ciara pour s'assurer qu'elle n'avait pas froid et bavarda avec elle pour la distraire de son asthme.

Il ne pouvait nier l'incroyable alchimie qui existait entre eux. Il avait un peu honte de s'être donné en spectacle avec elle pendant la démonstration, mais tous les prétextes avaient été bons pour la toucher.

Jessica Halliday représentait pour lui le fruit défendu, ce qui la rendait d'autant plus attirante. Il avait envie d'elle comme quelqu'un qui, au régime, peut avoir envie de chocolat. Et à en juger par ses coups d'œil sensuels et la façon dont elle avait réagi quand il la manipulait, alors qu'elle était censée être inconsciente, elle était dans les mêmes dispositions que lui.

Le moment approchait où il lui faudrait admettre qu'il y avait quelque chose entre eux et qu'il ne servait à rien d'ériger des barrières imaginaires. Même dans les régimes les plus stricts, on peut parfois se lâcher un peu...

Il se gara le plus près possible de la maison de Ciara afin que la fraîcheur de la nuit ne risque pas de provoquer une nouvelle crise. Jessica fut la première hors de la voiture pour aider leur jeune patiente à sortir, et ils l'accompagnèrent tous les deux jusqu'à la porte. La mère de Ciara leur proposa une tasse de thé, mais ils déclinèrent l'invitation. Il lui donna pour instruction de bien la surveiller et d'appeler le médecin le lendemain matin.

— Désolée, j'ai tout gâché, dit Ciara, la tête basse.

— Pas du tout. On pourra recommencer la semaine prochaine, et vous aurez toutes eu le temps de vous exercer.

La jeune fille retrouva un semblant de sourire.

— Est-ce que Jessica sera là aussi ?

— Si elle est disponible...

Il échangea un coup d'œil avec sa nouvelle assistante.

Il ne voulait pas lui forcer la main. Il n'avait aucune idée d'où en seraient les choses dans une semaine. Jessica n'aurait alors plus besoin de filmer, sa réponse dépendait donc entièrement de son envie de passer du temps avec eux.

— J'adorerais !

En entendant cette réponse, il ne put s'empêcher de sourire.

Il fallait vraiment qu'il soit masochiste pour continuer de jouer à faire semblant de ne pas avoir envie de lui arracher ses vêtements !

Alors qu'ils regagnaient la voiture, il remarqua qu'elle avait perdu de son ressort.

— Quelque chose ne va pas ?

Elle prit une profonde inspiration.

— C'est juste que... Je suis bien placée pour savoir à quel point c'est terrible d'être malade à cet âge.

— Vous avez eu de l'asthme, vous aussi ?

— Non, pas de l'asthme, mais j'ai été une enfant malade.

Brusquement, beaucoup de choses devenaient limpides : si Jessica avait passé son enfance à fréquenter les hôpitaux, cela expliquait son empathie envers les enfants. Mais peut-être voyait-elle cela comme une faiblesse ?

Il se sentit d'autant plus honoré qu'elle ait choisi de se confier à lui. Et, en tant que médecin, sa curiosité était piquée au vif.

Jessica était une battante, il ne la voyait pas succomber à quoi que ce soit — pas même à la maladie. Il n'avait remarqué chez elle ni séquelle physique ni cicatrice apparente, et il avait eu l'occasion ces derniers jours d'étudier son corps de près ! Il savait que ses yeux couleur d'aigue-marine se teintaient d'ambre quand elle était irritée et que ses joues se coloraient de rose quand il s'approchait...

— Avec de la chance, l'état de Ciara s'améliorera en grandissant. Je suppose que c'est ce qu'il s'est passé aussi pour vous ?

— J'ai été longue à me rétablir, et ça n'a pas été sans mal. J'espère vraiment que Ciara ira mieux. Car, quand on regarde en arrière, la maladie entache tout. Les lits d'hôpital et les tests sanguins ne font partie pour personne de la nostalgie de l'enfance. Il suffit de me regarder : je suis amère et intrigante.

Elle éclata d'un rire sans joie qui lui fit plus mal que si elle avait fondu en larmes.

Malgré toute l'expérience qu'il avait accumulée dans le domaine médical, il n'avait pas trouvé de traitement magique pour soigner les traumatismes émotionnels. S'il y était parvenu, il aurait sans doute trouvé plus facile de s'ouvrir à Jessica comme elle le faisait avec lui.

Il se retint de démarrer, de crainte de rompre le charme, car il voulait savoir ce qu'il s'était passé dans son enfance qui la hantait encore. Il avait envie de l'aider à le surmonter.

— Est-ce que tout va bien, maintenant ? demanda-t-il, n'osant pas l'interroger plus avant, de crainte de la mettre mal à l'aise.

Naturellement, s'il pouvait faire quelque chose pour elle professionnellement, il n'hésiterait pas une seconde.

— Oui. J'ai été déclarée guérie il y a déjà longtemps...

Elle se tut comme si elle se demandait si elle devait entrer dans les détails ou non.

— LLA, lâcha-t-elle enfin. Plus exactement, leucémie lymphoblastique aiguë.

Il se figea.

Il avait vu de nombreux patients souffrir de cette maladie particulièrement dévastatrice, dont la durée moyenne de traitement est de deux ans, ponctués de séjours à l'hôpital.

C'était long pour un enfant.

— Vous vous en êtes bien sortie...

— Je suis une survivante. Et je compatis au sort de Ciara. La bataille n'est jamais facile.

Avec ce qu'elle avait traversé, elle aurait pu s'apitoyer sur elle-même, mais elle préférait réserver sa compassion pour une jeune fille.

Il découvrait une femme remarquable, qui avait eu la force de traverser cette épreuve. Si un jour elle décidait de donner des conférences pour faire part de son expérience, il serait le premier à mettre son établissement sur la liste. Cela pourrait permettre d'alléger les problèmes des familles concernées.

L'empathie de Jessica montrait qu'elle s'intéressait aux problèmes des autres, même si elle ne pouvait rien faire pour eux. Et puis, c'était une sorte de thérapie où on ne payait pas un étranger pour vous écouter et où on n'était pas étiqueté comme patient. Après tout, lui-même avait mieux dormi après lui avoir parlé de Leah.

— En tout cas, vous êtes là, et en bonne santé. Je ne vois pas pourquoi Ciara ne pourrait pas y arriver elle aussi.

— Vous avez raison... Je suis stupide de réagir ainsi.

— Pas du tout ! Vous êtes pleine de sollicitude et de compassion. Une belle personne, à l'intérieur comme à l'extérieur.

— Merci.

Mentalement, il se vit prendre son visage entre ses mains pour l'embrasser...

Ce fut son cœur qui lui dit qu'il ne fallait pas. Mais il ne pouvait pas la déposer simplement devant chez elle, alors qu'elle venait de se mettre à nu devant lui.

Il ne s'était encore jamais trouvé dans cette situation. Certes, il avait souvent conseillé des familles dans le cadre de son travail, mais là, c'était différent. Jessica avait besoin d'un soutien à la fois physique et émotionnel, mais s'il l'embrassait, cela les mènerait au-delà de l'amitié, et il ne voulait pas prendre ce risque alors qu'elle était vulnérable.

Il faudrait qu'il lui confesse ses fautes, ça la dégoûterait d'attendre quoi que ce soit de lui. Cependant, il ne voulait pas le faire ici, dans l'obscurité, alors qu'ils se voyaient à peine.

Il mit le moteur en route.

— J'habite pas loin d'ici, vous voulez qu'on aille manger un morceau ? Votre journée a été aussi chargée que la mienne, et je n'ai pas envie de vous voir encore tourner de l'œil...

Jessica venait de confier à Rob l'essence même de ce qu'elle était — la raison pour laquelle elle était devenue la femme qu'il connaissait. Elle prit son absence de réaction pour une rebuffade de plus. Si elle n'avait pas craint de se retrouver seule chez elle à ressasser ses malheurs et n'avait pas eu aussi faim, elle aurait décliné son invitation.

Mais elle n'en eut pas l'énergie.

Le grand bungalow de style chalet devant lequel ils se garèrent ressemblait plus à une résidence familiale qu'à la garçonnière pour célibataire branché qu'elle avait imaginée. C'était une construction neuve, et vu le vaste terrain qui l'entourait, elle était probablement plus chère qu'un luxueux appartement en ville. A l'intérieur, tout était immaculé — l'ordre et la précision dont Rob faisait preuve dans le travail rejaillissaient ici aussi.

— Mettez-vous à l'aise, dit-il en l'entraînant dans le séjour. Je vais voir ce que j'ai de comestible dans ma cuisine.

— Appelez-moi si vous avez besoin d'un coup de main.

Elle s'affala sur un canapé de cuir noir.

On aurait dit que tout le mobilier venait d'être livré. Rob était là depuis cinq ans, mais la maison ne donnait pas l'impression d'être habitée. Bien que le souvenir de sa femme ait semblé très vivace chez lui, il n'y avait aucune photo, et elle ne voyait pas d'objets personnels. Comme s'il était dans le déni du drame qui avait eu lieu.

Tout cela n'était pas très sain.

Rob revint avec un plateau couvert de diverses boîtes dont le contenu ne semblait pas très alléchant.

— Nous avons de la soupe en boîte, des conserves de légumes, des œufs, et je dois avoir un paquet de saucisses qui n'est pas encore périmé. Désolé, je n'avais pas prévu cette soirée. Je peux battre quelques œufs en omelette, si vous voulez ?

— Ne vous donnez pas cette peine. J'adore la soupe à la tomate, et on pourra manger dans moins de cinq minutes.

La soupe avait été un des rares aliments que son estomac avait été capable de supporter durant sa maladie.

— A vos ordres.

Rob s'inclina devant elle en faisant un grand geste de la main et retourna vers la cuisine.

Mais elle avait envie d'être en sa compagnie, surtout quand il laissait s'exprimer son côté espiègle.

— Attendez, je viens vous aider !

La cuisine ressemblait à la cuisine modèle d'un magasin de déco, avec ses plans de travail en marbre, ses éléments en chêne clair et ses gadgets dernier cri. Son appartement à elle aurait tenu tout entier dans un angle de la pièce.

— Ne me dites pas que vous avez un endroit pareil pour cuisiner et que vous vous nourrissez comme un étudiant sans le sou ?

— Ne soyez pas trop dure avec moi, se défendit-il. Je n'ai pas encore eu le temps de faire les courses cette semaine.

Il répartit le contenu de la boîte de soupe dans deux bols qu'il glissa au micro-ondes.

Quelque chose ne collait pas. La cuisine était d'une telle propreté que, soit il ne l'utilisait jamais, soit il faisait appel à une armée de lutins pour qu'elle soit aussi parfaitement entretenue ! Elle ne comprenait pas pourquoi il était venu ici après avoir perdu sa femme. La taille de la maison ne pouvait qu'accentuer le sentiment de solitude. Elle, au moins, elle avait sa mère qui lui rendait visite lorsqu'elle se trouvait trop seule. C'était comme si Rob se punissait lui-même en vivant dans un endroit aussi vaste et vide, loin de toute présence.

— Vous devez avoir une vue magnifique, dit-elle.

Pour l'instant, il faisait trop sombre pour qu'elle puisse apercevoir quoi que ce soit.

— Si on aime les prés couverts de moutons à perte de vue...

Cet isolement ne pouvait pas aider Rob à sortir de sa situation !

Pour sa part, elle savait depuis longtemps qu'il n'était pas bon de dissimuler ce qu'elle pensait. Si elle n'abordait pas le sujet maintenant, elle allait éclater.

— Croyez-vous sincèrement que Leah voudrait que vous vous cachiez ici durant le reste de votre vie ?

Elle vit Rob s'agripper au plan de travail, le dos tourné.

— Vous ne pouvez pas comprendre.

— Vous avez raison. Alors, expliquez-moi pourquoi vous êtes aussi dur avec vous-même.

Après tout ce qu'ils avaient déjà partagé, il devrait être capable de lui faire confiance. Pourquoi avait-elle l'impression que tenter de lui soutirer des informations, c'était comme se heurter à un mur de brique ?

Forcé de se confronter à ses démons dont il était fatigué de se cacher, Rob remarqua à peine le bip du micro-ondes.

— Je n'ai pas pu la sauver. J'ai échoué en tant que médecin et en tant que mari... Je n'étais pas auprès d'elle quand elle a eu le plus besoin de moi.

Il avait été trop pris par son travail, occupé à sauver la vie d'autres gens, il n'avait pas été là pour protéger celles qui comptaient le plus pour lui. Si seulement il avait participé à l'expédition shopping pour la rentrée des classes de Mollie, au lieu de ressasser la dispute qu'il avait eue avec Leah, il aurait pu éviter la tragédie !

— Ce n'était pas votre faute. C'était un accident, vous ne pouviez pas le prévoir.

— On s'était disputés pour une bêtise, et je lui en voulais encore. Sinon, j'aurais été là quand le chauffard lui est rentré dedans. J'aurais pu l'éviter.

Il se retint de justesse de parler de son échec en tant que père. Un seul secret honteux à la fois. Il ne voulait pas que Jessica le juge ni qu'elle le plaigne plus qu'elle ne le faisait déjà. Ça ne ferait que lui rappeler encore plus sa famille. Et puis, les souvenirs qu'il avait de Mollie n'appartenaient qu'à lui. Il ne les partageait avec personne.

Leah et lui n'étaient ensemble que depuis quelques mois quand elle était tombée enceinte. C'était la raison pour laquelle ils s'étaient mariés si vite. Leah avait alors mis sa carrière de mannequin de côté, et ensuite il n'avait pas compris qu'elle lui ait caché qu'elle cherchait à retravailler, alors qu'il l'aurait soutenue quel que soit son choix. Tout ce qu'il voulait, c'était qu'elle soit heureuse. Ils s'étaient aimés, mais elle avait fini par leur en vouloir, à lui et à leur fille, de l'empêcher de vivre ses rêves. Son rôle de mère au foyer ne l'avait manifestement pas satisfaite, il s'en était rendu compte trop tard. Il n'avait su comment Leah passait son temps que lorsque Mollie était devenue grognon et fatiguée. Il avait alors appris la vérité de la bouche de son enfant chérie, et son monde s'était écroulé. A cause du manque de communication entre sa femme et lui, et de son échec à reconnaître qu'elle n'allait pas bien, il avait tout perdu.

— L'accident se serait produit, que vous ayez été là ou non, persista Jessica.

— Peut-être, peut-être pas. J'ignore dans quel état d'esprit était Leah quand elle a pris la voiture ce jour-là, et on n'a jamais retrouvé le chauffard. Je ne sais pas comment s'est passé l'accident ni quels ont été ses derniers instants, et c'est ce qui me tue. J'aurais peut-être pu éviter la voiture, ou la sauver si j'avais été là. Et sauver aussi Mollie.

— C'est terrible à accepter, mais vous ne pouvez pas vous en vouloir alors que vous n'étiez au volant d'aucun des deux véhicules.

Dans son ignorance des faits, Jessica analysait les événements d'une façon naïve qui rendait sa psychologie de cuisine d'autant plus insupportable. Ça ne le réconfortait nullement. Depuis le jour fatal, chaque fois qu'il voyait des policiers arriver dans le service, il avait la peur au ventre, dans la crainte qu'ils ne soient porteurs d'une nouvelle dramatique.

— Vous savez, poursuivit Jessica, j'ai passé des années à chercher un responsable à mes problèmes. Est-ce que j'étais malade parce que mes parents ou moi avions fait quelque chose de mal ? Non. C'était juste un de ces malheurs qui peuvent faire de nous des êtres humains plus forts. Vous ne pouvez pas éternellement laisser cet accident vous consumer.

Les mots que disait Jessica, il avait entendu sa mère les lui répéter jusqu'à ce qu'il ne puisse plus le supporter. Ils ne signifiaient pas grand-chose quand les journaux vous rappelaient que vous aviez beau être médecin, vous n'aviez pas pu sauver votre propre famille.

Elle prit son visage dans ses mains, insistant pour qu'il la regarde.

— Ce *n'est pas* votre faute ! Vous méritez mieux que cette demi-vie que vous vous accordez. Cette tragédie vous est arrivée à vous, mais pas à cause de vous. Croyez-moi, je connais la différence.

Avec la passion qui la caractérisait, Jessica le défendait contre ses tourments intérieurs.

Il avait envie de croire qu'il avait des affinités avec elle. Pendant un instant, il souhaita échapper à ce qu'il se passait dans sa tête, se permettre de ressentir autre chose que la culpabilité qu'il traînait quotidiennement derrière lui.

— Ce n'est pas votre faute, répéta Jessica comme un mantra, en l'embrassant sur les deux joues.

C'était quelque chose qu'il avait eu trop peur de faire pour la réconforter, de crainte qu'elle ne lui prête d'autres intentions. Comme à son habitude, elle agissait spontanément, sans réfléchir à ses moindres mouvements, au contraire de lui.

— Ce n'est pas votre faute...

Elle l'embrassa sur la bouche.

Se disait-elle que, en le lui répétant, il finirait par le croire ? Si seulement il pouvait, lui aussi, penser qu'il était juste un homme seul en grand besoin de réconfort, qu'il avait le droit de ressentir autre chose que cette immense tristesse qui submergeait son cœur !

Il ferma les yeux, s'efforçant de neutraliser le passé pour se focaliser sur le présent : les lèvres douces de Jessica sur les siennes. Son parfum exotique lui déclencha un picotement d'excitation sur la langue. Quand elle fit un geste pour s'écarter, il l'accompagna dans son mouvement afin de prolonger l'instant. Elle se détendit contre lui, et il goûta la chaleur et le réconfort de leur étreinte.

Il posa sa main sur le bas de son dos.

— Jessica, si nous n'arrêtons pas tout de suite...

Sa voix était rauque de désir, mais il ne voulait pas se laisser entraîner pour le regretter ensuite.

— Pas question d'arrêter, dit-elle. Ça fait trop longtemps que nous nous refusons ce moment.

Sur ces mots, elle entreprit de défaire les boutons de sa chemise, exposant son torse qu'elle couvrit de baisers. Sous la chaleur de sa bouche, il sentit ses mamelons se durcir en même temps qu'une autre partie de son corps. A chaque baiser, sa peine s'éloignait un peu plus.

Jessica Halliday était plus efficace qu'un kilo de chocolat.

Il s'efforça de garder les idées claires quand elle lui titilla un mamelon avec sa langue.

— Je ne veux pas que ça devienne sérieux...

— Moi non plus, répondit-elle, l'air très absorbé par ce qu'elle faisait.

— Ce qui veut dire que ça ne dépassera pas une nuit, insista-t-il, préférant que les frontières soient clairement définies avant qu'ils n'atteignent le point de non-retour.

Elle s'interrompit pour lui jeter un coup d'œil de côté.

— J'ai bien compris, et ça me va très bien. Aucun de nous deux ne veut s'engager. Je pense qu'une nuit de passion débridée suffira à nous calmer. Et, dans quelques semaines, on se quittera avec un agréable souvenir.

Elle avait le chic pour exprimer succinctement ce qu'elle ressentait, alors qu'il avait du mal à trouver les mots.

Il l'attira contre lui pour goûter de nouveau ses lèvres et oublier toutes les raisons qu'ils avaient de ne pas s'accorder.

Ici et maintenant, ils étaient simplement deux âmes solitaires trouvant du réconfort ensemble.

Lorsque leurs langues se mêlèrent, il sentit la passion qu'il avait contenue se libérer. Glissant la main dans l'encolure du chemisier de Jessica, il caressa la pointe d'un sein avec son pouce, et son excitation augmenta quand il le sentit se durcir. Il lui embrassa le cou tout en déboutonnant son chemisier.

Quand Jessica gémit doucement, il sentit son sang bouillir dans ses veines. En un rien de temps, il lui dégrafa son soutien-gorge et posa sa bouche sur la pointe rose qui se dressait. Elle était à la fois douce et dure, sucrée et épicée, et il était fou de désir pour elle.

Quand ils se furent débarrassés de leurs dessous, elle prit le contrôle de la situation. Les bras autour de son cou, les jambes accrochées à ses hanches, elle s'ancra à son sexe en érection.

Il frissonna tandis que leurs corps fusionnaient et s'immobilisa en elle, le temps de savourer sa chaleur humide. Puis il l'appuya contre le plan de travail de la cuisine, les fesses calées sur le bord. Jessica enfouit les doigts dans ses cheveux en le chevauchant, et il eut l'impression que tous ses démons fuyaient. A chaque mouvement, un gémissement de plaisir lui échappait, il se sentait sur le point de perdre les pédales. Il s'était privé si longtemps qu'il se repaissait sans retenue de cet accomplissement.

Leur souffle s'accéléra au rythme de leurs mouvements, jusqu'au moment où il se répandit en elle, libérant toute sa frustration dans un cri primal.

6

Les jambes tremblantes, Jessica prit pied sur le carrelage et rajusta son chemisier pour couvrir le haut de son corps.

Rob lui avait littéralement coupé le souffle. Elle ne s'était pas attendue à ce qu'il soit aussi impulsif et d'un tempérament aussi fougueux.

Le problème, c'est qu'elle n'avait qu'une hâte : ranimer au plus vite la flamme de la passion. Maintenant qu'elle savait à quel point ils pouvaient être bien ensemble, une seule fois ne lui suffisait pas. La spontanéité de leur échange montrait l'intensité du désir qu'il avait éprouvé pour elle à cet instant, mais elle voulait plus.

Depuis ses biceps ronds jusqu'à ses cuisses musclées, en passant par tout ce qui se trouvait entre, Rob Campbell était bâti pour le plaisir. Il lui tardait de découvrir chaque centimètre carré de son corps.

Seulement, il enfilait déjà son pantalon, et le doute assombrissait son regard.

Elle glissa un doigt dans sa ceinture et l'attira contre elle pour un baiser langoureux.

— Qu'est-ce que... ?

— Je n'en ai pas encore fini avec toi.

— Non ?

— Nous nous sommes mis d'accord pour une nuit. Une nuit entière, dit-elle en l'entraînant dans le couloir à la recherche de sa chambre. Si c'est l'affaire d'une fois, autant en tirer le meilleur parti, tu ne crois pas ?

Rob hésita une seconde, puis il la prit par la main et la guida jusqu'à sa chambre.

— Dans ce cas, qu'est-ce que nous attendons ?

Lorsqu'ils se retrouvèrent devant le lit *king-size* de Rob, il y eut un moment de silence.

Craignant qu'il ne change d'avis s'il réfléchissait trop à ce qu'ils étaient en train de faire, elle se déshabilla complètement de ses doigts tremblants.

Elle n'avait pas ses jolis vêtements pour l'aider à exprimer sa féminité. Or, Rob n'était pas une rencontre de hasard qu'elle ne reverrait plus, ce qu'il pensait d'elle lui importait. Elle voulait qu'il ait envie d'elle.

— Avec ou sans talons hauts ? demanda-t-elle en s'avançant vers lui, les mains sur les hanches, affichant une confiance qu'elle était loin d'éprouver.

Son métier lui avait appris à cacher la moindre faiblesse sous le masque de la bravade. Son corps l'avait lâchée dans le passé, et il n'y avait pas de meilleure façon de faire taire ses incertitudes que de parader avec aux pieds une jolie paire de chaussures.

— Avec, répondit sans hésiter Rob d'une voix éraillée.

Avant qu'elle ait eu le temps de protester, il la plaqua sur le lit comme au rugby.

Elle poussa un petit cri, secrètement ravie qu'il la trouve aussi irrésistible.

A présent, il la recouvrait entièrement de son corps.

Cela faisait quelque temps qu'elle n'avait pas couché avec quelqu'un, et elle ne s'était jamais confiée à personne comme à Rob. Pour le coup, l'aspect émotionnel qu'elle s'efforçait d'éviter prenait toute sa place. Elle se détendit en se disant qu'elle devait juste considérer cette nuit pour ce qu'elle était : une nuit dont elle se souviendrait.

En quelques secondes, il se retrouva nu, et elle sentit son sexe en érection contre elle.

Il n'y a rien de plus aphrodisiaque qu'un homme sexy et athlétique qui vous trouve désirable. Et là, tout contre Rob, elle pouvait enfin être elle-même. Il connaissait déjà presque tous ses secrets.

Il l'embrassa longuement, et elle eut envie de sentir sa bouche et sa langue sur tout son corps. Mais la trouverait-il toujours aussi attirante, s'il savait que sa maladie lui avait volé une partie vitale de sa féminité ?

A cet instant, comme s'il avait lu dans ses pensées, Rob lui demanda si elle prenait une contraception, ce qui lui amena les larmes au bord des cils.

C'était l'occasion de lui dire toute la vérité, mais elle ne voulait pas casser l'ambiance en parlant de sa tragédie.

Elle ravala ses larmes avant de lui répondre.

— Je suis protégée, dit-elle avec un sourire forcé.

Rob sourit à son tour et se remit à l'embrasser avant de se pencher sur ses seins. Il promena sa langue sur ses mamelons, les titillant entre ses lèvres jusqu'à ce qu'elle s'accroche au matelas en gémissant de volupté.

Cette fois, elle s'abandonna entièrement à lui. Lorsqu'il se glissa entre ses jambes, elle lui ouvrit son intimité, incapable de penser à rien d'autre qu'au plaisir qu'il lui donnait. Et lorsqu'elle atteignit l'orgasme, elle entendit ses propres cris résonner dans le calme de la maison.

Quand Jessica se fut apaisée, Rob la pénétra lentement et se perdit dans sa chaleur et sa féminité.

Les jambes accrochées autour de sa taille, Jessica accompagnait chacun de ses mouvements de petits gémissements qui ne faisaient que l'exciter davantage. A cet instant, il ne pouvait penser à rien d'autre. Le plaisir monta inexorablement en lui jusqu'au sommet de la jouissance, si puissamment qu'il l'ébranla au plus profond de lui-même.

Malgré leur accord selon lequel il n'y aurait que du sexe entre eux, il savait en lui-même que ce n'était pas vrai : il ne s'agissait pas que de sexe. En faisant l'amour avec Jessica, il n'avait rien retenu. En même temps, il savait que l'euphorie du moment ne durerait pas, qu'il leur faudrait affronter de nouveau la dure réalité de leur métier. Ils n'avaient été réunis que par des circonstances temporaires.

S'allongeant à côté d'elle, il déposa un baiser sur ses lèvres. Il se sentait reconnaissant envers elle de lui avoir permis de vivre entièrement dans l'instant présent, juste un moment.

— Rob, est-ce que ça va ? Je te trouve bien calme, dit Jessica en fronçant les sourcils.

Ce n'était pas très galant de se perdre dans ses propres pensées après les instants qu'ils venaient de partager. Il serait bien temps, plus tard, de se flageller de nouveau en se repentant de ses fautes. Pour cela, il attendrait que l'autre côté du lit se soit refroidi.

— C'est parce que tu m'as épuisé, répondit-il.

Il lui caressa la joue avec son pouce, cherchant à prolonger le contact physique pour ne pas rompre le charme trop tôt.

— Veux-tu que je parte pour que tu puisses mieux te reposer ? proposa-t-elle.

Son teint était rose, elle avait les cheveux ébouriffés, et il crut voir une lueur d'incertitude dans ses yeux. Elle semblait aussi secouée que lui.

S'ils s'en tenaient strictement à leur accord, il n'y avait aucune raison de paniquer. Il aurait tout le temps d'analyser les événements une fois qu'elle serait partie. Pour l'instant, il voulait juste que son esprit soit en paix avec son corps.

— Inutile de se presser, dit-il. Je pourrai te déposer plus tard. A moins que tu ne préfères partir ?

— Euh… non, je… Si cela te convient ?

Pour sa part, il aurait aimé rester allongé près d'elle un peu plus longtemps.

— J'apprécie ta compagnie, répondit-il simplement.

Il tapota l'oreiller près de lui, et quand elle vint se blottir contre son torse, il soupira de bien-être.

C'était si bon de n'avoir pas que des fantômes pour partager son lit !

— Je ne fais pas ça d'habitude, murmura-t-elle contre son oreille, comme s'ils étaient en train de braver un interdit.

— Quoi donc ? Coucher avec un collègue ? S'attarder au lit

après l'amour ? Se blottir ? dit-il en enfouissant le visage dans sa masse de cheveux roux.

— Tout ça à la fois.

— C'est nouveau pour moi aussi.

Habituellement, sa vie amoureuse ne sortait pas du cadre des chambres d'hôtel. Les rares fois où il avait amené ses conquêtes chez lui, il ne les avait pas encouragées à rester. Cela changeait la donne quand on savait que l'on allait revoir sa partenaire d'un soir chaque jour sur son lieu de travail.

— Ne t'inquiète pas, dit Jessica, je ne cherche vraiment rien de sérieux. Je suis déjà passée par là, comme en atteste la robe de mariée qui est toujours suspendue dans mon placard.

Apparemment, sa rupture avait été plus grave qu'il l'avait d'abord pensé. Mais il ne serait pas celui qui pourrait réparer son cœur, puisqu'il essayait toujours de rassembler les morceaux du sien. Jessica et lui avaient beau être officiellement célibataires, ils étaient encore mariés avec leur passé.

— Je peux donc rester allongée ici sans que tu en tires de fausses conclusions ? dit-elle en laissant courir son index autour de son mamelon.

— De mon côté, je peux t'assurer que je n'ai pas de projets pour nous au-delà de l'instant présent, dit-il, avant de lui saisir les mains et de rouler sur elle en la maintenant par les poignets.

Elle ouvrit de grands yeux, haletante.

— Alors, ne gaspillons pas le peu de temps qu'il nous reste.

Le bruit strident d'une sonnerie de réveil arracha Rob d'un profond sommeil. Il tenta de rouler sur le côté pour l'éteindre, mais fut freiné par le corps nu de Jessica, endormie sur sa poitrine.

N'importe quel autre matin, il aurait déjà été réveillé avant l'aube. Leur nuit d'amour semblait l'avoir guéri de son insomnie !

Sa première réaction fut de la tirer de son sommeil pour qu'elle s'en aille au plus vite. Aucun des deux n'avait prévu qu'elle passerait la nuit là.

Il referma les yeux.

Encore cinq minutes...

— Quelle heure est-il ? marmonna Jessica contre son torse, le visage recouvert de boucles en désordre.

Avoir une femme nue contre lui, le matin au réveil, c'était une nouveauté pour Rob, et son corps ne manqua pas de réagir.

— Et si on recommençait ? murmura-t-il, laissant courir sa main le long de son dos avant de l'arrêter sur ses fesses rebondies.

Elle leva la tête pour jeter un coup d'œil au réveil.

— J'adorerais, mais nous devons tous les deux aller travailler.

Il fourragea dans son cou, tentant de la persuader du contraire. Ce matin, il n'avait pas faim de porridge, mais d'elle. Une fois debout, ce serait la fin du rêve. Ils devraient retourner dans le monde réel, et retrouver son lit vide serait encore plus difficile que d'habitude.

— Je n'ai pas de vêtements de rechange, dit-elle en se frottant contre lui d'une manière provocante.

— Tu n'en as pas besoin, assura-t-il, une main sur son sein.

— Je crois que ça causerait une certaine agitation si j'arrivais à l'hôpital ce matin dans mes vêtements de la veille.

Il jeta un coup d'œil aux vêtements en boule qui gisaient par terre.

— Tu as raison.

Et puis, s'il la revoyait là-bas avec ce chemisier, il se rappellerait constamment l'épisode de la cuisine où elle ne portait *que* ça.

— Il faut que j'y aille, soupira-t-elle à contrecœur.

Etait-ce vraiment la fin de leur unique nuit ?

— Je te ramène chez toi... Dès que je serai complètement réveillé, dit-il en relevant les draps par-dessus leur tête.

Il n'avait pas l'intention de quitter ce lit avant de lui avoir dit au revoir correctement.

Les joues rouges de honte, Jessica eut l'impression que tous les yeux se tournaient vers elle quand elle entra dans le local de production, en retard pour la première fois de sa vie.

Fidèle à sa parole, Rob l'avait raccompagnée chez elle, mais il avait également insisté pour l'attendre, et pendant qu'elle était dans la salle de bains, il lui avait suggéré « une dernière fois » sous la douche. Certes, elle s'était changée, mais il leur avait été impossible d'arriver à l'heure.

— J'avais des coups de fil à passer, marmonna-t-elle.

Personne ne prit la peine de la questionner. Comme c'était généralement elle qui faisait des heures supplémentaires, on avait dû estimer qu'elle pouvait se permettre un écart.

La paperasse était empilée sur son bureau, mais elle avait l'esprit trop confus. Elle avait besoin de temps pour réfléchir à cette nuit, et à ce matin. Tout le reste pouvait attendre.

L'avantage de son statut, c'était que, ici, elle pouvait faire à peu près ce qu'elle voulait sans avoir à fournir d'explications détaillées. Ce serait une bonne idée de s'asseoir dans la salle d'attente de l'hôpital avec un café. Là-bas, les gens étaient trop préoccupés par leurs propres problèmes pour prêter attention aux siens.

Elle avait été comblée au-delà de ses espérances par sa nuit avec Rob. Ces quelques heures passées ensemble avaient signifié tellement pour elle sur un plan personnel qu'elle avait du mal à tirer un trait dessus. Non seulement elle avait pris confiance en elle en voyant à quel point Rob l'avait désirée, mais elle s'était aussi amusée. Avant, elle était tellement méfiante et ligotée dans ses incertitudes qu'elle avait oublié ce que c'était de rire avec un homme et de passer un bon moment avec lui. Dans l'excitation du moment, Rob et elle avaient tous deux abandonné leurs positions et fait un gigantesque pas en avant. Leur contrat verbal de la nuit unique aurait pu supporter un ou deux amendements...

Malheureusement, s'il était maintenant prêt à revenir sur le marché, c'est probablement une autre femme qui en retirerait les bénéfices. Un homme comme lui voudrait avoir tout le package, sa maison attendait une épouse qui lui prépare le dîner tous les soirs et une tribu d'enfants excités qui accourent à la porte pour l'accueillir.

Elle détestait déjà la femme dont il allait tomber amoureux. Elle ne pourrait jamais rivaliser.

Elle n'avait qu'à pas être aussi gourmande ! Après tout, elle avait eu ce qu'elle voulait, même si elle se rendait compte maintenant que ce n'était pas assez. Cette seule nuit la hanterait probablement jusqu'à la fin de ses jours.

Si elle devait pleurer au-dessus de sa tasse, elle méritait au moins un breuvage digne de ce nom.

Elle venait d'appuyer sur le bouton du restaurant quand un bras musclé stoppa les portes métalliques de l'ascenseur.

— Salut, dit Rob.

— Salut, répondit-elle, le regard fixé devant elle.

Allait-elle réussir à faire comme s'il ne s'était rien passé cette nuit ?

Les portes se refermèrent, et elle sentit les yeux de Rob sur elle pendant que l'ascenseur s'ébranlait.

— Désolé de t'avoir mise en retard ce matin.

— Ça en valait la peine.

Elle leva les yeux vers lui pour croiser son regard, et instantanément la flamme fut de retour. Ils se précipitèrent l'un vers l'autre, et leurs bouches se trouvèrent comme s'ils n'avaient jamais quitté le lit.

Quand ils se séparèrent, Rob se passa la main dans les cheveux.

A l'évidence, ils avaient sous-estimé la difficulté qu'ils auraient à éviter de se toucher, après avoir été nus l'un contre l'autre pendant des heures.

— On ne devrait pas faire ça au travail.

— Tu penses à un autre endroit ?

Il s'éclaircit la gorge.

A la minute où il avait laissé Jessica devant l'hôpital ce matin, il avait eu besoin d'une autre dose. Loin de le calmer, cette nuit passée ensemble avait décuplé son appétit d'elle.

— Cette nuit... Est-ce qu'on pourrait la recommencer ? demanda-t-il soudain, sans plus réfléchir.

Jessica haussa un sourcil.

— Qu'en est-il de ta règle de la nuit unique ?

Il sentit la sueur lui couler le long du dos.

S'il insistait pour maintenir cette restriction, il fallait qu'il cesse de la rechercher. Et qu'il trouve d'autres sujets de conversation.

— On a eu de bons moments ensemble, non ?

— Oui. Est-ce que ça signifie que tu voudrais que l'on continue à se voir ?

— Après cette nuit, les prochaines semaines vont être un enfer si on ne peut plus se toucher.

Même maintenant, en plongeant dans ses yeux bleus-verts, il menait un combat perdu d'avance contre sa libido.

Elle tendit la main et joua avec le bouton de son col.

— Je pensais justement que l'on pourrait peut-être se voir tant que je suis en ville.

Il hocha la tête et déglutit avec peine, sentant qu'ils étaient sur le point de revivre l'explosion de la veille.

— Nous aurions ainsi tous les avantages d'une relation sans l'inconvénient de chercher à devenir un couple, dit-il. Puisque aucun de nous ne veut s'engager, on pourrait juste continuer jusqu'à ce que vous ayez fini de tourner ?

— Tu veux dire que le jour, on travaillerait ensemble, comme les professionnels que nous sommes, et que la nuit…

Jessica lui décocha son sourire le plus sensuel.

Il était vraiment temps que cet ascenseur arrive à destination.

— Oui. A partir de maintenant, nous devons veiller à séparer notre vie professionnelle et notre vie privée. Plus de rencontre comme celle-ci.

A peine avait-il terminé sa phrase qu'il pencha la tête pour réclamer ses lèvres une dernière fois.

Il était en train de devenir sérieusement accro.

7

Quand Rob retrouva Jessica sur le parking de l'hôpital, il dut résister à l'envie de l'embrasser.

Tous deux avaient des horaires irréguliers auxquels ils devaient s'adapter. Cela convenait à leur mode de vie et à leur désir d'être sans attaches, mais ils n'en étaient pas moins esclaves de leur carrière.

— Aujourd'hui, nous avons suivi Cal et sa famille chez eux, raconta-t-elle.

— Comment va-t-il ?

Il avait rarement des nouvelles de ses patients entre leurs visites à l'hôpital. Et s'il les revoyait alors qu'ils s'étaient rétablis, c'est qu'elles n'étaient pas bonnes.

— Il est fatigué mais heureux d'être chez lui. Il avait un vrai fan-club qui l'attendait.

Jessica alluma son téléphone portable pour lui montrer quelques photos qu'elle avait prises de Cal et de ses amis, pour la plupart de sexe féminin.

— C'est très bien, tant qu'il ne se surmène pas, dit-il en lui rendant le téléphone.

Maintenant qu'il connaissait mieux Jessica, il comprenait son intérêt pour l'histoire des patients. Il savait que leur guérison était importante pour elle.

Il la vit frissonner.

Sa robe à fleurs était un peu trop légère pour affronter le climat irlandais. Dans sa maison, ils seraient au chaud — et de préférence nus.

— Tu as froid, on ferait mieux d'y aller.

Lorsqu'ils furent entrés dans la voiture, il se pencha pour réclamer la récompense qu'il avait attendue toute la journée. Mais au moment où leurs lèvres se touchaient, son estomac se rappela à son attention.

— Tu as besoin de manger, murmura Jessica contre sa bouche.

— J'ai besoin de toi, répondit-il en approfondissant son baiser, avant de gargouiller de nouveau.

— Bon. On va s'arrêter en chemin pour acheter quelque chose, décida-t-elle.

Il avait été tenté de l'emmener dîner dans un bon restaurant, mais il avait craint que ça ne ressemble à un rendez-vous galant. Ils s'étaient mis d'accord pour que leurs rapports soient uniquement physiques, afin d'éviter tout désagrément quand il serait temps pour Jessica de partir. Un fast-food était un bon compromis.

— Parfait, dit-il. Tout à l'heure, tu vas avoir besoin de toute ton énergie.

Le regard de Jessica brilla, et il se dépêcha de démarrer. Ce soir, pour une fois, il avait toutes les raisons de rentrer chez lui le plus vite possible.

Le ronronnement du moteur agissait sur Jessica comme une berceuse. La fatigue commençait à avoir raison d'elle. Ils avaient finalement décidé de dîner sur place plutôt que de manger des frites et des burgers froids à la maison. Maintenant qu'elle avait le ventre plein, son corps épuisé n'aspirait plus qu'au sommeil.

Peut-être que si elle se reposait juste cinq minutes, elle pourrait recharger ses batteries avant la nuit de folie qui était prévue…

Elle appuya la tête contre la vitre et ferma les yeux.

— Jessica, on est arrivés.

— Mmh ?

— Tu es chez toi.

La voix lointaine de Rob parvint jusqu'à sa conscience, et elle lutta pour ouvrir les yeux.

La voiture était garée devant son immeuble.

— Que s'est-il passé ?

— Visiblement, tu es épuisée. On peut reporter ça à une autre fois.

Pour le coup, elle fut totalement réveillée.

— A présent, ça va beaucoup mieux. Je saute sous la douche, et je suis toute à toi, dit-elle avec son sourire le plus éblouissant.

Rob coupa le contact, mais ne retira pas les clés.

— Moi aussi, je suis vanné. On a peut-être exagéré, la nuit dernière. Quatre fois, c'est un record pour moi, il ne faut pas abuser des bonnes choses.

— En fait, cela fait cinq fois en comptant la douche. C'était pour rattraper le temps perdu. On ne pourrait pas continuer à ce rythme la nuit tout en travaillant le jour.

En réalité, elle avait tout autant aimé bavarder et rester blottie contre lui que faire l'amour.

— Tu peux tout de même entrer cinq minutes ?

Elle n'insisterait pas plus pour ne pas avoir l'air en manque.

Indépendamment de leur pacte, il était humain d'aimer être apprécié pour autre chose que le sexe. Qu'était-il resté avec Adam, quand elle n'avait plus eu d'intérêt pour ce domaine ? Sans enfants et sans passion, il n'avait plus eu aucune raison d'être avec elle. Au moins, maintenant, elle avait retrouvé une partie de ce qui faisait d'elle une femme.

— Je te raccompagne jusqu'à ta porte, mais on ferait mieux de s'arrêter là pour ne pas tomber épuisés.

Rob n'avait l'air ni irrité ni frustré par ce changement de programme. Elle n'était pas habituée à une attitude aussi mature en de telles circonstances.

Elle accepta la situation avec un soupir de résignation et chercha ses clés dans son sac.

— Bonne nuit…

Rob se pencha pour embrasser ses lèvres boudeuses.

C'était incroyable comme le simple contact de cet homme pouvait mettre tout son corps en alerte. Elle laissa tomber son sac pour lui nouer ses bras autour du cou, et il répondit en posant les mains sur le bas de son dos.

Leur simple baiser de bonne nuit était en train d'évoluer sérieusement.

— On ferait mieux de rentrer avant que les voisins ne jasent, suggéra-t-elle.

— Je ne reste toujours pas, répondit-il avec entêtement.

— Je cours sous la douche, dit-elle une fois à l'intérieur. Installe-toi confortablement dans le séjour.

Après une journée passée à courir les interviews en ville, elle avait vraiment besoin de se rafraîchir.

— Dépêche-toi, grommela-t-il.

Elle resta plus longtemps que d'habitude parce qu'elle espérait qu'il la rejoindrait. Au bout d'un long moment, elle dut reconnaître sa défaite et s'enveloppa dans une serviette avant de le rejoindre. Au passage, elle vérifia néanmoins qu'il ne s'était pas couché tout nu dans son lit en l'attendant.

Au lieu du scénario romantique qu'elle avait imaginé, elle trouva Rob allongé sur le canapé. Il avait soigneusement plié sa veste sur le bras du fauteuil et retiré ses chaussures, et il s'était endormi.

Comment lui en vouloir, alors qu'il était si beau ainsi et qu'il avait l'air comme chez lui ?

Ses lèvres s'entrouvrirent, laissant échapper un doux ronflement. Le col ouvert de sa chemise était une invitation à se rapprocher de lui.

Elle se percha sur le bord du canapé pour mieux le contempler et lui caressa les cheveux.

— Viens t'allonger près de moi, marmonna-t-il sans ouvrir les yeux.

— Mes cheveux sont encore mouillés.

— Ils sécheront.

Il se tourna sur le côté pour lui laisser plus de place, et elle ne put résister à l'envie de se pelotonner contre lui.

— On est bien, murmura-t-elle.

— On n'a pas besoin de faire quoi que ce soit. Je sais que tu es fatiguée.

Rob étala sur eux le plaid qui recouvrait le dos du canapé et l'entoura de ses bras.

— Tu es sûr que c'est moi qui suis fatiguée ?

Il enfouit la tête dans son cou. Déjà, elle entendait sa respiration changer.

— Chut. Endors-toi.

Elle ne tarda pas à s'exécuter.

Rob se réveilla aux premières lueurs du jour avec une crampe dans le mollet et les cheveux de Jessica sur le visage.

Un canapé, ce n'était pas l'endroit idéal où dormir à deux, pourtant il éprouvait une sensation de paix qu'il n'avait pas envie de quitter. Avec Jessica dans ses bras, il n'y avait plus ni souffrance, ni mort, ni chagrin — seulement du contentement. Malheureusement, sa compagnie n'était qu'une solution temporaire à son problème, et il craignait que son départ ne fasse qu'accroître la sensation de perte.

Dehors, un oiseau chanta pour accueillir cette nouvelle journée.

Il n'avait encore jamais dormi dans l'appartement d'une femme, pas plus qu'il n'avait passé deux nuits consécutives avec la même personne. En limitant ses liaisons à des chambres d'hôtel ou à une nuit maximum chez lui, il avait toujours réussi à contrôler la situation. Mais ces mesures de sécurité n'avaient plus cours quand il était avec Jessica. La spontanéité qu'il y avait entre eux était parfaite pour une liaison passionnée. Pourvu qu'il ne regrette pas d'avoir enfreint ses propres règles pour elle ! Peut-être pouvait-il encore exercer un certain contrôle en partant avant son réveil...

Il se redressa, et Jessica roula à l'endroit qu'il venait de quitter. La couverture glissa sur le sol, révélant son corps nu à peine couvert par une serviette de bain.

Non. Il ne pouvait pas la laisser ainsi sans passer pour un parfait goujat. Au moins, si elle se réveillait dans son lit, elle saurait qu'il s'était soucié d'elle, même s'il n'avait pas pu rester.

Doucement, il la prit dans ses bras et la porta jusqu'à la chambre, sans provoquer autre chose qu'un léger grognement. Elle était allongée là, paisiblement, le visage dépourvu de maquillage, sans superbes vêtements derrière lesquels se cacher.

Il comprenait à présent pourquoi elle attachait tant d'importance à ses tenues, alors qu'elle était si belle naturellement. C'était sa façon de se protéger et de cacher sa peine. Elle se servait de son maquillage comme il se servait de sa position — pour maintenir une certaine distance avec les autres. Mais ce devait être difficile de garder sa maladie secrète alors qu'elle était si vulnérable sur le plan émotionnel.

Il étouffa un bâillement et consulta sa montre.

Il lui restait quelques heures avant d'aller travailler, et le lit était beaucoup plus tentant que le canapé.

Soudain, il ne trouvait plus aucune raison de ne pas retirer sa chemise pour s'allonger près d'elle.

A la seconde où il se glissa sous les draps, Jessica se lova contre lui.

— Je croyais que tu ne restais pas...

— La tentation était trop forte, dit-il en laissant courir sa main sur son épaule jusqu'à la taille.

La première nuit sans insomnie, il avait voulu croire que c'étaient leurs ébats qui l'avaient épuisé. Pourtant, lors de cette deuxième nuit passée tout habillé et dans une position inconfortable, il avait dormi paisiblement, sans cauchemars et sans se sentir envahi par la culpabilité. Jessica était le seul facteur commun de ces deux circonstances...

Noterait-il des changements quand il redormirait seul ?

Il n'était pas pressé de le savoir. Surtout alors qu'une belle femme nue demandait toute son attention.

Elle bâilla et s'étira langoureusement, révélant ses seins magnifiques.

— Comment avons-nous atterri là ?

Etant donné qu'ils étaient tous les deux pleinement réveillés et qu'ils avaient du temps à tuer, il aurait été stupide de ne pas profiter de la situation.

Il posa la main à plat sur son ventre et descendit lentement vers son sexe.

— J'ai pensé que ce serait plus confortable, répondit-il.

Elle étouffa une exclamation quand il glissa un doigt dans son intimité, et répondit en enfonçant les ongles dans son torse. Il avait remarqué que c'était le signe qu'elle appréciait particulièrement ce qu'il lui faisait.

Rejetant la couverture par-dessus sa tête, il rampa vers le bas du lit, ce qui provoqua chez Jessica un petit cri de plaisir.

Après deux semaines de liaison, Rob ne parvenait toujours pas à se lasser de Jessica. Alors que cela faisait à peine quelques heures qu'ils s'étaient séparés à l'entrée de l'hôpital, il comptait les minutes, pressé de se retrouver seul avec elle. Chaque fois qu'il la voyait passer dans les couloirs, elle était pour lui comme un rayon de soleil.

Il se mit à siffloter gaiement à la perspective de se retrouver ensemble, chez lui, à la fin de la journée.

— On dirait qu'il y a de la bonne humeur dans l'air, observa Maria alors qu'ils se rejoignaient devant la porte de l'unité de jour.

— Je vais renvoyer une de mes patientes chez elle. N'y a-t-il pas de quoi se réjouir ?

— Hum. Ça ne vous ressemble pas. Le plus curieux, c'est que je viens de croiser Jessica qui fredonnait le même air, dit-elle d'un air soupçonneux.

— On a dû écouter la même radio ce matin.

Ce qui était exact. Ils s'étaient tous les deux trémoussés dans la voiture au son d'une chanson des années 1990. Elle chantait aussi mal que lui, et avec le même enthousiasme.

Maria poussa un soupir de frustration.

— Pour l'amour du ciel, n'allez-vous pas avoir pitié de moi et me dire si vous vous êtes enfin rapprochés ?

Son premier réflexe fut d'ériger de nouveau des barrières pour protéger sa vie privée. Mais Maria était son amie. Après tout, pourquoi nier quelque chose dont il n'avait absolument pas honte ?

— Bon, d'accord, nous nous voyons. Mais il est inutile d'aller acheter une tenue pour le mariage. Ne l'oubliez pas, elle n'est ici que jusqu'à la fin du mois.

Leur relation avait une date d'expiration, qui arriverait sans même qu'ils s'en rendent compte.

— Aucune importance, répliqua Maria. En quelques heures de

voiture, vous êtes à l'autre bout du pays. Vous pourrez continuer à vous voir si vous le voulez.

— Nous avons tous les deux choisi d'en rester là. Vous devriez déjà être contente que je prenne un peu de bon temps.

Maria haussa les épaules. Ce n'était manifestement pas ce qu'elle avait envie d'entendre. Ils n'étaient pas d'accord sur ce qu'il y avait de mieux pour lui, mais elle ne fit pas d'autre commentaire.

Il entra dans l'unité de jour et salua chaque jeune patient qui suivait un traitement. Les infirmières du service d'oncologie administraient la chimio une fois qu'il avait planifié les détails du traitement. Elles étaient parfaitement capables de retirer les sondes de Hickman utilisées pour les intraveineuses et les prises de sang, mais il préférait le faire lui-même chaque fois qu'il le pouvait, ce qui lui permettait de suivre ses patients du début à la fin de leur maladie.

Maria était déjà dans le box avec la petite fille de dix ans qui devait sortir et qui attendait avec sa mère.

Soudain, il pensa à Jessica.

Celle-ci devait avoir à peu près le même âge quand la LLA l'avait frappée, elle aussi. Il serait éternellement reconnaissant envers le collègue oncologiste qui lui avait sauvé la vie.

Après avoir vérifié les résultats des derniers examens sanguins, qui étaient pleinement satisfaisants, il ôta son alliance pour se laver soigneusement les mains.

— Je suis sûr que tu es ravie qu'on te retire ta sonde aujourd'hui, Katie.

Sa patiente hocha timidement la tête, mais sa mère exprima son soulagement de voir le traitement se terminer.

— C'est une procédure assez rapide. Tu peux m'arrêter à chaque instant si tu ne te sens pas bien, mais ce sera terminé en quelques minutes.

La mère prit aussitôt la main de sa fille dans la sienne.

— Est-ce que vous avez prévu quelque chose pour fêter ce retour ? demanda-t-il pour distraire Katie de ce qu'il faisait.

— On va faire une énorme fête, répondit Mme Daniels pendant qu'il introduisait l'anesthésique dans l'aiguille.

Il injecta le produit dans plusieurs endroits autour du poignet. Katie tressaillit, mais resta silencieuse.

— J'espère que tu vas recevoir des cadeaux ? dit-il en attendant que l'anesthésie fasse son effet.

— Je vais avoir un petit chien, dit Katie d'une voix tout excitée.

— C'est le meilleur cadeau que l'on pouvait te faire, assura-t-il.

Prenant un scalpel sur le plateau que Maria avait préparé à côté de lui, il pratiqua une incision pour libérer le poignet, avant de voir apparaître le cathéter blanc.

— A présent, Katie, je vais compter jusqu'à trois, puis tu vas retenir ta respiration. Un, deux, trois.

Il appuya sur le côté puis tira doucement sur le tuyau pendant que Katie retenait sa respiration.

— Alors, ce n'était pas si terrible ?

— Est-ce que c'est fini ?

— Pratiquement.

Après s'être assuré qu'il n'y avait pas de complication, il nettoya de nouveau la zone et utilisa des strips avant de tout recouvrir d'un pansement.

— Tu vas te reposer un petit moment, puis tu pourras rentrer chez toi et oublier tout ça, dit-il en retirant ses gants, avant de récupérer son alliance sur l'évier. Maria va garder un œil sur toi jusqu'à ce que tu sois prête à partir.

Mme Daniels lui adressa un sourire radieux.

— Merci pour tout, docteur.

Lorsqu'il eut regagné son bureau, il ôta son alliance pour la regarder de plus près.

Pendant cinq ans, il ne lui était pas venu à l'esprit de la retirer, et il savait que Jessica ne s'attendait pas à ce qu'il le fasse pour elle. Mais plus il regardait cet anneau, plus il se disait que cela l'enchaînait au passé. Tant qu'il le porterait, il serait la moitié d'un couple qui n'existait plus.

Aux yeux du monde, rien d'autre n'indiquait qu'il était encore un homme marié. Il ne ferait sûrement pas l'amour avec Jessica si c'était le cas. Cette alliance ne lui servait plus qu'à maintenir les gens à distance. Or, maintenant, il voulait que Jessica soit le plus proche possible.

Avant de changer d'avis, il sortit son portefeuille de sa poche et glissa l'alliance à l'intérieur, à côté de la précieuse photo de famille qu'il gardait là.

Même si c'était dur à admettre, le seul moyen pour que son cœur guérisse était de laisser Leah et Mollie s'en aller. Il les porterait toujours dans son cœur, mais elles ne seraient pas là en permanence. Il était temps pour lui de continuer sans elles.

Jessica versa les pâtes dans une passoire, puis elle mélangea dans la poêle la crème fraîche, le chili et la sauce à la tomate et au basilic avec les poivrons en morceaux et le brocoli précuit à la vapeur. Les cuisses de poulet attendaient au four, et la table était mise pour deux.

Ce n'était pas un dîner officiel pour fêter leurs deux semaines passées ensemble — en leur rappelant qu'ils étaient à la moitié du parcours — mais au moins, quelqu'un avait fait bon usage de cette magnifique cuisine de pro.

Quand Rob s'était rendu compte qu'il ne pourrait pas quitter l'hôpital en même temps qu'elle, il avait insisté pour lui commander un taxi et lui avait tendu les clés de sa maison. Tous deux tenaient à passer le reste de la soirée ensemble.

Elle avait fait un détour par son appartement pour prendre les ingrédients nécessaires au dîner et jeté quelques affaires dans un sac. Cela leur éviterait de courir le lendemain matin, vu qu'ils étaient invariablement en retard.

Elle entendit la voiture arriver au moment où elle déposait le plat appétissant sur la table.

— Ça sent bon, dit Rob en lui entourant la taille de ses bras, avant de fourrager dans son cou.

Il lui fallut faire appel à toute sa volonté pour ne pas réagir à son contact, alors qu'elle avait attendu ce moment toute la journée. Mais elle ne voulait pas voir ses efforts culinaires réduits à néant s'ils cédaient d'abord à la faim qu'ils avaient l'un de l'autre.

— J'ai pensé qu'il était temps que quelqu'un inaugure cette cuisinière.

— Belle initiative de ta part.

— Ne crains rien, je ne suis pas en train de marquer mon territoire. J'avais juste envie que l'on ait un vrai dîner.

Elle aimait bien cuisiner, même si elle trouvait que c'était une perte de temps de le faire pour elle seule.

— Je ne me plains pas, dit Rob. Tu es toujours la bienvenue.

Du moins, pendant le court laps de temps qu'il leur restait. Pourtant, elle commençait à apprécier les joies de la vie domestique. Ils étaient trop bien ensemble, que ce soit dans la chambre à coucher ou ailleurs, pour que cela reste une aventure sans signification.

La perspective de ne plus se voir était trop douloureuse pour qu'elle s'y arrête, mais il était trop tard pour reculer, le mal était déjà fait. A la fin du tournage, elle n'aurait pas d'autre choix que de s'en aller, si elle ne voulait pas finir par être rejetée par Rob lorsqu'il saurait tout. Tout ce qu'elle pouvait faire, c'était d'apprécier ce qu'il leur restait à vivre ensemble, le temps que cela durerait.

Après le dîner auquel ils firent honneur, ils s'installèrent sur le canapé, où elle avait pris l'habitude de se blottir contre la poitrine de Rob à la fin d'une longue journée de travail.

— Une de mes patientes a terminé son traitement aujourd'hui, dit-il, visiblement soulagé.

— C'est une merveilleuse nouvelle.

Jusqu'à ce que Rob entre dans sa vie, elle avait oublié les bons côtés de la vie de couple : partager les histoires et les préoccupations, laisser le stress de la journée s'éloigner un peu plus à chaque étreinte. Cela pouvait sembler normal à quelqu'un qui retrouvait un conjoint chez soi chaque soir, mais pour elle qui avait pour habitude de regagner un appartement vide, c'était merveilleux.

Plus qu'une quinzaine de jours à jouer au petit couple heureux, et la réalité se rappellerait à elle avec toute sa force.

— Comment s'est passée ta journée ? demanda Rob.

— Pas aussi bien que la tienne, je le crains. Nous avons eu des problèmes techniques avec les caméras commandées à distance, et nous avons perdu les prises de vue en extérieur.

— Ma pauvre Jess !

Il lui déposa un baiser sur le front, et elle se sentit tout de suite mieux.

Elle entrelaça ses doigts avec les siens, et c'est alors qu'elle sentit un vide à la place de l'alliance.

Son cœur faillit s'arrêter de battre.

Il pouvait y avoir plusieurs raisons pour que Rob l'ait enlevée, sans que cela ait à voir avec elle.

Elle n'osa pas le questionner, de crainte que sa réponse ne fasse resurgir ses peurs et ne l'oblige à mettre fin à leur histoire plus tôt que prévu.

8

Jessica s'arrêta dans le couloir devant le panneau qui affichait les résultats de la collecte pour l'achat du scanner.

On en était presque aux trois-quarts de l'objectif.

— Espérons que la diffusion de la série documentaire permettra d'atteindre le montant fixé !

— Je croise les doigts, dit Rob. Mais on est encore loin du compte.

Il avait pris une part active dans la vente de gâteaux, de bons de lavage de voiture et les promesses de dons. Son dévouement à la cause était admirable, et elle comprenait d'autant mieux son engagement après avoir vu tous ces enfants.

— Est-ce que tu vas t'inscrire pour la course ? demanda-t-il.

— Moi ?

— Ça ressemblera sans doute plus à une marche vers la fin, car elle doit s'étaler sur la journée de samedi dans le parc de Tollymore, à County Down. Mais on devrait bien s'amuser, et tu es la bienvenue pour te joindre à nous.

A quel titre était-elle censée participer ? Son amie ? Son amante ? Sa collègue ?

— Samedi prochain ? Je vais voir si je peux trouver une équipe de tournage pour couvrir l'événement.

— A vrai dire, je préférerais qu'ils ne soient pas là.

Rob ne lui laissait même pas la possibilité de justifier officiellement sa présence !

— Nous verrons, dit-elle, sans vouloir s'engager davantage.

— Ceci t'aidera peut-être à te décider. J'ai oublié de te le donner hier soir.

Il lui tendit un sac en papier.

Une vague de panique s'empara d'elle.

— Il ne fallait pas...

— Je sais. Ouvre-le.

C'était trop lourd pour que ce soit un bijou ou du chocolat, et trop grand pour une bouteille de vin.

Elle jeta avec appréhension un coup d'œil à l'intérieur et découvrit une paire de baskets décorées de strass, nichées dans du papier crépon rose.

— Qu'est-ce que... ?

— Je ne supporte plus de te voir avoir mal aux pieds chaque soir, après être restée perchée sur tes talons aiguilles toute la journée. Il faut que tes pieds puissent se reposer.

— Merci.

Il lui avait acheté une paire de baskets en pensant au bien-être de ses pieds ! C'était l'attention la plus craquante qu'elle ait jamais reçue d'un homme. Et la plus effrayante. Leur relation progressait trop rapidement pour demeurer superficielle, elle devait le quitter.

— Et maintenant, dit-il avec un clin d'œil, tu as même l'occasion idéale pour les porter !

Les baskets clinquantes amenaient le sourire sur le visage de Jessica chaque fois qu'elle les mettait.

Elles plaisaient beaucoup aux enfants, même si elle avait remarqué quelques coups d'œil intrigués du côté de ses collègues, habitués à la voir chaussée de façon plus formelle.

Au moins, elle avait les pieds à l'aise à défaut du reste, debout au milieu de cette forêt — en tutu.

De nouveau, elle sentit le regard de Rob sur elle.

— Quoi ?

— Je m'attendais plutôt à ce que tu te déguises en princesse glamour qu'en fée scintillante.

Le fait qu'elle puisse encore le surprendre alors qu'ils étaient ensemble pratiquement vingt-quatre heures sur vingt-quatre n'était pas pour lui déplaire.

— Aujourd'hui, il s'agit de faire rentrer de l'argent tout en s'amusant. Ce n'est pas un défilé de mode. J'ai pensé que, avec les baskets, des leggings argentés et un tutu rose étaient plus adaptés.

Rob haussa un sourcil.

— Ça ne te ressemble pas d'avoir l'esprit pratique.

Lui-même n'était pas en reste avec sa tenue très « années 1980 », ses jambières rose fluo et son serre-tête blanc. Seul son sac à dos n'était pas d'époque. Il était rempli du contenu de sa trousse médicale, afin d'assurer les premiers secours.

Elle appréciait qu'il soit capable de se montrer en public sous un côté moins sérieux. Cela le lui rendait d'autant plus attachant, comme si soigner des enfants malades et secourir des femmes évanouies ne suffisait pas.

Ils se rendirent sous la tente de toile dressée sur le parking et reçurent leurs numéros ainsi qu'une carte sur laquelle figurait le tracé du parcours. Puis ils rejoignirent la foule assemblée devant la ligne de départ.

— Je reconnais des visages, dit Rob. Certains anciens patients sont venus avec leur famille.

Il souriait et faisait un signe à tous ceux qui croisaient son regard, visiblement ravi de constater qu'ils étaient suffisamment rétablis pour participer.

C'était aussi pour son grand cœur qu'elle l'aimait.

Oui, elle l'aimait, ce n'était plus la peine de chercher à se leurrer. Sinon, pourquoi penserait-elle à lui à chaque instant de la journée et ne pourrait-elle plus envisager de dormir ailleurs que dans ses bras ?

Sous le coup de cette révélation, elle démarra en trombe quand le signal du départ fut donné.

Elle avait fait la seule chose qu'elle s'était interdite : elle était tombée amoureuse. A présent, inutile de compter sortir de cette histoire avec un cœur intact. Même s'il existait une faible chance que Rob éprouve le même sentiment, il y avait trop d'obstacles à surmonter. Ils ne feraient que repousser l'inévitable.

Elle courait de toutes ses forces, comme pour fuir cette injustice.

Elle avait trouvé quelqu'un capable de la rendre heureuse, quelqu'un avec qui elle pouvait être elle-même, mais il y avait toujours ce squelette dans son placard, qui finirait par l'éloigner d'elle.

— Hé, attends-moi ! cria Rob en la rattrapant.

— Désolée, mon instinct de compétition a pris le dessus pendant une minute, plaisanta-t-elle.

Elle ralentit pour adopter un rythme plus réaliste. De toute façon, elle n'aurait pas tenu longtemps à cette allure.

— Tu ferais mieux de garder ton énergie pour le sprint final, dit-il, avant d'accélérer à son tour et de prendre la tête.

Plus loin, le sentier se rétrécit le long d'un torrent, les forçant à progresser l'un derrière l'autre et empêchant toute conversation. C'était l'occasion rêvée de réfléchir à ses émotions anarchiques tout en contemplant les fesses musclées de Rob devant elle.

Ils s'étaient vus tous les jours au travail, ils avaient fait les trajets ensemble et passé toutes les nuits dans les bras l'un de l'autre. Elle n'avait pas prévu ça. Cet homme avait pénétré tous les aspects de sa vie, et ce serait une tâche herculéenne que de faire disparaître toute trace de lui, une fois qu'elle ne serait plus là.

Rob Campbell faisait partie intégrante de ses journées de travail en tant que médecin et en tant que confident. La nuit, il était son compagnon et son amant. Et elle n'avait pas envie de le perdre, sous aucun de ces aspects. Elle n'aurait jamais dû commencer à s'attacher à lui, à faire des incursions dans le passé et à laisser l'émotion s'insinuer partout.

Certes, il savait s'y prendre avec les enfants, mais il ne lui avait jamais fait part d'un quelconque désir d'en avoir à lui. Et si elle projetait ses propres incertitudes sur lui ? Peut-être avait-il enterré l'idée d'avoir une famille en même temps que sa femme ?

Elle ferait bien d'arrêter de gamberger.

Elle ne voyait que deux façons de mettre fin à cette sérieuse brèche pratiquée dans son cœur, et aucune des deux n'allait forcément bien se terminer pour elle. Soit elle taisait ses sentiments à Rob en faisant semblant de ne pas être anéantie par la fin de leur histoire, soit elle lui avouait ce qu'elle ressentait. Dans ce dernier cas, le scénario le plus probable était un nouveau rejet.

Mais si c'était sa dernière chance de passer sa vie avec quelqu'un qu'elle aimait, elle ne se pardonnerait jamais d'être partie sans l'avoir tentée.

Rob ne le savait pas encore, mais il détenait pour elle les clés du bonheur — un fardeau qu'il ne serait peut-être pas prêt à accepter.

Le chemin s'élargit de nouveau, et ils arrivèrent à l'orée de la forêt. La foule des coureurs s'éparpilla au milieu des rires et des éclats de voix, créant un spectacle coloré parmi les arbres. Désireuse de se retrouver seule avec ses pensées, elle ralentit l'allure et se mit à marcher, se laissant rapidement distancer.

Rob ne fut pas long à le remarquer et fit demi-tour.

— Alors, on traîne ? Est-ce que tu admettrais déjà ta défaite ? demanda-t-il en émergeant de la forêt.

Pour éviter d'avoir à s'expliquer, elle se pencha en avant et fit la grimace.

— Je crois que j'ai un point de côté.

Ce n'était pas tout à fait faux. Il y avait cette douleur aiguë en elle, qui lui donnait envie de se rouler en boule.

Il changea aussitôt de visage et s'arrêta à son tour, toute son attention tournée vers elle, si bien qu'elle se sentit coupable d'avoir usé de ce subterfuge.

— Respire profondément plusieurs fois tout en marchant.

Elle s'exécuta en grimaçant de nouveau, pendant que Rob sortait une bouteille d'eau de son sac à dos et la lui tendait.

Que ce soit pour un faux point de côté ou pour un vrai évanouissement, il était là pour la rattraper. C'était dans sa nature, et il montrait probablement la même sollicitude envers tous ceux qui en avaient besoin.

Mais il ne partageait pas son lit avec eux la nuit. Et elle s'était rendu compte qu'il n'était pas si facile de séparer l'amour et le plaisir.

Il ne lui restait plus qu'à espérer que la compassion de Rob s'étende à tous les aspects de ses ennuis de santé. Ainsi, il pourrait comprendre son problème de fertilité, l'accepter et l'aimer quand même.

Autant demander la lune.

Rob continua de surveiller Jessica pendant qu'ils s'enfonçaient plus profondément dans la forêt.

Elle était plus silencieuse que d'habitude, et il ne croyait pas que c'était à cause d'un simple point de côté. Ça ne lui ressemblait pas de s'isoler du reste du groupe. En général, on la trouvait plutôt au cœur du problème, en train de remonter le moral des troupes, tout comme lui. Elle voulait probablement être seule avec lui, et il n'allait pas s'en plaindre. Pour une fois, ça faisait du bien de se retrouver ensemble dehors.

La série documentaire étant presque achevée, il savait qu'il leur restait peu de temps, mais il n'était pas encore prêt à lui faire ses adieux. S'il y avait un moyen pour qu'ils continuent à se voir après la fin du tournage, il sauterait sur l'occasion. S'il ne voulait pas remplacer Leah et Mollie, il ne pouvait pas non plus supporter l'idée de perdre Jessica.

Cinq années de pénitence pendant lesquelles il s'était interdit d'être heureux, n'était-ce pas suffisant, devait-il se condamner à vie ?

Tout le monde pensait qu'il était trop dur envers lui-même, mais ils ne connaissaient pas tous les faits. Jessica était la seule personne à qui il pourrait confier la vérité. Sa réaction lui indiquerait s'il s'était suffisamment puni, et s'ils pouvaient envisager autre chose. Il ne voulait pas perdre ce qu'il avait avec elle par crainte d'être heureux sans Lea et Mollie.

Il prit la tête quand il fallut traverser la rivière, pour s'assurer qu'il n'y avait pas de danger. Mais Jessica sauta d'une pierre à l'autre derrière lui comme une nymphe des bois. Elle était une lumière scintillante dans son monde peuplé d'ombres, et il ne voulait pas replonger dans l'obscurité une fois qu'elle serait partie.

— Est-ce que ça va ? lui demanda-t-il en lui tendant la main pour l'aider à effectuer le dernier saut jusqu'à la rive.

— Je me sens beaucoup mieux. Merci, docteur.

Elle battit des cils en s'appuyant contre lui pour recouvrer son équilibre, et il ne put résister à l'envie de l'embrasser.

Leurs lèvres s'unirent à l'ombre des arbres qui laissaient filtrer des taches de lumière. Le doux bruissement des feuilles et le bruit régulier de l'eau qui coulait formaient un cadre idéal.

Ils étaient si bien ensemble !

— J'aimerais que l'on puisse rester toujours ici, murmura-t-il dans ses cheveux, en la tenant serrée contre lui.

Les mots lui avaient échappé, mais elle n'eut pas l'air de s'en formaliser. Tout semblait si simple quand ils étaient dans les bras l'un de l'autre.

— Moi aussi, soupira-t-elle.

Ils restèrent ainsi un moment, à se balancer doucement. Puis il aperçut du mouvement, au loin, sous les arbres : une bande de retardataires arrivait, gesticulant et parlant fort.

Le charme était rompu.

— Je crois que nous avons de la compagnie.

— C'était trop beau...

— Allons-y, on va essayer de les distancer.

Il prit Jessica par la main et reprit le chemin menant à la vallée. S'il devait lui confier ses plus noirs secrets, mieux valait que ce ne soit pas en présence d'un public.

Elle éclata de rire quand ils se mirent à courir comme des écoliers faisant l'école buissonnière.

— Qu'est-il arrivé au médecin affable qui a toujours du temps et un mot aimable pour chacun ? railla-t-elle.

— Même lui a besoin de faire des pauses. Peut-être s'est-il enfin décidé à écouter ceux qui lui disent qu'il devrait refaire sa vie.

S'il devait suivre ce conseil, il aurait très envie que Jessica fasse partie de ce nouveau départ. Avec elle, il avait appris qu'il pouvait à la fois éprouver des sentiments pour elle et continuer d'aimer sa famille.

Elle lui serra la main, comme pour lui exprimer sa solidarité.

Ils firent le tour de la mare aux canards, et après s'être assurés qu'ils avaient semé le reste de la fête, ils s'assirent sur un banc.

Jessica étendit les jambes devant elle et rejeta la tête en arrière pour offrir son visage aux rayons du soleil.

Il ne savait pas exactement où il en était avec elle, mais il était certain qu'il y avait encore quelque chose qu'elle ne lui disait pas.

La tête un peu confuse, il s'approcha du bord de l'eau et fourragea dans son sac à dos.

Les canards avaient toujours été une étape importante dans ses balades, et il ne partait jamais les mains vides. Il prit une poignée d'avoine et s'agenouilla pour être plus près d'eux.

— Nous ne sommes pas en Ecosse, objecta Jessica. Je parie qu'ici, à la place du porridge, les canards aiment autant les bons vieux morceaux de pain sec.

Il secoua la tête.

— Ils n'ont aucune valeur nutritive. En fait, cela peut même les ballonner et leur causer des problèmes. De plus, ce qui n'est pas mangé affecte la qualité de l'eau et attire la vermine. Il vaut beaucoup mieux les nourrir avec de l'avoine, du blé, ou même des grains de raisin coupés en deux.

Jessica le rejoignit et nourrit les canards avec lui.

— C'était toujours le moment que Mollie préférait, murmura-t-il sans réfléchir.

Les mots lui avaient échappé. Mais le simple fait de dire le prénom de sa fille à voix haute déchira les nuages de tristesse qui la cachaient au monde entier.

Cela faisait trop longtemps qu'il ne l'avait pas prononcé. Ne plus l'appeler chaque jour était aussi dur que de ne plus voir son visage chéri. Mollie méritait qu'on lui rende hommage.

Son prénom resta suspendu dans l'air.

— Mollie ? répéta Jessica, tout en continuant à nourrir les canards.

Elle ne se rendait pas compte qu'il venait de lui confier la mémoire de sa fille, ce qu'il avait de plus précieux dans la vie.

Fermant les yeux, il prit une profonde inspiration.

— Je n'ai pas seulement perdu Leah dans l'accident. J'avais aussi une petite fille.

Ce fut comme s'il avait ouvert une valve, libérant toute la pression du chagrin enfoui au fond de lui depuis si longtemps.

La perte de Mollie avait été l'événement le plus traumatisant de sa vie. Il avait fait tout son possible pour l'enterrer, comme s'il s'était agi de quelque chose de honteux. A présent, il espérait de toutes ses forces qu'il pouvait confier sa mémoire à Jessica.

Elle poussa une exclamation étouffée.

— Oh ! mon Dieu ! Non !...

Cela faisait beaucoup d'un seul coup, et il comprenait le choc qu'avait dû produire cette révélation.

Que peut-on dire à quelqu'un qui a perdu un enfant ? Il avait tout entendu : « Au moins, elle est avec sa mère ». « Elle est sûrement mieux là où elle est ».

Ce genre de commentaire d'une banalité affligeante lui avait souvent donné envie de taper sur n'importe quoi. Mollie était sa fille, et il l'avait perdue pour toujours. L'énormité de cet état de fait ne pourrait jamais être complètement exprimée. Peut-être valait-il mieux que Jessica ne dise rien, plutôt qu'elle sorte un autre cliché.

— Quel âge avait-elle ? demanda Jessica, les yeux remplis de larmes.

Devant son émotion, il se détourna pour ne pas pleurer à son tour.

— Quatre ans. J'ai une photo d'elle.

Il sortit son portefeuille de sa poche et montra la photo de famille usée qu'il gardait précieusement contre son cœur depuis cinq ans. Il n'y avait pas d'autres photos chez lui parce qu'il voulait éviter les questions embarrassantes qui auraient fait resurgir son sentiment de culpabilité. Lorsque les visages de Leah et Mollie devenaient flous dans son souvenir, il regardait cette photo.

— Elles sont très belles toutes les deux, dit Jessica. Vous aviez l'air très heureux ensemble.

Il n'y avait aucune trace de jalousie ni d'irritation dans sa voix, et il se raccrocha à l'idée qu'il venait de trouver quelqu'un avec le cœur assez grand pour l'accepter avec sa vie passée.

— Nous l'avons été. Le plus souvent, répondit-il en rangeant son portefeuille.

Il aurait aimé pouvoir ranger ses sentiments aussi facilement.

— Pourquoi ne m'as-tu rien dit ?

Il éclata d'un rire bref.

— On était censé avoir une brève relation sans complications, non ?

— Je sais bien, mais on a partagé beaucoup de choses, ces trois dernières semaines. Qu'est-ce qui t'a fait croire que je ne pourrais pas supporter de savoir, à propos de ta fille ? demanda Jessica, visiblement contrariée.

Il sentit sa gorge se nouer.

La véritable raison pour laquelle il avait gardé le secret sur Mollie, c'était qu'il avait honte de lui avoir fait défaut. Jessica risquait de lui tourner le dos en apprenant la vérité, mais il ne pouvait plus supporter de ne rien dire. Ils ne pourraient pas avoir un avenir ensemble tant qu'elle ne connaîtrait pas le vrai Rob Campbell.

— Je ne t'ai pas tout dit à propos de l'accident, avoua-t-il. Personne ne connaît toute l'histoire. On me plaint en faisant de moi une victime, alors que c'est moi qui suis à blâmer.

Il lui raconta en détail les raisons de leur dispute.

— J'estimais que Mollie méritait plus d'attention de la part de sa mère, poursuivit-il. Résultat : je ne les ai même pas accompagnées quand elles sont sorties faire des courses pour la rentrée des classes de Mollie. Depuis, je vis avec la pensée que j'ai envoyé ma femme et mon enfant à la mort. Je les ai abandonnées toutes les deux.

Il se laissa tomber sur les genoux avec l'impression qu'il ne restait plus de lui que la coquille vide du mari et du père qu'il avait été.

Jessica s'assit à côté de lui, jambes croisées, sans paraître se soucier de la boue qui maculait son tutu rose, et prit sa main dans les siennes.

Elle lui montrait qu'elle était là pour lui, qu'il n'était pas tout seul. Auparavant, il n'avait jamais apprécié ce geste à sa juste valeur.

— Je maintiens que ce n'était pas ta faute, dit-elle. Malgré la dispute et en dépit du fait qu'il y avait aussi ta fille. Vos parents doivent sûrement être de cet avis ?

— Je ne leur ai jamais rien dit. Je n'aurais pas supporté que quelqu'un d'autre connaisse la vérité et me déteste autant que je me détestais. Il était plus simple pour moi de faire mes bagages et de partir.

Et à présent, il était trop tard pour tenter de renouer avec sa famille.

— Rob ! s'exclama Jessica en lui donnant une tape sur le bras.

Il fut si surpris qu'il faillit perdre l'équilibre.

— Quoi ?

— Sérieusement, passer cinq ans en étant coupé de sa famille et de ses amis me paraît une punition générale exorbitante pour un accident qui n'était même pas de ton fait ! Ils n'avaient rien fait pour mériter ça, n'est-ce pas ?

— Non. Mais je ne pouvais pas supporter que l'on me dise ce que je devais ressentir, ni ce que je devais faire. Nous n'avions plus la même façon de penser.

— Que se serait-il passé si tu avais été dans cette voiture ? Tu aurais aussi bien pu être tué, toi aussi. Et toutes les vies que tu as sauvées ces dernières années, elles ne comptent pour rien ? Tu as accompli tant de bonnes choses dans ta carrière, aidé tant de gens. Ne serait-il pas temps de recréer des liens avec ceux qui t'aiment ?

— Je leur ai fait du mal. J'ai dit des choses... Je ne suis même pas certain qu'ils veuillent que je revienne.

Tout à son chagrin et à sa colère, il avait rejeté les quelques personnes qui comptaient dans sa vie et était parti pour redémarrer ailleurs, dans un autre pays. Mais ça n'avait pas fonctionné. Il n'avait fait que se replier sur lui-même avec son chagrin.

— Bien sûr que si ! assura Jessica. En perdant Leah et Mollie, ils t'ont perdu aussi. Double peine...

Il n'avait jamais pensé à la perte subie par ses parents et

ceux de Leah. La lumière s'était éteinte aussi dans leur vie, pas seulement dans la sienne. Pendant l'enterrement et les jours qui avaient suivi, il n'avait pu penser qu'aux deux cercueils blancs et à sa douleur scellée à l'intérieur. Les parents de Leah avaient perdu leur fille, mais les siens avaient perdu leur fils, et tous avaient perdu Mollie.

Il avait été égoïste, et il avait fallu quelqu'un avec le cran de Jessica pour le lui faire comprendre.

— Je suis certaine qu'il suffirait d'un coup de fil pour les rassurer, insista-t-elle.

— Nous verrons, répondit-il. Une chose à la fois.

Il fallait d'abord qu'il apprenne à vivre au jour le jour.

— Je pense que ça te ferait du bien d'avoir quelqu'un ici pour toi.

La capacité de compréhension de Jessica était la raison pour laquelle il avait fini par lui parler de Mollie. Il était loin, le jour de leur première rencontre plutôt rock and roll. Maintenant, elle était celle qu'il voulait avoir avec lui.

— Tu m'as demandé pourquoi je ne t'avais pas tout raconté. En vérité, je n'avais confiance en personne. Je ne voulais pas que les gens me pensent incapable d'exercer mon métier objectivement, à cause de cette tragédie. Cela appartient à la sphère privée. Depuis que je suis ici, je suis devenu très sélectif à propos des amis. Tu peux considérer le fait que je t'aie choisie pour confidente comme un grand privilège, ajouta-t-il avec un petit sourire.

Peu à peu, il se détendait.

Après avoir tout dit à Jessica, elle était encore là. Chaque fois qu'il avait pensé à parler de la perte de sa fille, il s'était imaginé que les gens s'enfuiraient à toutes jambes. Jessica, elle, restait assise près de lui et lui disait qu'il devait se ressaisir.

— J'ignore ce que j'ai fait pour mériter un tel honneur, mais je l'accepterai si tu arrêtes de vivre dans le passé.

— C'est bon, c'est bon, j'ai compris. Je ne broierai plus du noir. Tu peux être sacrément dure quand tu veux, Jessica Halliday !

Ces derniers jours, il avait commencé à envisager à son avenir, et il espérait qu'elle en ferait partie. Avec son aide, il arriverait peut-être à se libérer de ce sentiment de culpabilité qui pesait sur lui.

— J'ai une réputation à sauvegarder, ironisa-t-elle. En même temps, je suis curieuse de savoir pourquoi tu as décidé de me parler maintenant.

En fait, elle le poussait à exprimer ses sentiments pour elle.

— Je sais que nous nous étions mis d'accord pour que cette histoire finisse à la fin du tournage, mais maintenant que cette fin approche, je trouve stupide de renoncer à ce que nous avons. Nous sommes bien ensemble, Jessica...

Il se retint de justesse de dire les trois petits mots qui risquaient de l'effrayer.

Pour faire sa prochaine révélation, il attendrait de savoir s'il était possible qu'elle l'aime aussi.

Jessica ne protesta pas, mais elle fut soulagée de voir arriver les retardataires qui interrompirent de nouveau leur conversation.

Ce n'était pas le moment d'avouer ce qu'elle ressentait pour Rob, avec tous ces gens autour qui nourrissaient les canards tout en se rafraîchissant.

Après les dernières confidences de Rob, ses émotions étaient en vrac. Il ne lui avait pas déclaré un amour éternel ainsi qu'elle l'avait craint, mais en se confiant à elle au sujet de Mollie, il lui avait donné quelque chose d'encore plus précieux. Des mots d'amour n'auraient pas été plus sincères et profonds. Et cela s'était passé peu de temps après qu'il eut retiré son alliance. Cela faisait beaucoup de choses à digérer.

Rob lui avait dit qu'il voulait être avec elle, et son cœur lui disait la même chose. Mais l'amour qu'elle pourrait lui donner ne remplacerait jamais ce qu'il avait perdu. Et elle ne pourrait pas supporter le rejet qui interviendrait inévitablement quand elle lui aurait avoué sa stérilité.

Cet homme avait besoin de fonder une autre famille et le méritait. Elle ne pourrait jamais la lui donner. Mieux valait pour elle s'en tenir à leur accord original plutôt que de faire traîner les choses jusqu'à la fin, qui serait forcément douloureuse. Elle ne l'entraînerait pas plus loin, en lui laissant croire qu'elle était la femme qu'il attendait.

La perte que Rob avait subie était aussi importante que, pour elle, celle de l'enfant qu'elle n'aurait jamais. Comment pourrait-elle s'attendre à ce qu'il laisse le passé derrière lui, alors qu'elle ne pouvait pas lui donner d'avenir ? Son cœur lui faisait mal à l'idée de le perdre, mais elle ne pouvait pas le lui montrer. Elle n'aurait pas dû laisser les choses aller aussi loin. Malgré toutes ses précautions, elle était tombée éperdument amoureuse de lui, et elle allait devoir mettre fin à leur histoire.

— On devrait continuer à avancer si on ne veut pas qu'ils envoient quelqu'un à notre recherche, dit-elle en se relevant.

Rob l'imita.

— Merci de m'avoir écouté. Je te promets de penser à contacter mes proches.

— Très bien.

Ainsi, il aurait quelqu'un pour l'aimer et le soutenir quand elle partirait pour de bon.

— Nous terminerons cette discussion en privé, ajouta-t-il en se penchant à son oreille.

Apparemment, son corps n'était pas au courant que sa tête avait déjà mis fin à leur relation : sa voix grave toute proche déclencha un long frisson d'excitation le long de son dos.

— D'accord, promit-elle.

Mais elle avait à l'esprit un lieu moins intime que lui. Pour lui annoncer leur rupture, elle porterait des vêtements plus sombres et le verrait en terrain neutre.

9

Rob faisait enfin la paix avec le passé. Après s'être confié à Jessica, il était rentré chez lui et avait appelé ses parents au téléphone. Ils avaient eu ensemble la longue conversation pleine d'émotion dont ils avaient tous besoin. Ils ne croyaient pas plus que Jessica qu'il était responsable de l'accident. Tout ce qu'ils voulaient, c'est qu'il soit heureux.

Il le serait dès que Jessica et lui trouveraient le temps de se parler de cœur à cœur. Maintenant qu'il se sentait libre de reconstruire sa vie, il avait hâte de passer à la prochaine étape avec sa rousse pleine de cran.

Malheureusement, ces derniers jours, on aurait dit que tout conspirait à les éloigner.

Après la course de charité et son lot d'émotions fortes, Jessica avait été si épuisée qu'ils étaient convenus de passer le week-end séparément afin qu'elle puisse récupérer. Mais à présent, on était mardi, et il se sentait devenir parano.

Certes, elle était débordée car c'étaient les derniers jours de tournage, et elle s'efforçait de tout mettre en boîte. Mais sa soudaine froideur avait commencé à apparaître lorsqu'il lui avait parlé de leur relation. Il avait besoin de savoir si elle était encore intéressée par lui. Or, elle ne lui avait jamais rien dit de ce qu'elle ressentait depuis qu'ils se connaissaient.

Le temps filait, et il s'était empêché d'être heureux pendant trop longtemps. Aujourd'hui, il fallait qu'il en ait le cœur net.

Tous deux devaient savoir exactement où ils se situaient l'un par rapport à l'autre.

Le meilleur moyen d'y arriver sans trop empiéter sur le travail de Jessica était de combiner les deux. Il avait donc programmé la fameuse interview en tête à tête qu'elle avait essayé d'obtenir dès le premier jour. Elle n'avait donc plus d'excuses pour ne pas le voir.

S'asseoir dans une pièce avec une caméra pointée sur lui était peut-être un peu excessif pour attirer l'attention de Jessica, mais elle en valait la peine. Sa vie avait été suffisamment en suspens ces dernières années, il ferait tout à présent pour s'assurer qu'ils avaient un avenir ensemble.

Jessica fit irruption dans la pièce avec cinq bonnes minutes de retard, les bras chargés de documents et un café à la main, très femme d'affaires dans son tailleur sombre.

— Désolée de ce retard. Je ne te retiendrai pas longtemps.

Elle ne cherchait pas son regard, ne lui souriait pas. Rien dans son attitude n'indiquait qu'ils avaient passé durant le tournage la plus grande partie de leurs nuits dans le même lit. Ni que, quelques jours auparavant, ils avaient du mal à détacher les mains l'un de l'autre.

Il ne comprenait pas ce qui avait entraîné un tel changement.

— Ce n'est rien, répondit-il. Il n'y a que nous deux ?

— Oui. Tout est prêt à fonctionner. Je peux tourner l'interview toute seule avec une caméra statique. Cela la rend plus...

— Intime ?

— J'allais dire « détendue ». Je te poserai quelques questions en relation avec ton travail, et tu répondras en regardant directement la caméra.

— Je vois. Ensuite, tu effaceras tes questions pour que j'aie l'air de me parler à moi-même ?

— Disons plutôt que c'est un monologue devant la caméra. Tu es prêt ?

Jessica pria pour que ses mains s'arrêtent de trembler et que Rob je s'aperçoive de rien.

Elle n'était pas pressée d'avoir avec lui la conversation qu'il avait prévue ensuite. Elle l'avait délibérément évitée jusque-là. Elle avait déjà commencé à prendre ses distances pour que la séparation finale soit moins inattendue. Mais, en réalité, elle était trop lâche pour lui annoncer la nouvelle en face. Elle craignait de s'effondrer à la dernière minute et qu'il voie clair à travers ses mensonges. Par-dessus tout, elle était terrifiée à l'idée d'être de nouveau rejetée.

Elle s'éclaircit la gorge, but un peu de café pour se donner du courage, et demanda à Rob de se présenter d'abord devant la caméra.

Elle le traitait comme un étranger pour protéger son cœur, ne pas penser à lui. Elle se répétait qu'il avait survécu à un traumatisme beaucoup plus grand que la fin prématurée d'une aventure.

Il lui rendit la tâche plus facile qu'elle ne s'y attendait, en omettant de l'interroger sur son absence depuis samedi. Dès que la caméra se mit à tourner, il se redressa et se présenta, expliquant sa fonction et son rôle au sein du Belfast Community Children's Hospital.

— Mon travail consiste à m'assurer que chaque enfant reçoit les meilleurs soins possible à partir du moment où son cas est diagnostiqué. Cela inclut la chimiothérapie et le choix de la combinaison de traitements qui sera le plus efficace pour chaque individu. Je fais aussi le lien avec les familles, en les maintenant informées à chaque stade du traitement de l'enfant.

— Dites-nous pourquoi l'acquisition d'un scanner est si importante pour le département.

Elle avait promis de lancer un appel, et c'était principalement pour cette raison qu'il avait accepté d'être interviewé.

Le regard bleu acier se fixa sur la caméra, et elle ne put retenir un frisson.

Elle savait ce que cela faisait d'être l'objet de sa passion intense. Sa vie allait être tellement plus terne sans cette passion. Sans lui.

— Nous sommes le seul hôpital pour enfants du Royaume-Uni à ne pas posséder encore de scanner. Contrairement à d'autres procédés, le scanner IRM est peu invasif et expose le patient à peu de radiations. Actuellement, chaque enfant qui a besoin d'un scanner doit être transféré à l'hôpital pour adultes, avec tout ce que cela entraîne comme complications. Les enfants malades dont nous avons la charge ont droit aux meilleurs soins qui existent, et tous les dons sont les bienvenus. Chaque penny compte.

— Je veillerai à ce que toutes les coordonnées figurent à la fin de chaque émission, pour que les gens puissent envoyer directement leurs dons, dit-elle.

Au moins, son passage ici aurait des retombées positives.

— Merci.

Rob s'adressait à elle directement pour la première fois depuis qu'ils avaient commencé l'interview, et elle sentit ses mains se remettre à trembler.

A chaque minute qui passait, elle mesurait à quel point cet homme merveilleux allait lui manquer. De son côté, elle devait s'acquitter de sa mission aussi rapidement et efficacement que possible — c'était la moindre des choses.

— Je n'ai plus que deux questions à poser, dit-elle. Je sais que tu as un emploi du temps chargé.

— Je prendrai toujours le temps qu'il faudra pour toi, Jessica. Si tu as besoin de quoi que ce soit, il te suffit de le demander, et je ferai tout ce qui est en mon pouvoir pour te le donner.

Elle ne voulait pas croire à ce genre de promesse. Elle avait été trop souvent déçue dans sa vie.

— Je n'ai besoin que de cinq minutes, répondit-elle, feignant de ne pas comprendre. Bien. Revenons à votre journée à l'hôpital. Qu'est-ce qui constitue pour vous la meilleure partie de votre travail ?

Les visages de Cal et de Max lui apparurent aussitôt, et elle pensa au caractère fantastique de tous les enfants qu'elle avait croisés en si peu de temps. Ce seraient les plus beaux souvenirs qu'elle emporterait — et aussi les plus tristes.

L'expression sérieuse de Rob fit place à son plus beau sourire.

— Sans hésitation, la partie que je préfère, ce sont les contacts que j'ai avec les enfants. Malgré les épreuves qu'ils traversent, ce sont eux qui illuminent mes journées. Nous nous amusons beaucoup entre les traitements. Et, lorsque je suis en mesure d'annoncer aux familles que le cancer de leur enfant est en rémission, c'est un soulagement pour moi autant que pour eux. Je suis là pour qu'ils aillent mieux, c'est le résultat vers lequel nous tendons tous. L'oncologie peut être un domaine passionnant, lorsque nous poursuivons nos recherches en participant à de nouveaux essais cliniques. On estime qu'il y a maintenant entre 75 et 80 % d'enfants qui survivent au cancer grâce à tout ce travail qui est fait.

— Et la partie la plus difficile ?

Tous deux savaient en quoi cela consistait. Elle répugnait à l'interroger là-dessus, mais les téléspectateurs devaient l'entendre. Tous les patients n'avaient pas la chance qu'elle avait eue. Les parents de Lauren avaient ramené leur enfant chez eux, mais dans des circonstances beaucoup plus douloureuses.

— Le pire, c'est quand on annonce de mauvaises nouvelles aux familles. Devoir dire à un parent que la maladie de son enfant est incurable est quelque chose qui demeure en vous pendant longtemps. Lorsque vous lui dites que le traitement ne marche pas, c'est l'équivalent d'une condamnation à mort pour son enfant. Je sais ce que c'est que de recevoir ce genre de nouvelle. Ma petite fille de quatre ans est morte dans un accident de voiture, et je peux m'identifier aux familles dans de telles circonstances.

Rob était-il vraiment prêt à partager Mollie avec le reste du monde ?

Elle arrêta la caméra.

— Tu n'as pas besoin de...

— Je veux le faire. Plus de secrets.

Il attendit que la caméra ait redémarré pour continuer.

— La perte d'un enfant est la chose la plus dure qu'un parent puisse traverser. Il ne peut y parvenir qu'avec l'amour et le soutien de son entourage. Je ne souhaite à personne la douleur que j'ai endurée, et je fais tout ce qui est en mon pouvoir pour empêcher d'autres familles de souffrir. Il ne se passe pas un jour sans que je pense à ma fille, Mollie.

Sa voix se brisa quand il prononça son prénom, et Jessica sentit sa propre vision se brouiller de larmes.

Rob venait de franchir un pas énorme en se confrontant à son passé en public. Désormais, il pourrait aller de l'avant, alors qu'elle-même resterait figée dans le temps pour toujours. Le seul avenir était professionnel.

Elle essuya ses larmes d'un revers de main.

— Merci. Je crois que j'ai tout ce qu'il me faut.

Les yeux bleus de Rob la fixèrent de l'autre côté de la caméra. Il lui sembla qu'ils pénétraient profondément dans son âme et voyaient tous ses mensonges.

— Et qu'en est-il de nous ? dit-il.

Rob sentit que la température venait de chuter brusquement entre eux. Plus il s'ouvrait, plus Jessica se refermait.

Mais s'il s'était complètement trompé sur le lien qu'ils avaient créé pendant ces dernières semaines, il voulait l'entendre de sa bouche.

— Nous avons vécu de bons moments. Ce n'était pas censé aller plus loin.

Posément, elle se mit à ranger son matériel, comme si tout ce qu'ils avaient partagé ne signifiait rien pour elle.

Mais il savait que ce n'était pas la vérité. Leur relation avait cessé d'être superficielle dès la première nuit qu'ils avaient passée ensemble.

Il quitta sa chaise et la rejoignit.

— Au début, oui. Mais nous savons tous les deux qu'il y a eu beaucoup plus que ça. Ces derniers jours où je me suis réveillé sans toi à mes côtés ont été un enfer. Après avoir perdu Leah et Mollie, je n'aurais jamais cru que je voudrais de nouveau avoir quelqu'un dans ma vie. Mais avec toi, j'ai pris conscience que c'était exactement ce que je voulais. Je me trompe peut-être, mais j'ai l'impression que tu étais heureuse avec moi.

— C'est vrai. Mais c'est terminé, Rob. Mon travail est fini, et notre histoire aussi. Je suis contente que tu ailles mieux, et je te souhaite tout le meilleur. Mais je ne peux pas faire partie de ta nouvelle vie.

Elle se détourna pour ouvrir la porte.

Bon Dieu, il fallait qu'il sache pourquoi elle avait changé d'attitude !

Il posa sa main sur la sienne pour la retenir.

— Parle-moi, Jessica. On était inséparables, et voilà que tu t'en vas sans même un signe de la main ! Dis-moi ce qui a changé entre nous depuis samedi. Je suis désolé si je t'ai bouleversée, en t'ouvrant mon cœur à propos de Mollie, mais il fallait que je le fasse pour nous donner une chance. Nous n'en sommes pas encore à discuter mariage et enfants, mais au moins je commence à entrevoir un avenir. Je voudrais tant que...

— Je ne peux pas !

Le visage baigné de larmes, Jessica lui arracha sa main et s'enfuit en courant.

Inutile d'essayer de la retenir, elle avait manifestement besoin d'être seule.

Mais qu'avait-il fait pour la bouleverser ainsi, à part lui dire qu'il tenait à elle ? Il avait vu cette énorme peine dans ses yeux. Il devait savoir pourquoi. Peut-être avait-il été trop pris par ses propres problèmes pour se rendre compte des siens ?

Jessica l'avait aidé à exorciser ses démons, il voulait être là pour elle. Ce qu'il y avait eu entre eux valait la peine qu'il se batte pour le conserver. Il ne renoncerait pas avant d'avoir trouvé ce qui la perturbait et d'avoir tout fait pour l'aider.

10

Jessica émergea de son sommeil en entendant tambouriner à la porte d'entrée. Dès qu'elle eut recouvré un peu de sa lucidité, le visage de Rob s'imposa à elle.

Après les émotions de la journée, elle aurait voulu sombrer dans un oubli profond, pour toujours. Jusqu'à cet entretien, elle avait encore espéré, tout au fond d'elle-même, qu'il la prendrait un jour dans ses bras en lui disant que sa stérilité n'avait pas d'importance. Mais là, dans la salle de tournage, il lui avait clairement dit qu'il aimerait avoir de nouveau des enfants, la mettant du même coup hors-jeu. Elle ne pourrait que rester à l'extérieur et le regarder jouer les pères de famille heureux avec quelqu'un d'autre.

Les coups redoublèrent à la porte.

— Je ne suis pas là ! cria-t-elle.

Rien n'y fit.

Furieuse, elle se leva et s'enveloppa dans sa couette avant d'aller ouvrir et de trouver un médecin écossais sur son palier.

— Je ne veux pas te parler.

— Moi, si. Alors, cesse de te montrer aussi égoïste, et laisse-moi entrer.

Avec un soupir, elle céda, et Rob la suivit à l'intérieur.

— C'est simple, dit-elle sans lui laisser le temps d'ouvrir la bouche. Il n'y a pas d'avenir pour nous en tant que couple. Tout est fini.

Elle se remettait lentement de sa surprise, car elle ne s'était pas attendue à le revoir. Le quitter à la fin de l'interview lui avait brisé le cœur. Elle savait à présent que ne plus avoir Rob Campbell dans sa vie serait encore plus dur à supporter que sa stérilité.

— Je ne te crois pas, répondit-il. Et je veux savoir pourquoi.

— Crois-moi, je nous épargne à tous les deux de souffrir encore plus.

— Tu ne vas pas me faire croire que tu ne veux plus…

L'attirant soudain contre lui, il se mit à l'embrasser avec passion.

Elle tenta de résister, de lui prouver qu'elle était immunisée, mais ses défenses fondirent comme neige au soleil, et elle lui répondit avec toute la fougue dont elle était capable — avant de se ressaisir une dernière fois.

— Si tu as terminé…, dit-elle en se détournant de lui.

Rob la prit par le menton et la força à le regarder dans les yeux.

— Je t'aime, Jessica.

Non !

Tout son être se révoltait contre le processus qu'elle ne connaissait que trop bien et qui ferait d'eux un homme déçu et une femme brisée.

— C'est ce que tu crois, Rob. Mais tu confonds les choses. Je ne pourrai jamais être pour toi que la fille qui t'a servi de lien avec le monde réel et t'a permis de rebondir.

— Regarde-moi dans les yeux et ose me dire que tu ne m'aimes pas.

Une boule se forma dans sa gorge.

— Je regrette, mais je ne ressens pas la même chose.

— Dis-le.

— Je ne t'aime pas, lâcha-t-elle.

— Non ? Je pourrais peut-être te croire s'il n'y avait pas ces larmes sur tes joues.

Il prit son visage dans ses mains tandis qu'elle pleurait de plus belle.

— C'est parce que je suis fatiguée. Je ne t'aime pas, répéta-t-elle en fermant les yeux pour ne plus le voir. Pas du tout.

Tendrement, il essuya ses larmes.

— Tu es une très mauvaise actrice, Jess. Si tu préfères, ne

parlons pas d'amour, mais ça ne nous empêche pas de continuer à nous voir. Pourquoi vouloir arrêter ce qui est bon pour nous ?

— Nous voulons des choses différentes. Ça ne marcherait pas.

— Pourquoi ? insista-t-il.

Elle devait se rendre à l'évidence, lui dire la vérité était la seule façon de l'éloigner.

— Je ne peux pas avoir d'enfants, voilà ! Ça te va, comme raison ? A cause de la chimio, j'ai eu une ménopause précoce, et je ne pourrai jamais te donner la famille que tu attends.

Elle venait enfin de décharger son lourd secret sur les épaules de Rob.

Immédiatement, la pression des bras se desserra autour de sa taille, et il la lâcha sans un mot.

Elle avait eu raison en prévoyant cette réaction de sa part, mais elle n'en retirait aucune joie.

Il fallut quelques secondes à Rob pour mesurer ce que Jessica venait de lui dire.

Naturellement, la stérilité était un possible effet secondaire d'une chimiothérapie intense et prolongée. Jessica avait joué de malchance. Si elle avait été plus âgée au moment du traitement, on aurait congelé ses ovules, et elle pourrait encore être mère aujourd'hui. Mais c'était une telle force de la nature qu'il n'avait jamais vu en elle une victime du cancer.

— Je suis navré, Jessica.

Il avait dit ces mots des centaines de fois dans le cadre de son travail, et il les trouvait toujours aussi inadéquats.

— A présent, tu peux partir, dit-elle, toujours enveloppée dans sa couette. Tu sais toute la vérité. Evite de claquer la porte en sortant.

Avait-elle vraiment cru qu'il voulait remplacer Mollie ? De toute évidence, il n'était pas le seul à avoir du mal à oublier le passé. Il ne s'était pas rendu compte de l'épaisseur des remparts dont elle avait entouré son cœur.

— Pourquoi cela devrait-il changer quelque chose à mes

sentiments pour toi ? Tu crois vraiment que je vais cesser de t'aimer parce qu'il y a une chose que tu ne peux pas me donner ? Et, tout le reste, qu'est-ce que tu en fais ? Ton amitié, ta compréhension, ta sensibilité, ton amour...

Elle lui avait tant donné en étant simplement là pour lui ! Il pouvait lui rendre la pareille.

— Je ne veux personne d'autre que toi, murmura-t-il.

Elle se mordit la lèvre, et il sentit toute sa peine intérieure.

— Tu dis ça maintenant, mais un jour... Je ne suis pas une affaire, tu sais. Non seulement je ne peux pas concevoir, mais il est toujours possible que le cancer revienne. Je ne peux pas t'infliger ça, alors que tu as déjà tant souffert.

Elle semblait avoir oublié que c'était elle qui lui avait appris à vivre l'instant présent.

— J'ai toujours pensé que tu étais plutôt du genre à voir le verre à moitié plein, dit-il avec douceur. On ne peut pas bâtir un futur avec des « si ». Tu es là, tu es en pleine santé, c'est tout ce qui compte.

— Mais je ne peux pas avoir d'enfant, et ça ne changera pas.

— Est-ce que tu n'es pas en train de brûler les étapes ? Je demande seulement que l'on continue à se voir.

Elle esquissa un bref sourire. Tous deux savaient qu'il voulait bien plus.

— Je ne dis pas que je n'aimerais pas redevenir père un jour, poursuivit-il. Mais si ça ne se fait pas, tant pis. Le jour où nous aurons envie d'avoir une famille, il y a d'autres choix possibles. Je serais bien plus désespéré si je ne t'avais pas dans ma vie. Après la mort de Leah et de Mollie, j'ai vécu pendant cinq ans comme un zombie. Et puis, tu es apparue, et tu m'as montré qu'il était possible d'aimer de nouveau.

Il prit ses mains tremblantes dans les siennes.

— Je ne peux pas vivre sans toi, Jessica. Je te préviens, si tu me laisses tomber, je m'enfermerai dans le noir avec des tonnes de barres chocolatées. Et si j'entre dans un coma diabétique, ce sera entièrement ta faute.

— Comme ça, au moins, tu ne me mets pas la pression ! ironisa Jessica.

Peu à peu, elle commençait à croire que c'était possible. Si Rob pensait réellement que sa stérilité n'était pas un problème, seules ses peurs les maintenaient éloignés l'un de l'autre. Elle l'aimait, il l'aimait, mais elle craignait de s'ouvrir à nouveau.

— Sérieusement, comment peux-tu croire que cela marchera, avec notre lourd passé ? demanda-t-elle.

Rob laissa échapper un petit rire.

— C'est vrai. Mais qui d'autre voudrait de nous ?

— Tu as raison. Un ex-père de famille sans famille et une femme affaiblie et stérile… Si on s'inscrivait sur un site de rencontres, on n'aurait aucun succès.

— Hum. « Affaiblie » n'est pas le mot que j'emploierais. Je dirais plutôt têtue, obstinée, pleine de tempérament, passionnée, belle…

Il lui caressa les doigts avec son pouce.

Ce petit geste de tendresse venant d'un homme aussi athlétique la faisait fondre à chaque fois. C'était une des nombreuses choses qu'elle adorait chez lui.

— Merci, répondit-elle.

Elle n'en revenait toujours pas qu'il veuille encore d'elle après ce qu'elle lui avait dit.

— Tu te trompes sur un point, dit-il. J'ai bien une famille. Grâce à toi, j'ai repris contact avec eux la semaine dernière, on va se revoir.

— C'est super ! Je suis si contente pour toi…

Cela ferait du bien à Rob de passer du temps avec sa famille. Ils auraient beaucoup à se dire, et il pourrait enfin clore ce chapitre douloureux.

— Je leur ai parlé de toi, ils veulent te connaître, ajouta-t-il.

C'était une énorme nouvelle. A présent, elle n'avait plus d'excuses. Elle devait décider si elle sautait le pas en faisant confiance à Rob ou si elle jouait la sécurité.

La perspective de redevenir la moitié de quelqu'un l'effrayait, mais ça valait la peine d'être tenté.

— Cela me plairait beaucoup, répondit-elle.

Rob la prit dans ses bras

— Vas-tu enfin te décider à admettre que tu m'aimes ? murmura-t-il contre son oreille. Allez, essaie.

— Je t'aime...

— Ça tombe bien, je t'aime aussi !

Il pencha la tête, et leurs lèvres se joignirent.

Maintenant, elle savait que tout irait bien. Elle était vraiment guérie.

Épilogue

Jessica secoua doucement Rob endormi près d'elle.

— C'est le moment.

Elle s'était adossée à la tête de lit pour tenter de calmer les douleurs au niveau des reins. Mais elle n'allait pas tarder à avoir besoin de son aide. Les contractions se rapprochaient, et l'enfant qu'elle avait cru ne jamais avoir n'allait pas tarder à naître.

— Mmm, marmonna Rob, encore à moitié endormi.

Elle aimait tellement cet homme que c'en était presque douloureux.

Après tout ce qu'il avait fait récemment, il avait de quoi être épuisé. En plus de son travail, il avait assisté aux cours d'accouchement avec elle et décoré la chambre d'enfant. Sans parler de la cuisine et du ménage, qu'il assurait depuis qu'elle avait commencé à se dandiner pendant les dernières semaines de sa grossesse.

Une autre contraction s'empara d'elle. Elle serra le ventre et ferma les yeux, attendant que cela passe. Quand elle les rouvrit, elle vit le visage inquiet de son mari.

— Je crois que le bébé arrive.

Rob bondit hors du lit et enfila rapidement un jean avant de se mettre à faire les cent pas.

— Bon, récapitulons. Ton sac est prêt…

— Nous avons encore le temps. Je vais prendre un bain, boire une tasse de thé et me détendre le plus possible.

— Tu veux que j'appelle l'équipe de tournage ?

Au ton qu'il avait pris, elle savait que la dernière chose qu'il voulait était qu'une caméra vienne les filmer.

Après le succès de la série documentaire et l'acquisition du scanner, elle s'était intéressée à la fécondation in vitro. Beaucoup de monde utilisait ce procédé, et il était important pour eux d'être au courant des difficultés qu'ils pouvaient rencontrer. Rob l'avait soutenue, mais même elle savait ne pas aller trop loin.

— Ils attendront, dit-elle. Ce moment nous appartient.

Elle ne voulait le partager avec personne d'autre que son mari.

Après avoir porté les affaires dans la voiture et prévenu l'hôpital, Rob aida Jessica à entrer dans la baignoire.

Habituée depuis des années à mener seule ses propres batailles, elle n'avait pas encore complètement assimilé le fait d'avoir un compagnon pour s'occuper d'elle. Il avait toujours été attentif depuis qu'ils avaient vu les deux traits bleus sur le test de grossesse.

Ces deux dernières années passées avec Jessica avaient été les plus belles de sa vie. La célibataire endurcie, pleine de méfiance envers la gent masculine, avait cédé la place à une romantique invétérée. Chaque jour passé avec elle était rempli d'amour, et il savait que leur bébé recevrait tout le nécessaire.

Après qu'elle avait reconnu ses sentiments pour lui et abandonné ses peurs, leur relation avait évolué rapidement. La rencontre avec ses parents avait été très émouvante, ils l'avaient accueillie à bras ouverts. Il lui avait fait sa demande moins de six mois plus tard, et après le mariage, l'envie d'un bébé était devenue plus pressante. Ils avaient envisagé l'adoption, et lorsqu'elle avait consulté sur ses conseils un spécialiste et appris qu'il y avait encore une chance qu'elle porte l'enfant biologique de Rob, elle avait résolu de la tenter. Il avait craint que le processus compliqué de la fécondation in vitro ne soit trop stressant pour Jessica, mais les ovules fécondés en laboratoire avec son propre sperme s'étaient implantés avec succès dans son utérus, dès le premier essai.

Tous deux avaient triomphé ensemble de tous les obstacles, et leurs liens s'étaient encore renforcés. Le mariage n'avait pas étouffé la flamme entre eux, au contraire. Il ne se lassait pas de Jessica et se demandait comment il avait pu survivre seul si longtemps.

— Tu es très belle, murmura-t-il en se penchant au-dessus de la baignoire pour l'embrasser.

— Je me demande si la femme qui a fait don de ses ovules se rend compte de tout ce qu'elle nous a donné, répliqua-t-elle en lui rendant son baiser.

Il vit son ventre se contracter de nouveau, en même temps qu'elle faisait la grimace.

Il détestait la voir souffrir et aurait volontiers pris sa place.

Il lui tint la main pendant qu'elle respirait en haletant.

— Je crois qu'il est temps de penser à partir, dit-il.

Il y avait tant de complications possibles lors d'un accouchement. Elle serait plus en sécurité à l'hôpital que dans une maison isolée à la campagne.

Aucun des deux n'avait voulu connaître à l'avance le sexe du bébé. Il se moquait d'avoir une fille ou un garçon, tant que la mère et le bébé étaient en bonne santé.

— Euh... Rob ? dit-elle après être ressortie de la salle de bains.

Elle abaissa les yeux, et il suivit son regard.

Il y avait une petite flaque d'eau entre ses pieds.

— Tu as perdu les eaux !

— Oui...

Pour la première fois, il sentit la panique dans sa voix.

— A présent, je me charge de tout, assura-t-il.

Lui-même n'en menait pas large, mais il voulait qu'elle sache que, quoi qu'il arrive, ils traverseraient les prochaines heures ensemble.

Avec sa mèche de cheveux noirs et ses yeux bleus, leur bébé était un Rob en miniature.

— Il est magnifique, murmura Jessica, émue, en lui caressant la tête. Il ressemble à son papa.

— Etant donné le peu de temps qu'il a mis pour arriver, je

dirai qu'il a la détermination de sa mère, dit Rob en souriant, avant de lui déposer un baiser sur le front.

— Je ne peux pas croire qu'il soit vraiment à nous...

Pourtant, même si elle n'était pas apparentée génétiquement à son bébé, elle se sentait totalement sa mère après l'avoir porté pendant ces neuf mois.

— On ferait mieux de s'y habituer rapidement, parce que nous allons passer tous les trois un sacré bout de temps ensemble, dit Rob.

Elle se perdit dans le regard bleu de son mari.

Elle y lisait tant d'amour que cela valait amplement la peine d'avoir lutté toute sa vie pour arriver à ce moment de perfection.

Il lui avait tenu la main pendant tout l'accouchement sans flancher, même pendant la période du travail où elle avait crié. Par chance, leur fils était arrivé très vite. A présent, elle jouissait de chaque seconde de ce petit miracle.

Elle regarda Rob bercer le bébé dans ses bras en lui murmurant des mots doux.

Elle avait vraiment beaucoup de chance. Cet homme avait guéri son cœur, et, maintenant, avec la famille qu'ils avaient fondée ensemble, elle se sentait enfin entière.

RESTEZ CONNECTÉ AVEC HARLEQUIN

Harlequin vous offre un large choix de littérature sentimentale !

Sélectionnez votre style parmi toutes les idées de lecture proposées !

www.harlequin.fr

- **Découvrez** toutes nos actualités, exclusivités, promotions, parutions à venir…
- **Partagez** vos avis sur vos dernières lectures…
- **Lisez** gratuitement en ligne
- **Retrouvez** vos abonnements, vos romans dédicacés, vos livres et vos ebooks en précommande…

L'application Harlequi

- Des **ebooks gratuits** inclus dans l'application
- **+ de 50 nouveautés tous les mois !**
- Des **petits prix** toute l'année
- Une **facilité de lecture** en un clic hors connexion
- Et plein d'autres avantages…

Téléchargez notre application gratuitement

Télécharger dans l'App Store

DISPONIBLE SUR Google Play

SUIVEZ-NOUS ! facebook.com/HarlequinFrance